哈佛教育创新故事

主 编

严敬群

副主编

祁敬伟　卢淑芳

编委会

王爱新	郭　聪	严　红	夏　云
雷正宇	卢　鑫	赵霞玲	余小平
王　咏	居利锋	郑洪波	李树南
李晓霞	卢淑会	朴金艳	姚战雪
丁　鑫	王秋平	周含冰	李　红
韩晓霞	吕毅然	冷满红	李　爽
	蒋亚琼	严　睿	

金盾出版社

内·容·提·要

　　本书精选了蕴涵哈佛教育创新理念的若干故事，它们短小精悍，耐人寻味，让读者在阅读中以哲人为友、与大师对话、和智慧相伴，从而受到深刻的教育和启示。

图书在版编目(CIP)数据

哈佛教育创新故事/严敬群主编．—北京：金盾出版社，2010.1(2013.8 重印)
ISBN 978-7-5082-6005-1

Ⅰ.哈…　Ⅱ.严…　Ⅲ.故事—作品集—世界　Ⅳ.I14

中国版本图书馆 CIP 数据核字(2009)第 171583 号

金盾出版社出版、总发行
北京太平路 5 号(地铁万寿路站往南)
邮政编码:100036　电话:68214039　83219215
传真:68276683　网址:www.jdcbs.cn
封面印刷:北京精美彩色印刷有限公司
正文印刷:北京万博诚印刷有限公司
装订:北京万博诚印刷有限公司
各地新华书店经销
开本:787×1092 1/16　印张:14.75　字数:230 千字
2013 年 8 月第 1 版第 2 次印刷
印数:8 001～11 000 册　定价:28.00 元
(凡购买金盾出版社的图书,如有缺页、
倒页、脱页者,本社发行部负责调换)

前 言

哈佛大学,是全世界学子向往的最理想的学府之一。

哈佛教育的基本理念是以人为本,就是通过教育使学生成为一个健康的、有人文情怀的、有社会责任感和历史使命感的人。哈佛所代表的更多是一种精神,这就是崇尚个人奋斗,注重品行与个性,强调智慧与道德。正如哈佛大学著名教授威廉·詹姆斯所言:"真正的哈佛乃是无形的、内在的、精神的哈佛。"这种哈佛精神正是它的突出特色。

哈佛的校训为:以柏拉图为友,与亚里士多德为友,更要与真理为友。正是在哈佛这种追求真理的人文精神的熏陶下,培育出了一批又一批社会精英。在哈佛,学子们不仅学到了先进的科学文化知识,更重要的是净化了心灵,开启了心智,完善了人性。

每个人在成长过程中,都有一个心灵的发育季节,我们就应该在需要的时候,读合适的书,让自己的心灵得到有益而健康的滋养。

本书精选的故事短小精悍、耐人寻味,蕴涵了哈佛教育思想的精华。阅读它无异于以哲人为友、与大师对话、和智慧相伴，定会让你受益无穷。

本书参阅了一些报刊和著述，引用了一些资料，在此对相关作者表示衷心感谢。

由于联系上的困难，至今仍无法与部分作者取得联系，谨致深深的歉意。出于对作者著作权的尊重，请有关作者见书后与我们联系，以便按国家有关规定支付稿酬并赠送样书。

联系人：严敬群
联系电话：010-83262379
联系邮箱：83262379@163.com

CONTENTS 目录

第一章 好奇心推动创造力

选择决定命运 / (1)　　　让成功变成系列 / (15)

裘斯的发明 / (2)　　　发挥你的想象力 / (17)

需要一把剪刀 / (3)　　　巧算灯泡容积 / (17)

一道出错的题目 / (4)　　废墟的价值 / (18)

不敢冒险的后果 / (4)　　破裂的水桶 / (19)

训练将军 / (5)　　　　聪明的马克·吐温 / (20)

二字箴言 / (8)　　　　遇险后产生的创意 / (21)

地图的另一面 / (8)　　　偶然的发明 / (21)

飞船的故事 / (9)　　　宽与窄 / (22)

"渔王"的儿子 / (10)　　重视生活中的偶然现象 / (23)

只贷一美元的犹太富豪 / (11)　简单的办法 / (24)

生活中的创新 / (12)　　不断创新的小休斯 / (25)

挖空心思招徕顾客 / (13)　共振和创业 / (26)

劣画的优势 / (14)　　　海豹音乐会 / (27)

手表和草帽 / (14)　　　成功来源于好奇 / (28)

第二章 创新带来财富

小乞丐赤手创业 / (29)　　抛撒金币的老板 / (34)

身无分文盖大楼 / (33)　　小发明给你带来财富 / (34)

哈佛教育创新故事

用思考创造出的奇迹 / (36)

维生素的发现 / (37)

竖立的鸡蛋 / (38)

如何拥有 100 万 / (39)

神奇的达尔文 / (39)

伦敦哈罗兹百货公司 / (40)

联邦快递的创举 / (42)

老鼠开磨房 / (43)

医生的减肥妙术 / (45)

卡尔逊的发明 / (46)

趣味手帕 / (47)

价值在于创新 / (48)

美军的降雨弹 / (49)

"小人国"的发现者 / (50)

流水的管道 / (51)

让天下事尽收眼底 / (52)

不花钱的广告 / (53)

旅馆的迎客妙招 / (54)

孩子们的巨大贡献 / (55)

"被遗忘的女人"服装公司 / (60)

反过来试试也许效果会更好 / (61)

2

第三章　敢于异想天开

写在纸尿片上的求职信 / (63)

一道简单的思考题 / (64)

一支桨也可以遨游沧海 / (65)

最完美的答案 / (66)

找到下一个说"是"的人 / (67)

智取毒液 / (69)

闯出一条属于自己的路 / (70)

达尔文"进化论"的诞生 / (71)

敢于异想天开 / (71)

如何用 80 美元旅行世界 / (72)

独立公司 / (73)

确保天下第一 / (75)

勇于创新的作用 / (76)

苹果为什么掉到地上 / (77)

让所有人都知道我 / (78)

发射"鱼雷人" / (79)

哦,原来你不是卓别林 / (79)

勇于创新的开拓者 / (80)

可以消除疼痛感的东西 / (82)

莱特兄弟发明飞机的故事 / (83)

肯德基上校 / (86)

死里逃生的囚徒 / (87)

坚持就是胜利 / (88)

空中温泉 / (89)

利用"落后"赚钱 / (90)

截然相反的梦幻假期 / (91)

小富翁 / (92)

黑色的伤痕 / (94)

结冰的启示 / (96)

爱迪生自学成才 / (97)

目 录

第四章 乘着创新思维的翅膀远行

一美元与八颗牙 /（99）

决胜"9·11" /（100）

用垃圾统治世界 /（101）

将劣势变为优势 /（103）

赢 /（104）

怎样使自己变得更强 /（105）

沃尔玛的胶带 /（106）

机智转变命运 /（107）

送你一只左鞋 /（108）

天才卡尔·克洛耶 /（109）

名人效应 /（110）

光明时代的到来 /（111）

一支告别曲的力量 /（113）

普雷瑟先生的成功之道 /（114）

笔的诞生和发展 /（116）

大自然的慷慨恩赐 /（116）

垃圾堆中的花园 /（118）

乞丐教师爷 /（119）

小创意的价值 /（120）

捉住瞬间 /（121）

情意浓浓财神到 /（122）

出奇制胜的思维方法 /（123）

笑里藏金 /（124）

很简单的方法做成很大的
  事情 /（125）

倾斜的商机 /（125）

好奇心驱使的结果 /（126）

转变一下角度 /（127）

皮尔·卡丹实现理想的
  故事 /（128）

格林和斯诺 /（129）

名字 /（130）

一张奇异的账单 /（131）

猎狗的故事 /（131）

出售"大海" /（133）

状告足球 /（133）

打赌打出的电影机 /（134）

将脑袋打开一毫米 /（135）

会讲笑话的垃圾桶 /（136）

最早的奥运会邮票 /（137）

"牛仔裤"的发明 /（138）

吉格勒定理 /（139）

钻石之王 /（141）

"狮王"牙刷 /（142）

官司是怎样打赢的 /（143）

红色鲑鱼推销员 /（146）

美容店的免费广告 /（147）

一万元的稻草 /（148）

被逼出来的发明 /（149）

3

哈佛教育创新故事

第五章　把握生活中的灵光一闪

韦勃斯脱和土拨鼠 /（151）

千里"音缘"一线牵 /（153）

溜出"旱冰鞋" /（154）

巧制铅粉 /（155）

随手涂写者的心理 /（156）

"拍立得"相机的诞生 /（158）

三个字成就沃尔玛 /（159）

国外赚钱中的创新故事 /（161）

破碎的小提琴 /（162）

风靡欧洲的"斜口杯" /（163）

明智的一厘米 /（163）

也是"买一赠一" /（164）

简单的方法 /（165）

小孔成就亿万富翁 /（166）

蛹和蝶 /（166）

给别人一个微笑 /（167）

一位老校长的创新故事 /（168）

超级旅馆 /（169）

萨科齐的退避 /（170）

新思路成就大市场 /（171）

烟灰的巨大作用 /（172）

施有"法术"的曲子 /（173）

人类的"千里眼" /（174）

手机放在咖啡店里卖 /（176）

音乐神童莫扎特 /（177）

小欧拉智改羊圈 /（179）

一切都从一只老鼠开始 /（181）

以火灭火 /（182）

第六章　让前人的梦想成真

老铁匠与紫砂壶 /（183）

一个创出千亿市场的创意 /（184）

磁疗表带的问世 /（186）

哈佛的幸福课 /（187）

钓鱼钓出食品冷冻法 /（190）

最高哲学 /（190）

植物到底吃什么 /（191）

海带与味精 /（192）

仅次于上帝的人 /（193）

都市里的悬崖 /（194）

走出别人的脚印 /（195）

火柴的发明 /（195）

两个伟人 /（196）

请您等着 47 号 /（197）

零增长政策下的一枚苦果 /（197）

中国古画引发的灵感 /（199）

和尚分粥 /（200）

没有靠背的椅子 /（201）

笑话公司 /（202）

填井救驴 /（203）

敲门的一刻 /（203）

衬衣纸板带来的财富 /（204）

目 录

机会 /（205）

取舍的原则 /（206）

马 /（207）

受伤的苹果 /（208）

让前人的梦想成真 /（208）

瑞士的"银行保密法" /（210）

致富的奥秘 /（211）

习惯与自然 /（212）

真理诞生于 100 个问号
　之后 /（212）

浪漫的情侣包装 /（214）

西方防盗新术 /（215）

招兵有道 /（215）

揭开天体的层层面纱 /（216）

用比自己更优秀的人 /（217）

氧的发现 /（218）

一家日本餐馆的秘密 /（219）

在权威圣圈面前 /（220）

小高斯巧解算术题 /（221）

小石子的妙用 /（221）

为盲人带来光明 /（222）

5

第一章 好奇心推动创造力

选择决定命运

英特尔公司前总裁格鲁夫说:"人生最奢侈的事就是做你想做的事。"员工违心做事,有的是身不由己,更多的是可供的选择太多,不知道自己该做什么。英国心理学家萨盖做的实验证明:戴一块手表的人知道准确的时间,戴两块手表的人便不敢确定是几点了。

美国洛杉矶加州大学经济学家韦奇观察到,即使一个人已有了主见,但如果有十个朋友的看法和他相反,他就很难不动摇。易趣公司 CEO 吴世雄对此深有体会:"中国市场上的诱惑太多,机会太多,割舍最难。不是决定做什么最难,而是决定不做什么最难。"

公司的商业机会如此,员工的职业选择也是如此。就亨利·福特来说,当年爱迪生公司许诺福特做主管,条件是福特要放弃内燃机车的研制,福特的选择很果断:"我早就知道我一定会选择汽车。"年轻的福特知道自己存在的价值,他要做的就是汽车制造的先驱,而不是区区一个不知名的主管。如果福特当年选择做主管,很难说还有福特汽车公司,也难说美国会成为一个车轮上的国家。

再来看托马森·沃森,他被撵出公司时已经 40 岁了,而且拖家带口,即使在那个时候,他选择职业也很严格。他先后拒绝了制造潜艇的电船公司和生产武器的雷明顿公司的邀请。他觉得这些红火的公司在"二战"后就没有什么前途了。

如果沃森没有拒绝这些对别人来说十分诱人的职位,就没有了后来的IBM公司。

选择做什么工作,就是选择自己是什么人。有的员工半途而废,无所

适从,没有成就感,都是因为不能解决这个根本问题而导致的。美国一句谚语说得好:"当一个人知道自己想要什么时,整个世界将为之让路。"

　　【哈佛教育创新感言】 人生没有重来的机会,珍惜自己眼前可以选择的机会很重要。既然有了选择,那就向着自己的目标坚持下去。清楚地知道自己的需要是什么,时时注意创新。我们或许可以成为改变自己生活甚至改变世界的人。

裘斯的发明

2

　　小牧童裘斯是美国加利福尼亚人,由于他有着非凡的智慧,善于思考,发明了铁蒺藜,后来成为世界著名的大企业家。

　　牧童小裘斯的工作就是每天早晨把羊从羊舍里赶出来,让它们吃草,更重要的是还要监视羊群不要越过铁丝的界限到邻家的菜圃里吃菜。牧羊场与菜圃的交界处有 6 条铁丝做成的栅栏,约 50 米,另外大约有 20 米是以本来就有的玫瑰花丛来隔离的。

　　羊群安静吃草时,小裘斯闲着没事,就拿出一本书来读,或者在那里呆想:"我的朋友们都上中学快毕业了,将来有的做官,有的做企业家,有人做学者,穿着漂亮的衣服,提着皮包,而我呢……"有一天,他在忧伤中不知不觉睡着了,结果菜圃被羊吃得一塌糊涂,他也遭到老板的一顿臭骂。

　　这件事发生之后,他经常想:"怎样做才能使羊绝对无法越过栅栏呢?"当他看到羊从来不穿越玫瑰的花丛时,突然领悟:是玫瑰花浑身的刺挡住了羊,羊怕刺。

　　悟出了这番道理,他高兴极了。几天之后,聪明的小牧童裘斯终于想出了绝招:把铁丝用老虎钳剪成 3 厘米左右的一段,再把它缠到铁丝上做个刺。铁丝上缠满了这样的刺儿,羊就不敢闯过去了。不到 5 天,他就把全部栅栏加工完毕。

　　第二天,他悄悄地躲在一边观察羊群的动静,羊很驯服,也很机灵,它们一看裘斯不在,马上就成群结队奔往铁丝栅栏。当它们要穿过去时,却被铁蒺藜挡住了,有的还被刺伤。它们一时都被吓住了,无可奈何地伫立在那儿哀叫。

"成功了!"裘斯高兴地拍手跳起来。

"这个铁丝刺儿一定会受到人们的欢迎,那时候我就不再是个牧童了。"他上进心很强,不甘心永远当一个牧羊人,他想做一个企业家。

旁边的牧场主看到了铁蒺藜的妙用,受到启发,这不用牧童看守的铁丝刺栅栏太理想了,他们也跟着用铁丝刺围起来。

裘斯看到这个事实后,立即向有关部门申请专利,半年后,他所申请的专利批下来了,裘斯便与主人合作制造。由于铁蒺藜很有用场,他又懂得如何去推销,因此销路非常好。于是裘斯又雇来技师进一步研究。把手工制造改用机械大批量生产。裘斯的这项发明,受到社会各方面的欢迎。家庭、学校、工厂、公司都竞相使用铁蒺藜做篱笆,军方也用它设置障碍,大量的订货单如雪片般飞来了。

世界各地的用户纷纷订货,订货数量大得惊人,他的工厂供不应求,无法应付。他又想了一个办法,允许各地的厂商自己来制造,但每制1000米,他收取1美元的专利费。

【哈佛教育创新感言】 有时候,一些不经意间的发现,往往能开辟创新之路,如果你对于生活中每一个偶然的现象都弃之不看,创新的机会就永远不会降临到你的身上。

需要一把剪刀

据说篮球运动刚诞生的时候,篮板上钉的是真正的篮子。每当球投进的时候,就有一个专门的人踩在梯子上把球拿出来。为此,比赛不得不断断续续地进行,缺少激烈紧张的气氛。为了让比赛更顺畅地进行,人们想了很多取球方法,都不太理想。

有一天,一位父亲带着他的儿子来看球赛。小男孩看到大人们一次次不辞劳苦地取球,不由得大惑不解:为什么不把篮筐的底去掉呢?一语惊醒梦中人,大人们如梦初醒,于是才有了今天我们看到的篮网样式。

去掉篮筐的底,就这么简单,这个简单的"难题"困扰了人们多年。可见,无形的思维定式就像那个结实的篮子禁锢了我们的头脑,使我们的思维就像篮球被"囚禁"在了篮筐里。

哈佛教育创新故事

有许多时候，我们就需要这样一把剪刀，去剪掉那些缠绕着我们的"篮筐"，生活原本并没有那么复杂。

【哈佛教育创新感言】 任何事物刚诞生的时候，都不是十全十美的。成年人往往把一些本来简单的事情复杂化。用自以为完美的想法和做法去解决问题，用自己的思维制定各种各样的条条框框去束缚、限制孩子们，实际是在扼杀孩子们童年的天真和梦想，使他们的思维逐步僵化。

一道出错的题目

4

几年前，一位美国教育心理专家曾给上海的孩子出了一道题目：一艘船上有 86 头牛，34 只羊，这艘船的船长年纪有多大？结果有 90％的学生给出的答案是：86－34＝52 岁。

10％学生认为此题非常荒谬，无法解答。当然，这 10％的同学是答对了。

美国专家在对这 90％的同学调查后发现，他们之所以会做出答案来，是因为觉得"老师出的题总是对的，不可能不能做"，"老师平时教育我们题目做了才能得分，不做的话一分也没有"。

美国专家感叹：中国学生很听老师的话，因为同一道题在法国小学做试验时，超过 90％的同学提出异议，甚至嘲笑老师的"糊涂"。

【哈佛教育创新感言】 这是一个典型的教育失败的例子，由此我们可以看出思维的束缚对孩子的影响是多么大！任何一个人只有从小就培养这种创新精神，才能适应当今竞争激烈的社会。

不敢冒险的后果

一家铁路公司有一位调车员尼克，他工作相当认真，做事也很尽心尽力。不过他有一个缺点，就是对人生很悲观，常以否定的眼光来看世界。

有一天，铁路公司的职员都赶着去给老板过生日，大家提早急急忙忙地走了。不巧的是,尼克竟不小心被关在一辆冰柜车里。

尼克在冰柜里拼命地敲打着、叫喊着,全公司的人都走了,根本没有人听得到。尼克的手掌敲得红肿,嗓咙叫得沙哑,也没人理睬,最后只得绝望地坐在地上喘息。

他越想越可怕,心想,冰柜里的温度在零下 20℃ 以下,如果再不出去,一定会被冻死。他只好用发抖的手,找来纸笔,写下遗书。

第二天早上,公司里的职员陆续来上班。他们打开冰柜,发现尼克倒在里面。他们将尼克送去急救,但他已没有生还的可能。大家都很惊讶,因为冰柜里冷冻开关并没有启动,这巨大的冰柜里也有足够的氧气,而尼克竟然被"冻"死了!

其实,尼克并非死于冰柜的温度,他是死于自己心中的冰点。因为他根本不敢相信一向不轻易停冻的这辆冰柜车,这一天恰巧因要维修而未启动制冷系统。而他连试一试想想办法的念头都没有产生,于是"冻"死了。

【哈佛教育创新感言】　导致尼克死亡的不是冰柜的低温,而是他那循规蹈矩的思维,在危难面前,他连试试的勇气都没有,这就是他的可悲之处。

训练将军

"船儿停泊在海港里,固然非常安全,但是,船儿不是用来停在那里不用的。我希望你能够提出自己的观点,能够拥有自己的声音,然后,你要去审视它们,完善它们,并且还要勇于表达它们。"

记得在我读管理学研究生课程的时候,导师是劳伦教授,他的课给我留下了深刻的印象,而他的教诲则令我终身难忘,并让我获益匪浅。

时至今日,我还记得第一次上劳伦教授课时的情景。

那天,劳伦教授衣冠楚楚地站在讲台前,缓缓地踱着步子,左手拿着一支铅笔,说话的时候边说边用铅笔在右手上有节奏地轻敲着。"俗话说,'商场如战场',而作为经营管理者,有的就像是战场上的将军,而有的就像是海军上将,有的就像是陆军上尉,还有的则像是陆军中尉。但是,我的管理课只是为那些想做将军的人而开设的!记住,只为那些愿意深入思考,

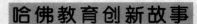

做事果断，并且能够不畏艰险、勇攀高峰的人而开设的。"说到这里，劳伦教授顿了一下，用犀利而又敏锐的目光扫视了一下全班。此刻，班上所有同学的表情都非常严肃，全都默不作声地聆听着。接着，这位三星中将满怀着对教学的热忱详细为我们讲解了在领导能力这个战场上侵略性和决断力对于一名领导者的必要性。"领导能力并不是人人都具备的，而那些真正最杰出、最坚强、最坚决的将军将会从我的这个班级里毕业，并且将会发现自我、认识自我。"他充满信心地说道。

随着时间的推移，我发现上劳伦教授的课不仅非常刺激，而且还极具挑战性，尤其是当你想从他那儿获得高分的话，这种感觉就愈发强烈。尽管我的研究生主要课程的平均得分是 4 分，但是，我仍旧希望这门功课能够得到一个"A"。遗憾的是，到目前为止，我这门课的平均得分一直都没超过"B"。在距离这门功课结束的时间只剩下两个星期的时候，劳伦教授给我们布置了最后一篇论文。而这篇论文的成绩将占到我们所有课程平均成绩的 50%。

因为我已经决定这篇论文一定要获得一个"A"，所以，两个星期以来，我几乎将我全部的身心都投入到论文的写作中去了。两个星期之后，我终于写完了论文，并且确信我的论文一定是非常完美的。于是，我满怀自信地将我的这篇具有博士水平而且完全可能获得好评的论文交给了劳伦教授。我深信它一定会给劳伦教授留下深刻的印象。

这门课程的最后一堂课到了，劳伦教授已经给每位同学的论文都评好了分。他捧着那一摞论文，沿着教室里的过道来来回回地穿梭着，将论文发到同学们的手中。我是最后一个拿到论文的。不知为什么，在他将论文发给我的时候，并没有像发给其他同学那样，将论文放在我面前的课桌上，而是笨手笨脚地将它从后面塞到了我的胳膊底下，就像想把它藏起来一样。然后，他快步走到教室的前边，接着便宣布下课了。

当我从胳膊底下抽出论文，打开一看，顿时惊呆了。那一刻，我终于明白了为什么劳伦教授在发给我论文的时候举止那么古怪了。只见，在我的论文上，他没有给我下任何评语，也没有给出任何解释，只是在论文封面的右上角处用红笔写着一个大写的"C"。"哦，上帝，这究竟是怎么回事呢？"看着那个醒目的"C"，我感到非常迷惑，也感到非常窘迫，于是，我默默地收拾好东西，一言不发地离开了教室。在我开车回家的路上，那个红色的"C"字仍旧不停地在我的眼前闪现，顿时，那种失败的感觉、那种丧气的念头以及那种对不公平的愤怒犹女潮水一样一起涌进我的脑海,令我久久无法平静。这种状况一直持续了整整一个星期。

终于,我再也无法忍受那个红色的大写字母"C"给我带来的折磨了。于是,我来到了劳伦教授那里,决定要和他理论理论。

其时,劳伦教授正全神贯注地埋头于一堆文书之中。见到我的到来,他放下手中的钢笔,抬起头来注视着我。"对于你的到来,我一点儿也不觉得奇怪,"他温和地说,而他说话的声音则与他上课时的那种军人腔调有着天壤之别,"事实上,我早就已经料到你会来找我的。我猜你来是要问我为什么给你的论文打那个分数,并且还要对我说我那样做很不公平,对不对?"

"是的,教授,的确如此。"我坦然地答道。

"那好,请听我给你解释一下,"他说,"如果你认为我给你的成绩有失公允的话,那么,我完全可以如你所愿给你一个高分。不过,我希望你能够明白,我所做的事情能够使你在以后晋升的时候更好地应对一些问题,而且,这些问题是你在以后必然会遇到的。"说到这儿,他顿了顿,似乎是在等待着我的回答。见我木然地沉默不语,他又补充说:"当然,我这样说,你可以认为是我在给自己脸上贴金。如果你渴望成为一名将军的话,那么,你就应该像将军一样立身行事。"

"可以说我是不折不扣地、完完全全地按照您的要求来做的。"我争辩道。

"船儿停泊在海港里,固然非常安全,但是,船儿不是用来停在那里不用的。我希望你能够提出自己的观点,能够拥有自己的声音,然后,你要去审视它们,完善它们,并且还要勇于表达它们。"

在教授的鼓励下,我勇敢地表达了我对教授布置的论文选题以及其他一些问题的不同看法。教授的脸上露出了微笑,"你能到这儿来,我真的很高兴。因为,你的到来说明我对你实施的'训练将军'的计划是正确的。"说完,劳伦教授打开了抽屉,取出一封打印好的信件,并填上日期,然后递给了我。这是一封寄往学校教务处的私人信件,在信中,劳伦教授请求教务处将我的论文成绩由"C"改为"A"。

【哈佛教育创新感言】 "我"不折不扣地、完完全全地按照老师的要求来做,却得不到"A",只得到"C"。为什么呢?因为"船儿停泊在海港里,固然非常安全,但是,船儿不是用来停在那里不用的"。有时,权威的意见并不一

定对，书本上的知识也不一定对，坚持并证明自己的观点才是正确的态度。

二字箴言

在每个 IBM 公司管理人员的桌子上，都摆放着一块金属板，上面写着"创新"这个词。这二字箴言，是 IBM 的创始人汤姆·沃特森提出的。1911 年 12 月，沃特森还在担任国际收银公司销售部门的高级主管。有一天，天气十分寒冷，沃特森主持了一项销售会议。会议进行到了下午，气氛沉闷，无人发言，大家都显得焦躁不安，有人甚至在闭目养神。

看着大家无精打采的样子，沃特森在黑板上写下了"创新"两个字，然后对大家说："我们共同的缺点是，对每一问题都没有去充分地思考，别忘了，我们都是靠动脑筋赚得薪水的。"

在场的国际收银公司的总裁巴达逊对"创新"大为赞赏，当天，这个词就成为国际收银公司的座右铭。3 年后，它随着沃特森的离职，变成了 IBM 的箴言。

"创新"是沃特森从多年的推销员经验中总结孕育出来的。他 1895 年进入国际收银公司当推销员，从公司的"推销手册"中学到许多推销的技巧，但理论与实践总有一段距离，所以他的业绩一直很不理想。同事告诉他，推销不需要特别的才干，只要用脚去跑，用口去说就行了。沃特森照做了，还是到处碰壁，业绩很差。后来，他从困境中慢慢体会出，推销除了用脚与嘴巴之外，还得靠大脑。想通了这一点后，他的业绩大增。3 年后，他成为业绩最高的推销员。这就是"创新"二字箴言的由来。

【哈佛教育创新感言】 假如生活和事业没有大胆的创新，生命之水就会慢慢地枯竭。只有勇于创新的人，才能够取得人生的成功。只有不断地创新，才能脱颖而出，否则将一事无成。

地图的另一面

一天早上，一位贫困的牧师，为了转移哭闹不止的儿子的注意力，将一

幅色彩缤纷的世界地图,撕成许多细小的碎片,丢在地上,许诺说:"小约翰,你如果能拼起这些碎片,我就给你二角五分钱。"

牧师以为这件事会使约翰花费上午的大部分时间,但没有十分钟,小约翰便拼好了。

牧师:"孩子,你怎么拼得这么快?"

小约翰很轻松地答道:"在地图的另一面是一个人的照片,我把这个人的照片拼在一起,然后把它翻过来。我想,如果这个'人'是正确的,那么,这个'世界'也就是正确的。"

牧师微笑着给了儿子二角五分钱。

【哈佛教育创新感言】 任何一个伟大的科学家并不是与生俱来的,他们都是从小就养成了良好的思维习惯。成就创新天才的秘诀其实很简单,他们仅仅来源于一些日常生活的小习惯。

9

飞船的故事

1910 年 3 月 28 日,阳光灿烂,风平浪静,海边站满了看热闹的大人和孩子,甚至连马赛市的一些官员都赶来了,围在海堤上,目不转睛地盯着停泊在大海上的一艘特殊的"船"……

"真奇怪呀,瞧,船身下面还有长长的浮筒呢!"

"这哪是什么船哟,分明是拖着浮筒的飞机。"

围观的人群中有人小声地议论着。

驾驶这条船的是个名叫费勃的人。他向观众们自信地笑了笑,然后启动了发动机,随着一阵轰鸣声,船就像离弦的箭向前飞奔而去,水面上顿时划出了一道耀眼的水波,像空中一闪而过的闪电。

"啊,成功啦!"

"飞起来啦,飞起来啦!"

人们惊呼着,岸上响起了欢庆的掌声。

费勃驾驶的船终于成了能够飞上天的船!他的船以每小时 60 公里的速度直线飞行,在空中飞行了 500 米左右,成了人类第一艘能够飞上天的船,或者说是第一架能够从水面上起飞的"飞机"!

那么,费勃是怎样设计制造出这样奇妙的船的呢?

1882 年,费勃出生在地中海边的法国马赛市,爸爸是一位造船师。有一天,小费勃跟着爸爸来到海边玩,看到远处的大海上驶来了一条船,便好奇地说:"爸爸,船为什么能在水里跑呀?"

"船下有螺旋桨,能够划动水,水动了,就把船推走啦。"爸爸乐呵呵地说。

"有没有在天上飞的船呢?"小费勃好像要打破沙锅问到底。

"傻孩子,那就不叫船啦,应该叫飞机才对。不过,飞机只能在天上飞,不能在水上跑。"

"嘿!长大了,我一定要造一艘能飞到天上的船。"小费勃握紧了拳头。

"好啊,有出息,现在好好学习,将来才能实现这个美好的愿望。"爸爸欣慰地拍了拍小费勃的肩头。

10

转眼到了 1905 年,23 岁的费勃先后完成了工程学、流体学、空气动力学等学科的学习,真正开始了飞船的制造。经过 4 年的努力,他造出了第一艘水上"飞船",其实就是在一般的飞机下安装 3 个浮筒,使飞机能浮起来,但是无法飞起来。直到 1909 年,他才造出一艘与众不同的"船":机身前面是一个浮筒,机翼下面还有两个浮筒,机翼安装在机身的后面。整个"船"的构架是用木头做成的,浮筒是胶合板制成的,整个"船儿"既轻巧又灵便。

费勃的"飞船"试飞成功后的第二年,即 1911 年 3 月,在摩纳哥举行的船舶展览会上,他驾驶着自己制造的船进行水上飞行表演,再获成功。现在,科学家对费勃设计的水上飞船进行了改进,把机身改成了船形,取消了浮筒,成了真正的"飞船"。

【哈佛教育创新感言】 历史上任何一个伟大的发明家从来都是相信自己,做事不退缩、勤于探索、勇于创新,最终取得惊人的成绩。

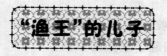
"渔王"的儿子

有个渔人有着一流的捕鱼技术,被人们尊称为"渔王"。然而"渔王"年老的时候非常苦恼,因为他的 3 个儿子的渔技都很平庸。

于是他经常向人诉说心中的苦恼："我真不明白，我捕鱼的技术这么好，我的儿子们为什么这么差？我从他们懂事起就传授捕鱼技术给他们，从最基本的东西教起，告诉他们怎样织网最容易捕捉到鱼，怎样划船最不会惊动鱼，怎样下网最容易请隹人瓮。他们长大了，我又教他们怎样识潮汐，辨鱼汛……凡是我长年辛辛苦苦总结出来的经验，我都毫无保留地传授给了他们，可他们的捕鱼技术竟然赶不上技术比我差的渔民的儿子！"

一位路人听了他的诉说后问："你一直手把手地教他们吗？""是的，为了让他们得到一流的捕鱼技术，我教得很仔细很耐心。""他们一直跟随着你吗？""是的，为了让他们少走弯路，我一直让他们跟着我学。"

路人说："这样说来，你的错误就很明显了。你只传授给了他们技术，却没传授给他们教训，对于才能来说，没有教训与没有经验一样，都不能使人成大器。"

【哈佛教育创新感言】　可怜天下父母心。父母一心想把自己人生的经验、积累的知识全盘给予自己的孩子，但他们却忘记了，唯有体验到的经验才是真正的经验。否则，"经验"也只能是空中楼阁。"授鱼"与"授渔"，为人父母者，你准备好了吗？

只贷一美元的犹太富豪

一位犹太富豪走进一家银行，来到贷款部前，大模大样地坐了下来。"请问先生，您有什么事情需要我们效劳吗？"贷款部经理一边小心地询问，一边打量来人的穿着：名贵的西服，高档的皮鞋，昂贵的手表，还有镶宝石的领带夹子……

"我想借点钱。"

"完全可以，您想借多少呢？"

"一美元。"

"只借一美元？"贷款部的经理惊愕了。

"我只需要一美元。可以吗？"

"当然，只要有担保，借多少，我们都可以照办。"

"好吧。"

哈佛教育创新故事

犹太人从豪华的皮包里取出一大堆股票、债券等放在桌上："这些做担保可以吗？"犹太商人面无表情地说。"好吧，到那边办手续吧，年息为6％，只要您付出6％的利息，一年后归还，我们就把这些股票和作保的证券还给您……""谢谢……"犹太商人办完手续，便准备离去。一直在一边冷眼旁观的银行行长怎么也弄不明白，一个拥有50万美元的人，怎么会跑到银行来借一美元呢？他从后面追了上去，有些窘迫地说："对不起，先生，可以问您一个问题吗？"

"你想问什么？"

"我是这家银行的行长，我实在弄不懂，您拥有50万美元的家当，为什么只借一美元呢？要是您想借40万美元的话，我们也会很乐意为您服务的……"

"好吧！既然你如此热情，我不妨把实情告诉你。我到这儿来，是想办一件事情，可是随身携带的这些票券很碍事，我问过几家金库，要租他们的保险箱，租金都很昂贵，我知道贵行的保安很好，所以嘛，就将这些东西以担保的形式寄存在贵行了，由你替我保管，我还有什么不放心的呢！况且利息很便宜，存一年才不过6美分……"

【哈佛教育创新感言】 我们潜意识里总是去适应规则；或者用暴力破坏规则。这是因为我们的思维已经被常规所禁锢，跳不出定式的范围。犹太人的聪明在于其独特的思维方式，这才是犹太人最大的一笔财富。

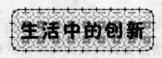

有一条鱼整天浮在水面上，不吃食物，专门吃垃圾，你信不信？11岁的法国女孩爱丽丝这个构想看起来有点天方夜谭，但却真的实现了。

这条名字为"会吃垃圾的机器鱼"，是爱丽丝发明的。一天，她路过河边时，看到水面上漂着不少零星的垃圾，感觉有点美中不足。她想，如果有一条鱼整天在水上吃垃圾，水面就会清洁多了。

经过几个月的实验，爱丽丝设计出了世界上独一无二的"鱼"：这条机器鱼背部装有太阳能电池板，能带动鱼体内的电动水泵，水泵把水从嘴中吸进，从鱼尾部吐出，使鱼自动在水中游动起来。当鱼不动时，说明它肚内的垃圾已经吃饱。

【哈佛教育创新感言】 善于动脑是爱丽丝成功的捷径,如果我们也能想别人不敢想的东西,就一定能激发自身潜在的能力,取得意想不到的收获。

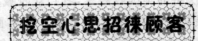

挖空心思招徕顾客

全体谢顶

在伦敦,一家名不见经传的小饭店在激烈的竞争中竟独占鳌头,终日门庭若市。直接原因是该店的广告十分引人注目:"本店饮食卫生无与伦比——汤菜中任何时候见不到一根毛发!"原来饭店的全体人员一律谢顶!

存心出错

巴黎一家商店橱窗里的广告总是错误百出,有时令人啼笑皆非。当有人善意地指出错误时,老板却微笑着回答:"我是故意这样做的,目的是让人以为我是个糊涂虫,因而愿意到我店里购货。因广告有语法错误,我的营业额扩大了三倍。"

制造奇钟

瑞士一家饭店为招徕顾客,在饭店入口处放了一座奇特的钟。钟上的数字顺序与普通钟相反。饭店老板认为,这座钟显示的时间会使客人觉得离开饭店比来时还"早",因此,总愿在店里多坐一会儿。

手抄报纸

前不久,比利时一份声誉颇高的报纸因计算机出故障不能按时出版。编委会立即开会,决定用圆珠笔抄写全部文章。这种做法竟成为最佳广告,收藏家们对这份独一无二的报纸兴趣盎然,几分钟内报纸便被抢购一空。

【哈佛教育创新感言】 取得成功的法则,或者是把一件事做到极致——全体谢顶;或者是反其道而行之——故意出错;或者是别出心裁——制造奇钟;或者是没有任何借口——即使是手抄报纸。能够跳出常规思维,走出一条别人未曾走过的路,或许我们能少费一点劲,却可以取得更好的结果。

劣画的优势

　　一个名叫诺曼·沃特的美国收藏家,看到众收藏家为收购名贵物品而不惜千金,突发奇想灵机一动:为什么不收藏一些劣画呢?于是他开始公开在市场上收购劣画,他收购劣画有两个标准:一是名家的"失常之作";二是价格低于 5 美元的无名人士的画。那些画家听说后,纷纷将自己的劣作卖给他或送给他。

　　没多久,他便收藏了 200 多幅劣画。

　　1974 年,他在报纸上登出广告,声称要举办首届劣画大展,目的是让年轻的学画人在比较中学会鉴别,从而发现好画与名画的真正价值。

　　出乎人们的意料,这一画展举办得非常成功。沃特的广告广为流传,成为人们茶余饭后经常谈论的话题。观众争先恐后参观,有的甚至千里迢迢赶来观看。

　　沃特取得了巨大成功,成功之处在于他的"劣画大展"独树一帜,十分新鲜,迎合了观众的"逆反心理"。

　　【哈佛教育创新感言】　沃特的成功就在于他打破常规,勇于创新,以反求正。他正是利用了这一思维的创新,为自己带来了巨大的财富。

手表和草帽

　　1905 年,在巴伐利亚的一座小城里,没有人不知道一位叫菲尔德的钟表匠,因为他的手表做得非常好,不但防水而且自动。这个消息被同城的一位叫汉斯·威尔斯多夫的钟表商知道了,于是他急忙找到了菲尔德,并看了他那些纯手工制造的手表。

　　惊讶之余,汉斯·威尔斯多夫说:"菲尔德先生,我想聘请您到我的公司来当技术总监,怎么样?"汉斯·威尔斯多夫见菲尔德半天不吭声便表示,只要菲尔德出个价钱,他愿意购买菲尔德研制手表的技术。"不,"菲尔

14

德拒绝道，"我是不会受眼前一点利益影响，而放弃自己的追求的，我的理想是研制出一款世界上最好的手表来。"

菲尔德的理念居然与汉斯·威尔斯多夫如此接近，这是汉斯·威尔斯多夫没有想到的，如果菲尔德坚持不肯来汉斯·威尔斯多夫的公司任职，或者出售制造手表的技术，那么一旦菲尔德在汉斯·威尔斯多夫之前研制出了那款手表，汉斯·威尔斯多夫的公司将会受到前所未有的威胁。

怎么办？只有抢在菲尔德之前研制出那款手表，并尽快注册才是公司唯一的出路。但是，菲尔德显然在技术上要胜一筹，要抢在他之前研制出那款手表谈何容易。就在苦无良策的时候，汉斯·威尔斯多夫突然得到了这样一个消息：菲尔德在研制手表的同时，还兼做草帽生意。汉斯·威尔斯多夫立即让助手去向菲尔德订购草帽。

汉斯·威尔斯多夫的助手莫名其妙地问："您要的是他制表的技术，您不订购他的手表，却要订购他的草帽，我不明白您的意思。"汉斯·威尔斯多夫微笑着说："如果一顶草帽的价格超过了一块手表的价值，菲尔德还会费尽力气去研制手表吗？"

果然，菲尔德在收到草帽的订单后，决定将研制手表的事情暂时放一放，而先去赶制草帽了。就这样，汉斯·威尔斯多夫为自己尽快研制出的手表赢得了注册和上市的时间。他给那款有着防水和自动功能的手表取名为"劳力士"。当劳力士手表快速地占领整个市场，并成为世界品牌后，汉斯·威尔斯多夫才指着自家后院那一院子的草帽告诉菲尔德，那就是他的作品。恍然大悟的菲尔德这时悔之晚矣。

【哈佛教育创新感言】 成功地抓住对手致命的弱点，从而为自己赢得竞争的优势。当你面临看似遥远的理想与唾手可得的实际利益的选择时，不要忘记，成功与失败、荣耀与耻辱仅仅在于你的一念之差。

让成功变成系列

20 世纪 60 年代初，美国电影市场很不景气，各大公司都为生存发展而忧心忡忡。哥伦比亚电影公司同样陷入困境，为了寻找突破口，公司上上下下费了不少周折，但仍未见起色。这时，有人提议：是否可以以英国间

哈佛教育创新故事

谍007为原型,拍摄一部故事片在全球发行。提议一经提出,公司老板立即拍板并着手实施。

剧本写好后,导演开始寻找演员,硬派小生肖恩·康纳利有幸成为007的扮演者。半年后,影片杀青。1962年,007影片《诺博士》在全球同步公映,气势磅礴的画面、悬念迭起的情节、激烈火暴的打斗立即吸引了世界各地的影迷。当年该片即创造了近6000万美元的票房,这在当时是个惊人的奇迹。

两年后,公司又有人建议:为什么不能再拍一部007呢?当时公司内部有不少人都反对,理由是:同样的影片再拍一部未必看好,也未必能收回成本。公司老板却坚决支持这一建议。于是第二部007《来自俄罗斯的爱情》重磅推出,又一次创造了辉煌。除了画面激烈、格斗精彩、充满悬念之外,影片又添加了新的"作料"——邦女郎。当年,该影片为公司换回了近八千万美元的票房收入。

直到这时,哥伦比亚公司才意识到:"007"是个卖点,是吸引全球影迷的焦点。既然如此,为什么不能将007系列化呢?演员可以更换、剧本可以重编、情节可以改变。于是,英俊硬朗的邦德、美女香车的画面、悬念火暴的情节、充满智慧的想象成了007影片的标志。

从1962年的《诺博士》到2006年的《007大战皇家赌场》,哥伦比亚电影公司共拍摄了20余部007系列影片,几乎每两年一部;从肖恩·康纳利到罗杰·摩尔,从布鲁斯南到现在的丹尼尔·克雷格,一个又一个邦德形象深入人心;从一个邦女郎到同部影片中若干个邦女郎,无不吸引影迷眼球;从第一部收入6000万美元到最新一部的5亿美元,共创下了40多亿美元的票房。可以说,007影片开创了电影史上的神话,即便是《哈里·波特》与之相比也略逊一筹。

哥伦比亚电影公司的高明之处在于:将偶然间发现的"机会"和"闪亮点"无限制地持续下去。试想,如果他们拍完两部"007"后就放弃,就绝没有今天的奇迹。

有位专写人物传记的著名作家经过长期调研发现:许多人都或多或少地取得过成功,也都抓住过一两次机会;每个人的一生都会有"闪光点",只是大多数人在不经意间将"闪光点"给忽略了,无法让它持续性地"闪亮"下去。而成功者恰恰相反,总能将优势顺延下去,无限放大自身的优点,由一个机会走向"同类"的更大机会,从而创造奇迹和辉煌,形成所谓的"系列"。

也许,许许多多的人都有各自的优势,也都有过瞬间的成功机会。问题在于:我们是否学会去打造人生的"007",让成功变成系列。

【哈佛教育创新感言】 如何将偶然间发现的"机会"和"闪亮点"无限制地持续下去?成功者之所以能够戎功,是因为他们总能将优势顺延下去,无限放大自身的优点,由一个机会走向更大机会,从而创造奇迹和辉煌。

发挥你的想象力

美国家庭日用品制造厂艾比士公司制造出心形塑料水桶,在美国市场上造成抢购的热潮。一般消费者长期受"水桶就是圆形"的观念所限制,新制造出的心形塑料水桶当然会大受欢迎。心形水桶不仅外形可爱,使用时也可以得到许多乐趣,同时心形尖端是水的流出口,非常实用。

冰淇淋的容器多采用圆筒形,但日本雪印乳品开发的"亚特利"冰淇淋,以流行的容器包装吸引了不少消费者。"亚特利"冰淇淋采用了带着漂亮花饰的椭圆形容器,每年 3 月和 9 月,都会根据当时的趋势,改变容器上的花样。

日本一家小公司老板藤野中道因工作关系,经常到全国各地出差,他请不起留守公司负责听电话的职员,就利用电话答录机接受客户订货。但很多时候等他出差回来时,听到电话答录机的订货、交货日期已经过了。为此,藤野很苦恼,于是思考着如何解决这个问题。他提出把打到无人公司的电话转接到指定场所的转送电话业务。很快,这种电话转接业务被日本企业界视若至宝,出现了专项转送电话服务公司。

【哈佛教育创新感言】 打破常规,发挥自己的想象力,走出一条常人不敢走的路,你的人生就会非常精彩。

巧算灯泡容积

一天,发明家爱迪生把一只灯泡交给他的助手——普林斯顿大学的数学系毕业生阿普顿，要他算出玻璃灯泡的容积。

阿普顿拿着灯泡琢磨了好长时间，于是用皮尺在灯泡上左右、上下量了一阵，又在纸上画了好多的草图，写满了各种尺寸，列了许多道算式，算来算去还未有个结果。

爱迪生见他算得满头大汗，就对他说："我的上帝，你还是用这个方法算吧！"他在灯泡里倒满了水递给阿普顿说："把这些水倒进量杯里，看一看它的体积，就是灯泡的容积了。"助手听了恍然大悟，于是很快就算了出来。

【哈佛教育创新感言】 习惯性思维禁锢了我们的行为。当我们努力寻找一种恰当的处理事物的方法时，不妨换个思路思考一下，说不定，做这件事情的方法其实是相当简单的，并不像我们想象的那么复杂。

18

废墟的价值

在美国加州海岸的一个城市中，所有适合建筑的土地都已被开发出来，并予以利用。城市的另一边是一些陡峭的小山，无法作为建筑用地；而另外一边的土地也不适合盖房子，因为地势太低，每天海水涨潮时，那里总会被淹没一次。

一位具有想象力的人来到了这座城市。

具有想象力的人，往往具有敏锐的观察力，这个人也不例外。

在到达的第一天，他立刻看出了利用这些土地赚钱的可能性。他先预购了那些因为山势太陡而无法使用的山坡地。他还预购了那些每天都要被海水淹没一次而无法使用的低地。他预购的价格很低，因为这些土地被认为并没有什么太大的价值。他用了几吨炸药，把那些陡峭的小山炸成松土，再利用几台推土机把泥土推平，原来的山坡地就成了很漂亮的建筑用地。另外，他又雇用了一些汽车，把多余的泥土堆在那些低地上，使其超过水平面的高度，也使它们变成了漂亮的建筑用地。由此，他赚了不少钱。

他的钱是怎么赚来的呢？只不过是把那些泥土从不需要它们的地方运到需要的地方罢了。那个小城市的居民把这人视为天才，他确实是天才。

【哈佛教育创新感言】 废地变宝，这就是创新带来的收获，天才的发

明都是由一开始的想象得来的，然后再深入地研究。幻想是美妙的，朝着自己的幻想去努力，是所有成功的根源。

破裂的水桶

一位挑水夫，有两个水桶，分别吊在扁担的两头，其中一个桶子有裂缝，另一个则完好无缺。在每趟长途的挑运之后，完好无缺的桶子，总是能将满满一桶水从溪边送到主人家中，但是有裂缝的水桶到达主人家时，只剩下半桶水。

两年来，挑水夫就这样每天挑一桶半的水到主人家。当然，好桶子对自己能够送满整桶水感到很自豪。破桶子呢？对于自己的缺陷则非常羞愧，它为只能负起责任的一半，感到非常难过。

饱尝了两年失败的苦楚，破桶子终于忍不住，在小溪旁对挑水夫说："我很惭愧，必须向你道歉。""为什么呢？"挑水夫问道，"你为什么觉得惭愧？""过去两年，因为水从我这边一路地漏，我只能送半桶水到你主人家，我的缺陷，使你做了全部的工作，却只收到一半的成果。"破桶子说。挑水夫替破桶子感到难过，他很有爱心地说："我们回到主人家的路上，我要你留意路旁盛开的花朵。"

果真，他们走在山坡上，破桶子眼前一亮，看到缤纷的花朵，开满路的一旁，沐浴在温暖的阳光之下，这景象使它开心了很多。但是，走到小路的尽头，它又难受了，因为一半的水又在路上漏掉了。破桶子再次向挑水夫道歉。挑水夫温和地说："你有没有注意到小路两旁，只有你的那一边有花，好桶子的那一边却没有开花呢？我明白你有缺陷，因此我善加利用，在你那边的路旁撒了花种，每回我从溪边来，你就替我一路浇了花！两年来，这些美丽的花朵装饰了主人的餐桌。如果你不是这个样子，主人的桌上也没有这么好看的花朵了！"

【哈佛教育创新感言】　缺点只是相对的，在一定的条件下，它也能成为优点。这就是事物之间的相互转化。当我们发现自身或他人存在的缺点后，正确的做法不是为自己在某些地方不如别人而不断地去抱怨自己的缺点，而是利用缺点，变废为宝。

聪明的马克·吐温

马克·吐温小时候,有一天因为逃学,被妈妈罚去刷围墙。围墙有十几米长,比他的头顶还高。

他把刷子蘸上灰浆,刷了几下。刷过的部分和没刷的相比,就像一滴墨水掉在一个球场上。他灰心丧气地坐下来。

他的一个伙伴桑迪提只水桶跑过来。"桑迪,你来给我刷墙,我去给你提水。"马克·吐温建议。桑迪有点动摇了。"还有呢,你要是答应,我就把我那只肿了的脚指头给你看。"

桑迪经不住诱惑了,好奇地看着马克·吐温解开脚上包的布。可是,桑迪到底还是提着水桶拼命跑开了——他妈妈在瞧着呢!

又一个伙伴罗伯特走来,还啃着一只松脆多汁的大苹果,引得马克·吐温直流口水。

突然,他十分认真地刷起墙来,每刷一下都要打量一下苹果,活像大画家在修改作品。

"我要去游泳。"罗伯特说,"不过我知道你去不了。你得干活,是吧?"

"什么?你说这叫干活?"马克·吐温叫起来,"要说这叫干活,那它正合我胃口,哪个小孩能天天刷墙玩儿呀?"他卖力地刷着,一举一动都特别快乐。罗伯特看得入了迷,连苹果也不觉得那么有味道了。"嘿,让我来刷刷看。""我不能把活儿交给别人。"马克·吐温拒绝了。

"我把这苹果给你!"

小马克·吐温终于把刷子交给了罗伯特,坐到阴凉处吃起苹果来,看罗伯特为这得来不易的权利努力刷着。

一个又一个的男孩子从这里经过高高兴兴想去度周末,但是他们后来个个都想留下来试试刷墙。马克·吐温为此收到了不少交换物。

【哈佛教育创新感言】 马克·吐温是誉满全球的幽默大师,小马克·吐温利用自己的智慧不仅不用刷墙,而且还得到了很多交换的礼物。我们只要不断地创新思维,就会得到更多的收益。

遇险后产生的创意

德莱斯守护着一片森林，每天他都要从这一片林子走到另一片林子，检查一下森林的情况，非常辛苦。

一天，德莱斯在林中巡视一圈后，坐在一根圆木上休息。今天心情不错，他不由得吹起了口哨，脚也伴着音乐打起了节拍。那根圆木原本卡在两块石头中间并不牢固，这会儿它哪经得起德莱斯的摆动，竟带着德莱斯沿斜坡向下滚去。这下完了！德莱斯拼命地平衡身体，两脚蹬地，尽量阻止圆木下滑。幸好山坡不高，也不算陡峭，不一会儿圆木就停了下来。

21

德莱斯是一个喜欢动脑筋的人。刚才惊险的情景想来还心有余悸，却也让他突发奇想：如果坐在椅子上底下装上木轮，用双脚控制轮子滚动，那不是比走路快多了吗？心动不如行动。他立即找来一个鞍座，最后安装两个木轮，用一根横木固定鞍座，最后用一个车把控制车子的方向，制成一辆轮车。他坐在上面，用力蹬地，车子动了。德莱斯高兴地跳了起来。世界上第一辆自行车问世了！

造好后，德莱斯第一次骑自行车外出旅游。他用力蹬地，车子向前滑行。行人对此非常惊奇，都注目观看，也有顽皮的小孩跟在后面追。看着德莱斯蹬车的滑稽样子，人们忍不住笑起来，认为他是在做滑稽表演。但自行车很快就以其轻便、快捷的特点征服了世人，不久，经过不断改进，自行车逐渐风行世界了。

【哈佛教育创新感言】 因为一次极其偶然的遇险，一个普通的看林人发明出了我们今天常用的交通工具——自行车。这就是创意来源于生活的最好例证。

偶然的发明

法国人让·蒙耶靠在木桶里种植棕榈树并将其出售来维持生活。有

一次,他突然想到,如何才能把木桶做得更牢固些。于是,他把小木桶套进大木桶,在两个木桶的空间倒上一些水泥浆。

然而,棕榈树要生长,还是把木桶崩坏了。这位园艺匠又改用瓦钵,还用铁圈箍起来,但还是无济于事。

终于,蒙耶想到了铁丝网。他把铁丝网放进两个大小不同的木桶的间隙里,再灌上水泥浆。就这样,木桶变得非常结实,钢筋混凝土便从此问世了。

让·蒙耶并没有因为自己的发明而富起来。由于经济困难,他于1861年以极低的价格出售了自己的专利。

1920年,埃尔·迪克松在一家公司供职。该公司生产医用纱布和胶带。有一次,迪克松的妻子割破了手指,他灵机一动,用纱布给妻子包扎小伤口,外面再缠上一层胶带。就这样,世界上最早的橡皮膏诞生了。

美国人赫弗里·奥·萨利旺是一家印刷厂的排字工。他上班时必须长时间站在冰凉的石头地板上干活。虽然穿上皮底的毡靴,但双脚仍然冻得僵僵的。有一次,他在脚下放上一块橡胶垫,这样双脚暖和多了,干起活来也轻松很多。

当时,同事们纷纷向他借用这块橡胶垫。于是,萨利旺干脆将橡胶垫切割成小块,钉在同事们的鞋底上。很快,他为自己的发明申请到了专利。就这样,1889年出现了橡胶底的鞋。

【哈佛教育创新感言】 "有心栽花花不发,无心插柳柳成荫",世界上的事往往就是这样,当你刻意去做某件事情时,反而达不到预定的目标,而在无意的灵机一动之间,却做成了意想不到的事情,钢筋混凝土、橡皮膏、橡胶底的鞋都是在这样的"无意"间发明的。

宽与窄

法国的"明天超市"是一家一流的大超市,但超市开业初期却很不景气,大家找了许多原因,却始终找不到一个合理的答案。

董事长费尔一筹莫展,他将自己的苦恼告诉朋友凯恩。凯恩是一位社会学家和心理学家,他来到"明天超市"转了一圈后,认为是通道出了问题,超市里的通道过于宽敞,他建议费尔将店里所有的通道由宽变窄。

费尔大惑不解,但还是照做,重新布置了通道。没想到,这一看似不起眼的改变却产生了神奇的效果:前来购物的人渐渐多了起来,人们逗留在超市里的时间也相对长了许多。两个月后,"明天超市"的销售额竟然翻了一番。

费尔兴奋而又不解地问凯恩,这究竟是什么道理。凯恩解释道,人们逛商场时都有一种特定的心理,那就是对物品需求所产生的亲密度。如果道路过宽,人们就会失去与货物间的亲近感,丧失购物的兴趣,会像逛街一样匆匆走过。

创新是一种伟大的力量,而因循守旧永远难以发展进步,正是探索、创新改变了我们生存的整个世界,一个好的创意和创新,往往彻底改变我们的人生,成为我们人生成功的灵魂。

其实许多最有创意的解决方法,都来自于换个角度想问题,在对待同一件事上,要尝试从相反的方面来解决问题,甚至于最尖端的科学发明也是如此。

【哈佛教育创新感言】　作为我们平常人,换一个角度考虑问题的方法所取得的成效,也可以与科学家们的新发现相媲美。墨守成规不可能产生奇迹,只有创新才会发现另一片蓝天。许多最有创意的方法都来自于转换思想,对待同一件事情,按正常的想法行不通时,从相反的方面往往就可以解决问题。

重视生活中的偶然现象

很小的时候,哥白尼就对天体的运行以及日食、月食等现象十分好奇,这使他对天体学产生了浓厚兴趣。他花了30多年的时间,建立了太阳中心说,从而揭开了近代科学的序幕。被誉为"星学之王"的丹麦宫廷天文学家第谷,从小就对天象好奇,一生以观测天象著称于世。一个偶然的夜晚,他发现了一颗新星,立即对之进行跟踪观察,并且连续18个月记录这颗新星的亮度变化,为后来发现行星运动三大定律留下了宝贵的天文资料。

19世纪中叶,一些化学家们在实验过程中,偶然获得了很多新元素,

其中不少都借助了好奇心的作用。当时,有一位名叫西特洛迈耶尔的药房总检查员,在许多药房里看到通常呈白色的硫酸锌因为受热而变黑。这到底是为什么呢?好奇心驱使他进一步思索。他把这些变黑的硫酸锌经过几次分离,竟然意外地得到了一种新的元素,这就是元素镉。

美国有个女青年,一天傍晚突然发现路边的河面上有块露出的石头,发出如同星星一样的点点光亮。好奇心使她往石头上浇了几次水,石头上的亮光不见了,但石头上却嵌着许多淡紫色透明、有玻璃光泽的东西。于是她取了几块石头带回家。当石头不小心碰到火苗时,竟然发出了"噼噼啪啪"的爆炸声,火花四溅,这又一次引起了她的好奇。她觉得这不是普通的石块,因此她拿着石头到地质队化验了一下,结果确认是萤石。不久之后,地质队就在离河不远的山里找到了一个萤石矿。

【哈佛教育创新感言】 科学上许多重大发明其实都来自于生活中,就像文中的故事一样,只要不放弃生活中任何一个偶然的现象,并加以钻研,有一天你也许会成为发明家。

简单的办法

1916 年,位于美国犹他州的小镇弗纳尔的居民非常渴望修建一座砖砌的银行。这座银行将是小镇上的第一家银行。

镇长买好了地,备好了建筑图纸,万事俱备,只差砖还没有着落。

就在一切仿佛都进展得很顺利的时候,障碍出现了。这是一个致命的障碍,由于它,整个工程计划将化为泡影:从盐湖城用火车运砖,每磅要2.5 美元。这个昂贵的价格将断送掉一切:没有足够的砖,也不会有银行了。

幸运的是,小镇里的一位商人开始以一个全新的角度来考虑这个问题。他想出了一个近乎愚蠢的主意——邮寄砖!

结果是:包裹每磅 1.05 美元,比用火车运送便宜了一半的价钱。事实上,不仅是价格便宜了一半,而且邮寄过来的砖和用火车货运过来的砖是同一班列车运送!就是这么一个货运和邮递之间的价格差异使情况完全不同了。

几周之内，邮寄的包裹像洪水般涌入小镇。每个包裹7块砖，刚好可以不超重。这样，弗纳尔镇的居民很骄傲地拥有了他们的第一家银行。而且，这家银行全部是用邮寄过来的砖盖起来的。

【哈佛教育创新感言】 7块砖的包裹，成就了一家银行。在1.05美元和2.5美元之间，架起了智慧之桥，使我们认识到：要想改变命运，就要改变思维的方式。看似麻烦的方法，也许是最经济实用的。

不断创新的·小·休斯

"飞机大王"霍华德·休斯，1905年12月24日生于美国得克萨斯州休斯敦市。

他的父亲是一位精明的商人，母亲亚莉涅是法国人，是得克萨斯州地方领事的女儿。

休斯虽然是个天才，但童年时并未显露出灿烂的光辉。他性格孤僻，喜欢独自玩耍。见人非常害羞，又极其厌恶上学读书。

但他绝不是对什么都不感兴趣的孩子，对于各种机械，他是样样着迷。家中有一块钟表，他感到新奇、神秘，把各种零件一个个拆下来，再一一重新组装。一次一次，反反复复，他是那样入迷，那样专心致志。

一辆普普通通的自行车，骑上去用脚一蹬，轮子悠悠地转着，人们都司空见惯，习以为常。可是休斯对此却产生了奇妙的联想：干吗一定要用双脚来蹬，还费那么大的劲？如果在车架上装上电池，改装成电动脚蹬车该多好；尤其在顶风或上坡时，还省力得多。于是他独自考虑、反复试验，终于研究出一辆电动脚蹬车。从此他的名字不胫而走，家喻户晓。

他还制作了装有收音机的发报机。

休斯成年后，成了美国的"飞机大王"。他的一生充分发挥了个人的才智，在人生的史册上写下了辉煌的篇章。他也曾在电影事业上一展宏图，他新拍摄的影片获得了奥斯卡金像奖。但他的最大成就是在航空事业上。

1936年，他驾着飞机，从洛杉矶到华盛顿连续飞行9小时27分10秒，创下了横越美洲大陆，不着陆飞行的世界纪录。第二年，又以7小时28分25秒，刷新了前一纪录，并一直保持了7年之久。

25

1938 年,他又以 3 天 19 时 17 分的成绩,创下了飞行世界一周的纪录。

【哈佛教育创新感言】 走众人走过的路注定也会成为众人中最普通的一员。如果想要独树一帜,脱颖而出,就一定要创新,走别人不敢走的路,就能起到意想不到的效果。

共振和创业

在 17 世纪,克里斯蒂安·惠更斯发明了摆钟。他把几个钟挂在房间的墙上,每个钟摆各自摆动着。惠更斯发现,不一会儿,所有的钟摆开始以精确的、同步的节奏摆动。他得出了这样的理论:钟表的声波进入了墙壁,与每个钟摆各自的摆动相互作用,从而带动所有的钟摆以同样的节奏摆动。惠更斯的这个理论现在已经是一个被广泛接受的物理原理,称为"共振原理"。

当你开始憧憬梦想的时候,你梦想的节奏也会受到像墙壁对室内所有其他声音做出回应那样的影响,所以你是否梦想房间里有你想要的共振的节奏呢?

小的时候,当你想要或是想买某样东西时,你会知道要恳求父母中的哪一方,因为他(或是她)会比另一方更支持你的想法。做学生的时候,你知道哪一位老师能够解答你思考不出来的难题;即使现在,你也知道哪一位管理人、老板或是同事能够和你产生最和谐的振动。

如果你在考虑建立或是购入你自己的企业,你就要多和那些曾经是或者现在是创业人士的人在一起。不要和那些絮絮叨叨、老爱唱反调的人一起工作。他们传出的振动是"不能做"和"不可能完成",而且他们的影响是那么强烈,如果你留在他们身边,他们就会像钟表背后的墙一样,使你随着他们的频率摆动。这会阻止你实现梦想。

这类老爱唱反调的人的振动是可以预见的。几年来,我一直用一句话来形容那些不精通任何一种我或是我的公司提出的创新法律、税率或是经济手法的专业人士的反应。这句话就是"不是你战胜它,就是它战胜你"。

你必须让自己被那些在这方面成功的人围绕着——那些了解你在追逐梦想过程中所需要的人。

【哈佛教育创新感言】 成功的路有千万条，让自己成为成功共振人群中的一员，这是成功的要务。一个人所能达到的高度，往往是由他身边人的高度所决定的。因为拥有共同梦想的人，才可能成为你成功道路上的铺路石和引路人。

海豹音乐会

英国有位名叫约翰的老人，他是位音乐爱好者，常在家中演奏各种乐器。

这天，他在家里弹起了钢琴，自己陶醉在琴声中。可他偶然一回头，发现自己收养的那头名叫贝蒂的小海豹，爬出水池在凝神细听，有时还随着乐曲的节拍扭动着身子。哎呀，贝蒂是一头有音乐天赋的海豹！约翰试着教它敲击木琴，贝蒂很快就学会了。它还能记住乐谱，演奏起来，水平还不差呢！

约翰萌发了一个大胆的念头，让贝蒂登台演出，开音乐会！他把这个想法和剧院老板一讲，老板也很支持。于是满城贴起了海报："精彩音乐会，海豹贝蒂登台演出！欢迎光临！"

演出那天，剧院座无虚席。在热烈的掌声中，帷幕拉开了，贝蒂脖子上系着一条漂亮的纱巾，一本正经地坐在木琴后面。约翰轻轻地举起指挥棒，贝蒂用牙齿咬起敲奏木琴的木槌，不慌不忙地敲击琴键，悠扬动听的琴声，像行云流水，响彻了剧院……

演出的反响太强烈了！第二天，当地报纸在显要位置作了报道，电视台也在黄金时间作了实况转播，贝蒂音乐会轰动了全城！约翰又让贝蒂连演了五场，场场爆满，要不是怕贝蒂太疲劳，不知要演多少场，才能满足观众呢！

约翰太激动了！他决心加强对贝蒂的训练，让贝蒂提高得更快。他要带贝蒂走遍全国，让大家都知道，在海豹中，有贝蒂这样的音乐天才。

【哈佛教育创新感言】 发现是创新的开始，借助这双聪慧的眼睛，你会发现许多与众不同。善于捕捉，勇于尝试，在机会来临的时候尽快出击，相信自己，一切皆有可能。

27

成功来源于好奇

有一位母亲盼星星盼月亮般地盼自己的孩子能够成才。

一天,她带着 5 岁的孩子找到一位著名的化学家,想了解这位大人物是如何踏上成才之路的。获悉来意后,化学家没有向她历数自己的奋斗经历和成才经验,而是要求她们随他一起去实验室。来到实验室,化学家将一瓶黄色的溶液放在孩子面前。

孩子好奇地看着它,显得既兴奋又不知所措,过了一会儿终于试探性地将手伸进瓶子。这时,孩子的背后传来了一声急切的断喝,母亲快步走到孩子旁边,孩子吓得赶忙缩回了手。

化学家哈哈笑了起来,对孩子的母亲说:"我已经回答你的问题了。"母亲疑惑地望了望化学家。化学家漫不经心地将自己的手放入溶液里,笑着说:"其实这不过是一杯染过色的水而已。你的一声呵斥虽出自本能,但也呵斥走了一个天才。"

【哈佛教育创新感言】 创新需要好奇,父母都爱自己的孩子,但如果因为爱而扼杀了孩子的好奇心,可谓得不偿失。一个人要成功创新,必须具有质疑思维,只有多质疑、多发现不足之处,才能够有所创新。因此,多保护孩子那份好奇心吧,那是孩子质疑思维的花朵。

第二章　创新带来财富

小乞丐赤手创业

一天下午，我正走在秘鲁首都利马脏乱的街道上，只听有人用西班牙语对我喊："先生，你能给一个挨饿的孩子 100 索尔（当时合 22 美分）吗？"

和在其他第三世界国家的城市里一样，利马有很多挨饿的孩子，其中很多人为孤儿。我转过身，见是一个 10 岁或 11 岁、穿一件破烂 T 恤衫的黑发少年。他朝我走过来，眼里闪着警惕的目光。

"你可比我还胖啊？"我笑着说。

"是啊，不过，大部分游客在有人要钱时都给，"他说，"不管给不给，还是谢谢了。再见。"

当他转身要走时，我说："我正想吃点儿有名的辣味肉粽，你知道哪儿有吗？"

"朋友，我知道整个利马城里最好的辣味肉粽！"

他把我带到一个年久失修的小店，在那里，我们享用到了极好的肉粽和咖啡。作为国际经济发展咨询专家，我在世界各地见过很多苦难的孩子，我每次见到都给他们钱。而这个孩子看上去却不一般。尽管有露宿街头的不幸，他对生活却充满热情和爱恋。

"你叫什么名字？"我问。相遇都那么长时间了，我还不知道他的名字。

"大卫。"他爽快地回答。

大卫——我不由得想到《圣经》里那位杀死巨人哥利亚的勇士，他因为热爱自己的人民而成为伟人。我试图打消这种显然有些牵强附会的联系。

"我叫布鲁斯。"我说。

"啊，布鲁斯先生。"他用的是西班牙语发音。

　　大卫已开始舔他那裹肉粽的玉米包皮。我又给他买了一块,他显得格外高兴。

　　"大卫,"我问道,"你想干点儿什么? 你打算怎么生活?"他显然没在上学,后来我从谈话中得知,他一直在坚持自学,而且拥有两本平装本小说和一本用旧的词典。他为此感到自豪。

　　他那锐利的目光直对着我的眼睛。"我想建立自己的擦鞋业。"他的话里包含着一种坚定的决心,而这种决心只有那些明确了自己的目标,而且坚信这一目标终归能够实现的人才会有。

　　在发展中国家,有成千上万的少年在从事擦鞋业,他们大多使用廉价的鞋油,也没有什么技术。然而,我又想,这里也许例外。

　　"大卫,你有资金吗?"

　　他把手伸进他那破牛仔裤的口袋里,掏出一把500索尔的票子,总共合9美元。在秘鲁,对一个孩子来说,这已经是很多了。"你从哪儿弄到这么多钱?"我问。

　　"从游客那里。"

　　我相信他的话。游客都有一颗慈善的心。

　　"大卫,你听我说。"他睁大眼睛看着我,"我想当你的风险资本家。就是说,我给你提供你所需要的短缺资金,而你得把赚的钱分给我一部分。公平吗?"

　　"资本主义是罪恶!"他喊道,"它是我们贫困的祸根!"

　　我并不感到吃惊。在整个第三世界国家中,社会学家们都在重述这一观点。不过,我倒觉得这个孩子心里并不真是这样想的。

　　"大卫,我刚付了这位女士的肉粽钱。现在,她就是个资本家,因为她在为自己做生意。然而,当我付给她钱时,都是谁受益呢?"

　　他想了想说:"你们俩!"

　　"非常正确!可是,假如她每块肉粽要1000索尔,而不是25索尔呢?"

　　"嘿,朋友,你要是买的话,你就是十足的外国佬!"

　　"说得对。不过,我很可能不买,是不是?"

　　他用力点点头。

　　"成交一笔生意时,价格就是顾客乐意出的钱,它是由顾客决定的。"

　　"嗯,那我该要多少钱呢?"

　　"别人现在擦一双鞋要多少钱?"

"我想是 275 索尔（60 美分）。"

"你觉得你能和你的竞争者——其他的擦鞋工们擦得一样好吗？"

"我比他们谁都擦得好！"他夸耀说。

"那你为什么不提供更好的服务，并多收几索尔呢？如果你比别人擦得好，人们会很乐意多付一些钱的。"

"真的？"

我抚摸着他的头，说："真的！走，咱们买擦鞋用具去。"

在一家阴暗的小店，我们找到了一只用过的擦鞋用箱。等买了鞋油、刷子和擦布之后，大卫已负债 9 美元。我问他想在哪里摆摊儿。

"在圣马丁广场。"

"什么？紧挨着那 20 多个已经有稳定顾客的擦鞋工摆摊儿吗？"看来该给他讲讲关于市场的问题了。

"那哪里还有人多的地方呢？"

"去塞拉通宾馆。那里有一车一车的游客，他们都有一颗慷慨的心和一双穿脏的鞋。"

在去塞拉通宾馆的路上，我们讨论了怎样公平地与已经在那里的几个孩子竞争。最后，我们一致认为，技术水平应是赢得生意的唯一手段。

来到塞拉通，他突然向我提出一个被我忽略的问题："布鲁斯先生，你按多少分成？是对半分吗？"

我默默地看了一会儿这位小企业家，说："百分之一。就是说你每挣100 索尔，我要 1 索尔。"

他显得异常兴奋："朋友，你可真是个美国佬！"

在宾馆大厅里，我试图说服一位英国游客出去把鞋擦一擦，我说这将会是他一生中最满意的一次。"我才不去让这些流浪儿们把鞋油都擦在我裤子上呢。"他表示反对。但最后他还是勉强同意了。当我们两人走近大卫时，我表情严肃地看着我的这位小企业家。

"大卫，你要是用错颜色，或者把一丁点儿鞋油弄到这位先生的裤子上，我就把你赶过安第斯山，赶到厄瓜多尔去！"

他以极大的热情投入工作，就连那位英国人也对大卫的技艺惊叹不已。大卫快速拉动着他的擦布，其派头犹如小提琴大师海费茨拉他的小提琴。不一会儿，那双鞋就被擦得明亮洁净，好像新鞋一般。

"你干得真出色，小家伙！"那位英国人说，"你要多少钱？"

哈佛教育创新故事

大卫看了一看，我两手一摊，让他决定。

"300索尔，先生。"

我笑了。300索尔——比竞争价高出6美分。

那位英国游客从口袋里抽出一张500索尔的票子："这是付给干活儿出色的人的。"说完，把票子递给了不知所措的大卫，"下午晚些时候我再动员几个朋友也到你这儿来，再见！"

看着这生平第一次挣得的钱，大卫不禁热泪盈眶。我朝他挤了挤眼，就转身回到我在塞拉通宾馆的房间。但我仍不时地从阳台上探出身来，看他怎样像勇士大卫战胜巨人哥利亚那样在竞争中取胜。大卫发明了一种招揽顾客的方法，这种方法从未失败过，对此我感到特别好笑。见到有人走过来，他总是躬身施礼，喊道："先生，我擦得最好！"

过了几个小时，看门的人给我打来电话，说他们抓住了一个企图溜到我房间里来的流浪儿。这个孩子还不停地威胁说，要是他们把他推出去，我会把他们赶过安第斯山。

"先生，"我说，"那个孩子是我的经营伙伴，马上让他进来！"我想象着大卫如何挺起他那4英尺高的身板，拍拍擦鞋箱上的尘土，趾高气扬地走进电梯。

我打开房门，见他手里捧着一堆100索尔的硬币和500索尔的票子。"我不知道该给你多少，布鲁斯先生，但我必须给你。"

我们一起把钱数了数。等还我那9美元投资、付给我百分之一的分成以后，他还剩下2.70美元。但他知道，从那以后，他会挣到很多。

当他转身要走时，他伸出了那沾满鞋油的小手。"先生，"他轻声地说，"将来，我会挣到足够的钱到美国去看你。"

我紧紧地握住他的手："那真是太好了。但同时你会挣到很多钱给秘鲁的！"

他沉默了一会儿，说："我会的。"我松开了他的手。他走了几步又停下来，回过头来看着我。我举起胳膊，拇指朝上，喊道："向上！"

"向上！"他一边喊，一边把胳膊举到空中。这时我们都笑了，因为在他那染黑的拇指下摇摆着的，是一条擦布。

【哈佛教育创新感言】 一个衣衫褴褛的小乞丐赤手创业的故事，不得不让我们思索。我们常常抱怨社会的不公，抱怨条件的不好，其实细细想来，我们未必付出足够的努力。条件不是人家给你的，而是自己去创造的。

身无分文盖大楼

日本冈山市有栋非常漂亮气派的五层钢筋水泥大楼。这栋大楼就是条井正雄所拥有的冈山大饭店。然而,谁也没有想到,条井正雄当年身无分文却盖起了这栋大楼。

条井以前是一个银行的贷款股长,一直负责办理饭店旅馆业的贷款工作。10年的工作,使他不知不觉积累了丰富的旅馆经营知识,这时心里自然也产生了经营旅馆的欲望。为了求得更完整的方案,他实地做过精密的调查,调查的结果是:来冈山市的旅客,有97％是为商务而来的,然后,他又在公路边站了3个月,调查汽车来往情况。然而,当时冈山市的旅馆却没有一家像样的停车场设施。他这样构思,将来新盖的饭店,必须具有商业风格,而又附设广阔的停车场·以此来吸引旅客。他又花费一年时间,制成几张十分阔气的饭店设计图纸和一份经营计划书。抱着试试看的心情,他来到冈山市最大的建筑公司碰运气。公司的一位主管看了条井的设计后,问他:"你准备用多少资金来盖这栋大楼?"

"我一分钱也没有,我想,先请你们帮我盖这栋大楼,至于建筑费等我开业之后,分期付给你们。"条井泰然自若地回答。

"你简直是在白日做梦,真是太天真啦,请你把这个设计图拿回去吧!"

"这几张图纸和计划书是我花了两年的时间做成的,我认为很完整。请你们详细研究,我以后再来讨教!"条井不敢多言,把设计图丢在那里,掉头就走。

半个月后,奇迹发生了,这个建筑公司约他去面谈。该公司的董事和经理济济一堂,从上午8点到下午4点,一个接一个向他问各式各样的问题,那种场面真是令人心惊肉跳。然而,令人吃惊的事终于发生了,建筑公司决定花2亿日元替这位身无分文的先生盖饭店。

一年后,饭店落成了,条井成了老板。

【哈佛教育创新感言】 谁都知道在商场上没钱几乎是寸步难行,但文中的条井却利用自己的智慧,没肯花一分钱,盖成了酒店,他的成功就在于他"借鸡生蛋"这一创新的思路。

抛撒金币的老板

韩国有一家机械制造厂,厂里的工人很散漫,习惯把螺帽、螺栓等零件随意抛撒在地,弄得车间一片狼藉。老板每次到车间,都把工头和工人训一顿,但下次再来时,车间还是狼藉依旧。

有一天,老板又来到车间,这一次,他没有训斥工人一句,而是拿出几卷硬币,天女散花似的抛撒出去,硬币顿时布满车间的每个角落。然后,他优哉游哉地踱回了自己办公室。工头和工人们见此情景,都丈二和尚摸不着头脑,猜老板一定是病了。

第二天,老板召集所有工人说:"昨天,你们一定对我的行为感到奇怪,我并不是病了才把硬币丢在地上,而是想让大家一起为遇到的问题找寻一个办法。"他接着说,"我发现车间每天都抛撒着各式各样的零件,而你们每个人却都熟视无睹,不弯腰拾起来。这些零件都是拿钱买的,丢在地上,就等于把钱丢出去。我昨天把钱抛了出去,而你们浪费的材料和零件,同那些硬币一样,都是真正的钱,而且还将创造更多的价值。"工人们低下了头,终于领悟到老板的良苦用心。从此,车间的地上变得干净多了,再也见不到乱丢零件的现象了。

【哈佛教育创新感言】 众人走过的路,留下的只有无数的脚印,如果想找到创新的点子,就必须敢于异想天开,这才是成就大事业的根本。

小·发明给你带来财富

有些人费尽脑汁,历尽艰辛,却无法摆脱贫困;有些人稍动脑筋,却旋即成为腰缠万贯的富翁。原来发明之路上有一个岔路口,一条通向贫困,一条通向富裕。下面的故事会给你带来什么启迪呢?

美国的海曼曾是一位卖不出画的画家。当他画素描时,经常为寻找橡皮而苦恼。因为贫穷,所以买一块橡皮也不能随随便便。橡皮虽小,但管大用。小小的橡皮既容易滚落，又容易夹在纸物中间，常常为找它而使人烦恼。当这小东西失落时，画就画不成了。海曼想出了一个主意，就是设法在铅笔的尾部装上一块小橡皮。起初，是用线缠法将橡皮固定，后来决定用小软铁片将其固定。

海曼的亲友维廉姆见此后，即建议海曼申请专利，结果以55万美元卖给了铅笔公司，获得了成功。此事发生在1860年左右。

加倍或合并相同的两种东西，已成为发明的捷径。

松下公司总裁松下幸之助早年曾经把原来的单插座改为双头插座、三头插座而获得了巨额利润。酒井先生是靠发明给玩具狗附加一条红舌头而发财的人。他说："我以每只狗70日元批发价出售，每天可卖300只。有一天有个人找我要减价多买一些，被我拒绝，不料这个人想出一篮双狗的主意，抢去了生意。"原来那个人把两只酒井小狗并放在塑料小篮中，前肢搭出篮缘，伸着红舌，十分可爱，申请了专利。他卖出的小狗平均每只价高170日元仍有不少人买。利用加倍的原则，他凭空每天挣得了3万日元。

现在所采用的可口可乐瓶样式，是1923年后才有的。当时25岁的青年路透，是美国某家玻璃瓶公司吹玻璃瓶的工人。

有一天，久别的女朋友到他这里来拜访。她穿着流行的紧腿裙，美极了。这种裙子在膝部附近变窄了，强调了人体的线条美。约会归来后，路透迅速按照裙子样式制作了一个瓶子。然后作为图案设计进行了专利登记，并将此瓶子设计带到可口可乐公司。

该公司的总经理与此青年签订了一份合同，答应每一格罗斯（十二打）付给5美分。这就是可口可乐饮料现在所用的瓶样。

这样，这位年轻人路透所得的金额，据说约合日币18亿元之巨。

一位家庭主妇将收缩薄膜覆盖在晒衣竿上并浇上热水。由于薄膜收缩，所以它就紧紧地贴在晒衣竿上，于是变成了竿的塑料薄膜。这是20年前的一件价值100万日元的发明。

头脑不使用会老化，越使用越灵敏。对世界上的事物关心并注意观察，然后把灵机一动所想出的东西，试着构思出自己的方案。躺在床上也好，上厕所也好，乘电车也好……什么时候都行，只要脑海中浮现出方案，就要立刻把它记下来。至于想出来的是妙计还是愚方，放在以后再评价。"枪法再差，多放也可命中"——在众多的方案中，总会有一两件碰巧是出

色的。

【哈佛教育创新感言】 要想改变自己的生存状态,唯有自己努力。机会是自己争取到的,有量的积累才会产生质的飞跃。把人生当做一条发明之路,随时随地留心,并注意观察,用头脑去分析和判断,把众多的方案记下来,在别人的基础上加以创新。或许,你走上的人生之路,就是最出色的那条。

用思考创造出的奇迹

36

海立门先生是美国一位著名的铁路工程师。一次,他偶然发现,铁轨上的每个螺丝钉都有一截露在外面。海立门便问同事。同事回答:"因为铁钉就这么长。""为什么非要这样长呢?白白浪费了一大截在外面。"对方又答道:"都是这样制造的,螺丝钉的尺寸一向由铁道部门统一制定。"海立门沉默了一会儿又问:"一英里铁轨要用多少个螺丝钉?"同事答:"约3000个。"海立门吃惊地说:"太平洋和南太平洋铁路公司共有1.8万英里路轨,所需螺丝钉约5000万个,按每个螺丝钉多用钢材50克计,岂非浪费了2500吨钢材?"这个在别人眼中微不足道的发现给了他创造的启发,把露在外面的一截去掉。结果,他的可行性建议获得了100万美元的奖金。

在19世纪之前,英国人一直习惯饮用热腾腾的红茶。

在当年的圣路易世界博览会上,年轻的推销员布莱·钦登负责向与会者推销红茶,一杯一杯冒着热气的红茶摆放在桌上,香气四溢,却没有什么人去碰它们。

钦登发现,由于天气的反常炎热,人们更倾向于靠吃冰淇淋来解渴。他十分沮丧,更晦气的是,他竟然让一大块冰掉进了茶桶里!有谁会喝这种从未有过的"冰红茶"呢?钦登只好自斟了一大杯,发泄心中的闷气。

没想到,当他喝下第一口时,发觉"冰红茶"的味道较之热红茶,竟有十分特别之处;而且在炎热的环境中,冰红茶的口感似乎更加美妙。

钦登大为开怀,干脆向与会者们推销这种前所未有的冰红茶。没想到一炮打响,竟使冰红茶成为风靡英国的饮品。

【哈佛教育创新感言】 生活中每天都有很多人在碰壁,他们的失败之

处都是用千篇一律的方法去思考,其实,创新就在你的身边,要善于抓住,勤于思考,成功同样也会属于你。

维生素的发现

1896 年,艾克曼发现了一个有趣的现象:这里不仅人会生脚气病,就是家养的鸡也有生脚气病的。艾克曼决定用鸡来做实验,探索脚气病的病理。

起先,艾克曼仍把着眼点放在对"脚气病病菌"的探寻上。他把病鸡的脚和内脏做成各种切片,在显微镜下观察,又把喂鸡的食料作了严格的消毒,甚至还精心设计了新的环境良好的鸡舍。令人沮丧的是,鸡照样生脚气病。在他特意建立的养鸡场里,鸡常常一批一批地死去。

一天,养鸡场的饲养员生病了,新来了一个饲养员代替他。奇怪的事情发生了:在新来的饲养员饲养下,一群病鸡慢慢地恢复了健康。这是怎么一回事呢?艾克曼百思不得其解。

过了 3 个月,原来的饲养员病好了,回到了饲养场里。更奇怪的事情发生了:鸡又开始生起脚气病来了。这一下,艾克曼豁然开窍:问题一定出在饲养员身上。

经过调查后,艾克曼明白了其中的奥秘。原来,原先那个饲养员是个节俭的人,总是用食堂里吃剩下来的白米饭喂鸡;而那个临时代替的饲养员可不愿意花费时间去收集这些剩饭,他用米糠喂鸡。于是,艾克曼连忙做了这样的试验:他买了一批健康的鸡,一半用白米饭喂养,一半用米糠喂养。结果发现,用白米饭喂养的鸡,很快就生脚气病了;而用米糠喂养的,却一直很健康。

"毫无疑问,脚气病一定和食物有关。"艾克曼恍然大悟。我们已经知道,几乎在这同时,高木也作出了类似的发现。只是,高木的研究到此就中止了,而艾克曼却还要继续研究下去。

【哈佛教育创新感言】 艾克曼从常人司空见惯的生脚气病现象中不断探索,最后终于得出生脚气病的原因,为后来维生素的发现打下了基础。由此我们体会到:成功或许就是在一次偶然的假想或猜测之后,进行了艰

37

苦的、持之以恒的探索。充满创意的想法经常会闪现，而持之以恒的行动太少，这就是真正的成功者不多的原因。

竖立的鸡蛋

当哥伦布航海行程结束以后，一个让人们惊叹的消息也随之诞生：哥伦布发现了一个新大陆。很多人都对哥伦布取得的成功表示赞叹。这可是具有划时代意义的大事。

皇室也特别为哥伦布举行了庆功宴，请他讲述一些艰险或有趣的故事。此时，有一位大臣却显得不屑一顾，他不服气地说："地球是圆的，任何一个人坐上船航行，都能到达大西洋的彼岸，没什么奇怪的。"旁边的几个人听了这位大臣的言论也觉得有道理，便在一旁附和。

哥伦布的朋友们，都想出面制止这种诋毁声誉的行为，因为谁都知道，环球航行，困难重重，是谁都能做到的吗？可是哥伦布反倒显得镇定自若。

过了一会儿，哥伦布请侍者拿来几个煮熟的鸡蛋，来到大厅的中央，并礼貌地邀请刚才那几位对他表示怀疑的臣子做一个简单的小游戏。人们把目光都聚集到他们的身上。

哥伦布对那几个大臣说："各位大臣，如果你们谁能把鸡蛋竖立在桌上，那你们就算赢。"

接着，几位大臣就开始了这个游戏，可是无论怎么做都不成功，围观的人，也有人尝试，依然没有人能将鸡蛋竖立起来，都说这不可能。

正当大家都开始否定这个游戏的可行性时，哥伦布走到桌子边，拿起了一个鸡蛋，用一端轻轻朝桌子砸下去，蛋的一端被砸破了，蛋也稳稳地竖立在桌子上。

大臣们一片哗然，都说蛋都打破了，还能算吗？要是这样也行，那3岁的小孩不是也可以吗？

哥伦布看着大家不服的样子，缓缓地说道："虽然这是个很简单的游戏，你们却没有一个人能做到。但是知道游戏的结果后，大家却都说不过如此。也许，每件大胆的尝试都是这样的吧。"

【哈佛教育创新感言】 凡事不知道去思考的人，永远都是昏昏沉沉地

生活,要创新,就要有打破常规的勇气和信心,只有出奇才能制胜。

如何拥有 100 万

一位年轻人在大学读书,有一天他向校长提出了改进大学教育制度弊端的若干建议。他的意见没有被校长接受,于是他决定自己办一所大学,自己当校长来消除这些弊端。

办学校至少需要 100 万美元。上哪儿去找这么多钱呢?等毕业后去挣钱,那太遥远了。于是,他每天都在寝室内苦思冥想如何能有 100 万美元。同学们都认为他有神经病,梦想天上掉钱来。但年轻人不以为然,他坚信自己可以筹到这笔钱。

终于有一天,他看到了一个办法。他打电话到报社说,他准备明天举行一个演讲会,题目叫《如果我有 100 万美元》。第二天的演讲吸引了许多商界人士。面对台下诸多成功人士,他在台上全心全意、发自内心地说出了自己的构想。最后演讲完毕,一个叫飞利浦亚默的商人站了起来,说:"小伙子,你讲得非常好。我决定投资 100 万,就照你说的办。"就这样,年轻人用这笔钱办了亚默理工学院,也就是现在著名的伊利诺理工学院的前身。而这个年轻人就是后来备受人们爱戴的哲学家、教育家冈索勒斯。

【哈佛教育创新感言】 100 万美元的天文数字,激发了一个年轻人的智慧。为了实现理想,必须用自己的头脑去开创。心有多大,世界就有多大,愿我们都能够从冈索勒斯的故事中得到启示,让一切可能成为现实。

神奇的达尔文

达尔文是意大利文艺复兴运动最重要的发起者之一,他才华横溢、身份多元,是画家、建筑师,同时也是文学家、医学家与科学家。如果没有达尔文的丰富创意,可能就没有之后欧洲文明的剧烈变革。

后人在翻阅达尔文的笔记本时,很惊讶地发现他有不少的蓝图构想,

是当代的科技产物。最有名的例子就是直升机和喷气机的雏形，早就出现在达尔文的绘本里面。莫非达尔文具有预知未来的特异功能？否则他怎能构想出现今交通工具的轮廓？

其实达尔文绝非具有特异功能之士，他能构想出领先人类文明几个世纪的发明，最重要的原因，是他用心地观察大自然，从其中获得不少灵感。达尔文对于大自然的一切都非常感兴趣，在他的绘本里，就有很详尽的生物素描。他曾经仔细地描绘人类的心脏、肾脏、手指等不同器官和组织，同时他也巨细无遗地画出乌贼、鱼、青蛙、蝙蝠、兔子等不同动物的写生。当达尔文观察到鱼类运用鱼鳔的鼓动，让空气进出而造成在水中不同的深度，于是他就有了潜水艇的构想设计。同样的道理，达尔文发现乌贼在水中使用推动力推挤水而让自己前进，由此想到了在空中飞行的器具，也可采用这种方式推动空气前进，便产生了喷气机的最初构想。这些想法在当时可说是前所未闻，不过现在却都一一实现了。

【哈佛教育创新感言】 灵感不会敲响懒惰者的家门，只会与那些长期默默无闻的创新工作者同行，灵感是长期思索的结果。很多成功人士都是从生活中获得发明创造的灵感，并且持之以恒地追求下去，最后取得惊人的成绩。

伦敦哈罗兹百货公司

你想定做一个油井式的蛋糕吗？或者将 6 个面包圈送到 4000 里外的地方？要不要一块美国德州的化石？或者来一只大象？没有问题！哈罗兹公司都可以办到。

哈罗兹当年的广告是：Harrods motto Omnia. Omni bus, Vbique，译出来是：哈罗兹专送，任何物件，任何人，任何地方。

如果你走进去问一件东西，他们至少有 6 种给你挑选。假如你要男人的衬衫，他们有 500 种式样；要领带，有 9000 种；羊毛围巾，30 种颜色。也许你认为伦敦本来是男装最流行的地方，不过你也可以走到食品部去问一问约旦杏仁糖。店员会很有礼貌地说："好的，先生。请问你要白色、粉红色，还是淡蓝色的糖衣？你要金纸、银纸、铜纸或古铜色纸的包装？做结婚蛋糕旁的装饰品？要装盒子，还是装在仿古的瓶子或花盆里？"

伦敦哈罗兹百货公司原是从一间杂货店扩张、发展而来的，已有130多年的历史。它的经营范围之广，代客服务之周全，在西方诸大公司中独具特色。

哈罗兹可以接受电话订货，其电话订货部的办公室足有一个网球场大，食品与其他货品分别送货，以免香水漏到乳酪上或者肉类玷污了巴黎的时装。电话订货并无多少或大小之分，皇家的餐厅每周订货数百磅，或者一个小订户只要两个甜甜圈或圆面包，都一律照送不误。

哈罗兹的食品部虽然十分有名，不过销售的其他东西从初生婴儿的摇篮到死者的坟地，一应俱全。各种衣服、家具、乐器都有，运动用具可以提供整个奥林匹克代表团的选择，甚至连马球所需的马匹也有供应。有猫狗类的宠物部，出售各种动物；有六间附属饭店和一间酒店，有供男子、女子和儿童专用的理发厅。此外，该公司也有附设的银行、图书馆和房地产部门，代客买卖房地产，负责装修布置，也为顾客拍卖古董和家具。最后，该公司提供葬仪的一切服务并兼为送葬者的午餐。

哈罗兹的特点，不止于货品齐全，而且服务周到。有许多商店的店员轻视顾客，甚至态度恶劣，对待一位公主如同女佣，但是哈罗兹的店员对待每一位女顾客如同伯爵夫人，甚至对一位只买一支棒棒糖的小孩也是彬彬有礼。

像本文前述的特别订货，油井式的蛋糕是送到北海油田区，给思乡情切的工作者之生日礼物。六个面包圈是纽约一位古怪的顾客所订购。德州的化石是在哈罗兹展览，由一位德州佬买去，然后运到德州去的。象的生意只是偶尔的事，最后一次的交易是在1968年，某国已故的国王绍格订购了一只小象送给美国加州州长里根。如果绍格在世的话，也许里根当选总统之日，会送他一只大象。当然，不管它是什么，找到哈罗兹的话，一定会负责办到。

【哈佛教育创新感言】 哈罗兹的成功，不只是货品齐全，而且服务周到。哈罗兹的店员对待每一位女顾客如同伯爵夫人，甚至对一位只买一支棒棒糖的小孩也是彬彬有礼。把每一位顾客当做自己的"上帝"，这是商家的口号，可是真的能做到这一点的又有几家呢？在伦敦哈罗兹百货公司"任何物件，任何人，任何地方"的广告词中，我们找到了"上帝"的最好诠释。一个运用这样理念经营的百货公司，还有什么理由不成为全世界独一

41

联邦快递的创举

42

美国空运公司联邦快递于 1971 年成立，到 1985 年，联邦快递在田纳西州孟菲斯国际机场的货物集散中心处理包裹，高达 40 万件。它是如何获得如此迅猛发展的呢？

在联邦快递公司成立以前，美国已经有了著名的大型快递公司。但过去，各个企业必须把商业文件赶在截止日期的前两天就封好，剩下的时间留给空运服务公司，这样才能准时将商业文件送达客户手中。而联邦快递则允许这些公司把工作拖到最后一分钟，联邦快递保证：隔夜就送达。没错，绝对第二天就送到！以前大家只要能听到"会尽快送到"就很满意了。承诺隔夜就送到之后，联邦快递好像成了一部时光机器。

于是，一些企业开始以每封单页信函付十多块钱费用的方式，把信件从东岸康涅州的哈特福寄到美国中部的孟菲斯，以确保能在次日中午以前，抵达哈特福以南一百英里处的曼哈顿（也在东岸）。

起初，公司董事长史密斯产生联邦快递的构想时，心里也很矛盾。那些"专家"告诉他，这个构想愚不可及。原来，史密斯是想成立一家公司，能保证把包裹隔天送到，这构想的核心是建立在一个"轮壳及轮辐式"（以下简称为轴辐系统）的运输概念上，他提议货运公司可以拿张地图，以一座机场为"轴心"画个圈，圈内再画上许多卡车路线，称为"辐条"。这些卡车花一整天的时间到一家家企业收集包裹，傍晚时再全部集中到机场，这时卡车司机和飞机驾驶员便把包裹放入机舱，满载包裹的飞机再飞到美国中部某个较大的轴心——孟菲斯，这是最理想的地点，因为从芝加哥、洛杉矶、纽约、迈阿密各地都有通往孟菲斯的航线，这些航线则是一些大辐条。抵达孟菲斯的班机机舱清出包裹以后，就把所有的包裹分类，然后交给飞至各城市的飞机，连夜飞返各地。第二天日出以前，各个城市的卡车便在机场周围的小轴辐区里运送包裹，顺便收集下一批要送出的包裹。

史密斯说，只要每天依次循环，就能够有很大的发展前景。他告诉满腹狐疑的教授，这想法并不新鲜，并说："美国航空公司 1948 年在堪萨斯州

的托比卡就试过建立一套空运轴辐系统,印度邮局和法国空邮也是用这个方式营运。最好的运货方式,就是先在一中心点把货物集中起来,然后在集散中心分类,再把它们运往目的地。如同银行把所有要注销的支票都送到中心站,经过票据交换处理,再把支票送还。"

可是,那些怀疑的人表示,就算银行和其他组织有过轴辐系统,但是他们是在白天用的啊!优比速公司、艾默德和美国邮局等大规模的货运业者早就想过要这么做,但后来这种构想又遭否决,因为花在飞机、卡车、飞机驾驶、送货员和各轴心设备上的成本庞大,而且从来没有顾客要求包裹隔一夜就得送到。

但史密斯推测,消费者不但会喜欢上这种服务,而且还会依赖它。美国人逐渐期望获得动作快、水准高的服务,而且高科技行业激增,也使得大家愈来愈需要隔天送达文件。史密斯表示:"我只要占有目前空运市场的1‰就可以支撑这项服务。"

43

同时史密斯强调:空运必须改变形象。他说:"如果要充分利用机会,就必须改变我们在公众面前的形象。"联邦快递里的人都没有经营过服务业,连史密斯也不例外。但他们彼此关怀、互相照顾的理念却渗透到工作中,这种感觉也传达给了顾客。举例来说:公司一季会向1/4的顾客调查,他们最喜欢联邦快递哪一项特质。传回来的问卷会夹着这一类的便条:"请帮我向金尼问好。"后来才发现,顾客是把包裹交给员工,而不是交给联邦快递;他们并不在乎飞机好不好,他们只知道金尼从不让他们失望。这样,在掌握了消费者的心理后,又进行了严密的产品设计。联邦快递就是凭着这种被别人认为不可能的产品设计和服务成了全球最大的快递公司,并带动了整个美国快递业的变革。

【哈佛教育创新感言】　思考是创造的前提,任何创新都是思考的馈赠,只有你的想法与众不同,你才能鹤立鸡群。只有不断地创新,才能适应不断发展的社会。

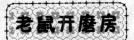

老鼠开磨房

几百年前,人们常利用风力带动风车磨面粉。格兰汉镇的磨房顶上就

有一架这样的风车。有风的日子,风车就"咕咚、咕咚"转起来。风车吸引了一个十二三岁的男孩,他每天放学后都停在磨房前,仰着头专心地看着风车。真奇怪啊,它为什么会转动呢?它是怎么制造出来的?风车的问题塞满了男孩的头脑。

一天,两天,三天……男孩天天都来。可是,有一天他不再来了。原来,他做出了自己的风车!那可是连磨房的风车都没法比的呀!

小男孩的风车放在他寄宿的主人克拉克夫妇的店铺顶上。风一吹,风车的叶片就快乐地转动起来,往下面的小斗里加一点麦粒,它也可以像大风车一样磨面呢。男孩的风车引来了镇上人们的称赞,镇上还从没有人自己做出风车来呢。

有风的时候风车转动,这没有什么新奇的,可是有一天人们忽然发现,镇上一丝风都没有,磨房上的大风车也不转动,男孩的小风车却在转个不停。"咕咚、咕咚",小风车悠闲地转动着,像是在自豪地唱着歌。

"咕咚、咕咚",风车的转动声让人们惊讶万分,难道这是一架魔术风车?否则怎么会不用风来吹自己就转呢?瞧那个男孩走在路上老是念念有词的,莫非他是个魔术师?

这还了得!人们越想越害怕。教堂牧师听说后立即跑去找这个"魔术师"算账。

牧师终于等到这个"魔术师"下楼来了,原来是个瘦弱可爱的孩子嘛!他怎么会搞魔术?

"人们说你那风车是个魔术风车,这是真的吗?"

男孩听后,不仅不紧张,反而笑嘻嘻地说道:"牧师先生,让我带您去看看吧!"

他们爬上了屋顶,男孩把风车下面的箱子打开。

"哦,原来如此!"

牧师看了这架神奇的风车后,禁不住哈哈大笑起来。

原来,箱子里有一个铁线做的圆圆的轮子,一只老鼠正绕着风车的中心轴棒踩动轮子转个不停。老鼠一转,风车也跟着转动起来,就这样竟然也能磨出面粉来。

"这是老鼠开磨房。"男孩得意地说。

老鼠开的磨房吸引了许多人参观,原来这男孩不是魔术师,而是"少年发明家"嘛。对老鼠最感兴趣的还是孩子们,他们不断拿一些麦交给磨房主老鼠先生,可是却少有面粉拿回来。为什么？男孩很无奈地对伙伴们解释:"这个磨房主是个小偷呢,它老是偷麦子和面粉吃!"

怪不得老鼠老板这么胖呢?

你们知道这个"少年发明家"是谁吗？他就是大名鼎鼎的科学家牛顿。他在少年时代曾动手做了许多东西,像计时水钟啦、风筝啦。正是由于小时候养成了勤动手、勤动脑的习惯,长大以后,他才发现了许多科学上的重要规律,其中包括对科学影响巨大的"万有引力定律"。

【哈佛教育创新感言】 想别人所想不到的,只有当脑子形成了"为什么"的时候,才会充分发挥个人的想象力及潜力去做到别人认为做不到的事情。其实,每个人都有可能成为有创新意识的人,就看你是如何发掘自己的创新意识。只要用心,相信就会有奇迹出现。

45

医生的减肥妙术

非洲有个胖女人,胖得连路都走不动了。她去找医生,想要一些减肥药。

医生让她坐下来,详细地问了她的病情。女人说,她越来越胖,担心有一天身上要爆炸。

"大夫,我求你给我一种好药。"胖女人央求他。

"你先付了钱,明天再来找我!"医生对她说。

女人付了许多钱就回去了。

第二天,胖女人又来找这个医生。医生把她从头到脚检查了一遍,看了看她的嘴,摸了摸她的手和脚,对她说:"尊敬的太太,我读过 22456 本书,研究过 1800 万颗星星,我可以准确地告诉你:再过 7 天你就要死了,哪还需要什么药呢？你就回家去等死吧!"

胖女人听了医生的这番话,吓得浑身发抖。离开医生以后,她一直想着自己就要死了。她不停地数着,看她在人间还能活多少小时。她什么也不肯吃、不肯喝,到了晚上也不肯睡觉。她一天天、一小时一小时地瘦了下去。7 天过去了,女人躺在床上,唉声叹气地等着自己的死期。可是,死亡根本没有降临。到了第八天、第九天,她还是没有死。

哈佛教育创新故事

女人忍不住了，就去找医生。这时候，她已经瘦了许多，走起路来步子已经很轻松了。

"你这个骗子！"她愤怒地说，"你凭什么拿我那么多钱？你向我保证过，说我7天以后一定会死，可是今天已经是第九天了。我已经看透了，你是个骗子！"

医生冷静地听她说完，就问她："告诉我，你现在是胖了还是瘦了？"

女人回答说："我可是瘦多了！一听说要死了，我吓得一天比一天瘦！"

于是，聪明的医生就对她说："我这么一吓唬你，比最好的药还灵，可是你还说我是个坏医生！"

已经变得苗条了的女人恍然大悟，从此她和这个医生成了好朋友。

【哈佛教育创新感言】 现代社会很多人都想减肥，减肥成为一种潮流，但文中的医生，没有像其他医生一样开许多的减肥药，却成功地帮助女人实现了瘦身的愿望，这就是创新带来的巨大作用。

卡尔逊1906年出生于美国西雅图。他14岁时，当理发师的父亲患有严重的关节炎和肺病，母亲也因肺病长年卧床不起。年幼的卡尔逊不得不挑起抚养双亲、养家糊口的重担。他每日清晨5时起床去商店擦洗橱窗，然后再去上学。下午还要去银行和报社打扫洗刷。星期六得从早上6时起一直忙到晚上六时，一天下来筋疲力尽。卡尔逊在念中学时继续干杂工，还到印刷所当过学徒，利用周六和周日到化学实验室工作。

后来，他到纽约一家电子公司的专利部门工作，每天要打字、抄发文件，有些图表要送到外面去照相、冲洗等。繁重复杂的办公室工作使他产生了研究减轻办公室工作人员负担的兴趣。通过不断的探索，终于从理论上证明了静电照相的可能性，并于1937年正式申请了"静电摄影法"的专利权。之后，他在纽约长岛租了一间小房作为实验室，以自己微薄的薪水购置试验器材药品。就是在这个实验室里，1938年10月22日，他终于获得了成功。

他是在一块金属板上涂上硫膜，用手帕在上面进行擦拭，靠摩擦使硫

膜带上电荷,然后将一块上面写着"22/10－1938. Astoria"几个字的玻璃板放到硫膜上,用白炽灯照射 3 秒钟后,在硫膜上撒上石松子粉。这时奇迹出现了,在硫膜上显出同玻璃板上一样的字。最后他又将蜡纸盖在硫膜上,加热使蜡熔化,冷却后在蜡纸上就留下了永久的图像。虽然开始时的图像质量很差,但这种成像方法是以前从没有过的,既不同于传统印刷,也不同于其他复制方法,而是一个电和光共同作用的过程。卡尔逊当时称之为"电摄影"。在这里需要补充的是:在卡尔逊之前有几位科学家在自己的专利中对电摄影均有所阐述,但都未获得进一步成功。

静电复印技术的最终发明应当归功于卡尔逊的勤奋和坚持不懈的努力。在他的实验获得成功以后的几年间,先后有 20 多家机器公司拒绝与他合作发展这项技术。

直到 1947 年纽约州罗彻斯特市的一家名叫 Haloid company 的小公司同他携手合作,并于 1949 年研制出世界上第一台硒板静电复印机产品,1950 年开始在市场上出售,使静电复印技术从实验室走上了实用的阶段。

静电复印技术的发明是印刷史上的一次重大突破,是静电应用史上的一个壮举,是电摄影术历史上最光辉的一页。自此以后的 40 年里,静电复印技术的发展改变了全世界办公室工作的落后面貌和传统观念,一个新的现代办公的概念在人们的生活中逐步形成和发展。

【哈佛教育创新感言】　放弃是一个念头,而不放弃,则是一种信念,相信正是这种信念让他做到了别人所做不到的事。顽强勤奋的性格品质,将造就一个人的成功!所以我们要感谢生活中的种种苦难与不幸,正是它们促使我们更快地成长起来,收获了成功。

趣味手帕

日本东京有一家专卖手帕的"夫妻老店",由于超级市场的手帕品种多、花样新,他们竞争不过,生意日趋清淡。眼看经营了几十年的老店就要关门了,他们在焦虑中度日如年。

一天,丈夫坐在小店里漠然地注视着过往行人,面对那些穿着入时的旅游者,忽然灵感飞来,他不禁忘乎所以地叫出来,把老伴吓了一跳,以为他急病了。正要上前安慰，只听他念念有词地说："导游图，印导游图。"

"改行？"妻子惊讶地问。

"不不，手帕上可印花、印鸟、印山、印水，为什么不能印上导游图呢？一物二用，一定会受游客们的青睐！"老伴听了，恍然大悟，连连称妙。

于是。这对老夫妻立即向厂家订制了一批印有东京交通图及有关风景区导游的手帕，并且广为宣传。这个点子果然灵验，手帕销路大开。他们原本清淡的生意也红火起来了，不久就赚了一大笔钱。

【哈佛教育创新感言】 因循守旧，就不能立足于当今竞争激烈的社会，只有不断地创新，才能顺应历史发展的潮流。

48

价值在于创新

1987年，美国的两个邮递员科尔曼和施洛特无意中看到一个小孩拿着一种发亮光的荧光棒，这家伙能派上什么用场呢？在胡思乱想中，两个人随手把棒棒糖放在荧光棒顶端。结果，光线穿过半透明的糖果，显现出一种奇幻的效果。这一小小的发现，让两人惊喜异常。他们为此申请了发光棒棒糖专利，还把这专利卖给了开普糖果公司。

奇迹由此开始。两个邮递员继续想：棒棒糖舔起来很费劲，能不能加上一个能自动旋转的小马达？由电池对它进行驱动，这样既省劲又好玩。这种想法很快付诸实施。对他们来说，这种创造太简单了！旋转棒棒糖很快投入市场，并且获得了极大的成功。在最初的6年里，这种售价2.99美元的小商品一共卖出了6000万个！科尔曼和施洛特得到了丰厚的回报。

更大的奇迹还在后面。开普糖果公司的负责人奥舍在一家超市内看到了电动牙刷，虽有许多品牌，但价格都高达50多美元，因此销售量很小。奥舍灵机一闪：为什么不用旋转棒棒糖的技术，用5美元的成本来制造一只电动牙刷呢？奥舍与科尔曼、施洛特着手进行技术移植，很快，美国市场上最畅销的旋转牙刷诞生了，它甚至要比传统牙刷还好卖。

在2000年，3个人组建的小公司卖出了1000万把该种牙刷。这下，宝洁公司坐不住了。相比之下，他们的电动牙刷成本太高了，几乎没有市场竞争力。于是，经过讨价还价，2001年1月，宝洁收购了这家小公司，由宝洁首付预付款 1.65 亿美元，3 个创始人在未来的 3 年内留在宝洁公司。过了一年多一点时间，宝洁公司便提前结束了它和奥舍、科尔曼、施洛特三人的合同，因为宝洁公司发现电动牙刷太好卖了，远远超出了他们的预料。借助一家国际超市公司，它已在全球 35 个国家进行销售。按照这种趋势，宝洁在 3 年合同期满后付给奥舍三人的钱要远远超出预期。最后经过协商，合同提前中止，奥舍、科尔曼、施洛特一次性拿到了 3.1 亿美元，加上原来 1.65 亿美元的预付款，共 4.75 亿美元。这是一个令人目瞪口呆的天文数字，如果用卡车去银行拉这么多现金，恐怕要费上相当一番工夫。

【哈佛教育创新感言】　成功者常常能突破人们的思维常规，拿出出奇制胜的经营招数，赢得出奇的效果。故步自封、墨守成规不可能产生奇迹，只有创新才会发现另一片蓝天。

49

美军的降雨弹

美越战争时期，越共通过一条有名的"胡志明小道"，向前线运送战备物资。

对美国侵略者来说，自然无法容忍从"大动脉"上源源不断地输送越南共产党"新鲜血液"的事实。他们出动了大批的轰炸机，向"胡志明小道"地区投下了许多炸弹，可由于小道的路面被葱郁的热带雨林覆盖，飞机很难找到准确的轰炸目标，结果命中率很低，即使个别地段被美军炸毁，经过修复，很快就又能投入使用了。

在这以后，美军想出种种办法，企图掐断"胡志明小道"。可是，这些方法都未能奏效。最后，美军不得不放弃对"胡志明小道"的进攻。

数年后的一天，阳光明媚，天气晴朗。小道的上空又传来"久违"的"隆隆"的飞机轰鸣声。行进在"胡志明小道"上的越共军队，以为美军故技重演，又要开始轰炸，便停止前进，隐蔽在道路周围的丛林中，并做好防空准备。

可令人惊奇的是，美军飞机并没有像数年前那样投下炸弹，而只是在小道上空兜了几圈就回去了。

越共军队的战士们见美军飞机走了，便拍了拍身上尘土，又重新坐上

汽车。

小道上，又像往常一样穿梭着车辆。

可是，不一会儿，晴朗的天空忽然像淘气的孩子，变了一副面孔，倾盆大雨浇在"胡志明小道"上。于是，路面变得泥泞不堪，来往的车辆几乎无法行驶。

此后一连几天，美军飞机经常光顾"胡志明小道"的上空，而每次美军飞机一来，随后必然要下一场大暴雨。结果，连续不断的暴雨冲毁了道路，使每天车辆的通行量仅为原来的 1/10，小道陷于半瘫痪状态。

越共军队的将领们感到奇怪："难道美军发明了能呼风唤雨的新式武器？"

的确，美军发明了一种可以产生暴雨的新式武器——降雨弹。

原来，美军在采取轰炸措施无效的情况下，并不甘心放弃破坏"胡志明小道"的想法，他们委托美国陆军武器研究所的专家们研究一种更有效的炸弹。这种炸弹可以凝结雨云，使"轰炸"的地区在短时间内降下大雨，从而达到"轰炸"的效果。降雨弹使美军在这场战争中占了上风。

【哈佛教育创新感言】 美军在采取轰炸措施无效的情况下，并没有放弃，而是变换一种方法，他们利用自己的智慧创造出了"降雨弹"，使美军在这场战争中占了上风，这就是创新带来的硕果。

"小人国"的发现者

列文虎克是显微镜的发明者。显微镜的发明使人类真正开始了对微生物的观察和研究。

列文虎克只是个荷兰德尔夫市政府的看门人。他利用看门之余，磨制了许多镜片。有一次，他透过两片透镜看东西，发觉能把极为微小的东西放大许多倍。这下子，引起他莫大的兴趣。他用这种镜片观看自己的牙垢，发现了许多奇形怪状的"小人国"居民。他惊讶地写道："在一个人口腔的牙垢里生活的'小人国'的居民小生物，比整个荷兰王国的居民还多！"一个看门老头儿发明了显微镜，成了微生物学的开门鼻祖。

有人对他十分羡慕，追问着他成功的"秘诀"。列文虎克什么话也没说，仅向问话者伸出他的双手，一双因长期磨镜片而满是老茧和裂纹的手。

【哈佛教育创新感言】 "一双因长期磨镜片而满是老茧和裂纹的手"道出了列文虎克成功的秘诀。创新有时是一个"灵机一动"的点子，有时却需要用一辈子的坚持来打底。有的人，坚持了一辈子依旧一无所获。而只有那种永远对生活保持新鲜感和探索兴趣的人，才能在坚持的过程中突然触摸到一种全新的事物，成为"幸运儿"。

流水的管道

51

从前，在一个小山村里，有亨利和迈克两位年轻人。一天，村里决定雇他们两个人，把附近河里的水运到村广场的水缸里去。一天结束后，他们把镇上的水缸都装满了。村里的长辈按每桶一元的价钱付钱给他们。

迈克高声地叫着："我们简直无法相信我们的好福气。"但亨利不是非常自信，因为他的背又酸又痛。"迈克，我有一个计划。"亨利说，"干脆我们修一条管道将水从河里引到村里去吧。"

迈克愣住了。"一条管道？谁听说过这样的事？"迈克大声嚷嚷着，"亨利，我们有一份不错的工作。我一天可以提 100 桶水。一元钱一桶，一天就是一百元钱！我是富人了，我们这辈子可以享受生活了，放弃你的管道吧！"

但亨利不是容易气馁的人。于是他就去做了。一天天、一月月过去了，最后，亨利的好日子终于来到了——管道完工了！村民簇拥着来看水从管道中流入水槽里，现在村子源源不断地有新鲜水供应了。附近其他村子里的人都搬到这个村来，村子顿时繁荣起来。管道一完工，亨利不再提水桶了。无论他是否工作，水都在不断地源源流入，流入口袋里的钱也越来越多。管道人亨利的名气大了，人们称他为奇迹的创造者。管道迫使迈克失去了工作，后来，亨利主动让他加入自己的行列。

许多年过去了。亨利与迈克已退休多年，他们遍布全球的管道生意，每年有几百万的收入。

哈佛教育创新故事

【哈佛教育创新感言】 如果亨利和迈克一样满足于现状,那么他们就不能发明自来水管,他们可能一生都在拿着水桶提水。从文中我们可以看出,生活处处都有创新的机会,抓住了它,你就成功了。

让天下事尽收眼底

1925 年的一天,伦敦一家最大的百货商店内挤满了人。据说有人发明了一种机器,能把接收到的图像再现出来。但观众们乘兴而来,败兴而归,因为他们看到的仅仅是模糊不清的影子和闪烁不定的轮廓。

"这不是吹牛吗? 这叫什么图像!""应该告这个所谓的发明者。""不是他的错,是百货商店老板的馊主意⋯⋯"人们议论纷纷。

一些热心者不断地向发明者追问:"你怎么不把图像弄清楚些呢?""你能不能传一只动物什么的给我们看看?"

"对不起! 目前的技术还没有办法。"这个发明者——英国人贝尔德尴尬地回答着人们的疑问。

当时贝尔德还是个不到 20 岁的青年,因受到朋友的启发,决心要完成"传送图像"的任务。他将自己仅有的一点财产卖掉,收集了大量资料,并全身心地投入到了电视机的研制上。

经过 18 年的努力。1924 年春天,贝尔德成功地发射了一朵十字花。但发射的距离只有 3 米,图像也忽有忽无,只是一个轮廓。

为了找出图像不清晰的原因,贝尔德又开始了新一轮试验。他想原因也许是电压不足,于是他把好几百节干电池连接起来。他接通了电路,可是不小心左手触到了一根裸露的连接线,高达 2000 伏的电压把他击倒在地,他昏了过去。第二天,伦敦《每日快报》马上用大标题报道了贝尔德触电的消息,贝尔德一时间成了英国的新闻人物。

贝尔德灵机一动,决定利用报纸来为他筹集资金。他设法为记者们做了一次实物表演。一家小报做了通讯;伦敦的一家无线电老板也闻讯赶来,表示愿意提供经费,但要收取发明收益的一半份额。贝尔德同意了这样苛刻的要求,他的实验装置从黑斯廷斯运到了伦敦。但经费很快又用尽了,他的试验仍无重大突破。后来,一家百货店老板

答应每周付他 25 英镑,条件是贝尔德必须在他的商店前表演。但现场表演又失败了,贝尔德陷入了绝境。幸亏家乡的两个堂兄弟的支持,贝尔德的试验才得以继续。

长时间的艰苦奋斗和无数次失败后,贝尔德终于实现了将图像搬上屏幕的梦想。

这一天是 1925 年 10 月 2 日,陪伴他的木偶头像"比尔"的脸终于被清晰地显现在接收机上了。

"成功了!"贝尔德兴奋地喊叫着冲下楼,一把抓住店堂里的小伙子,把他拽上楼,按在"比尔"的位置上。小伙子吓得直打哆嗦,几秒钟后,他吃惊地喊叫起来:"真是奇迹!"因为贝尔德的"魔镜"里映出了他的模样。

【哈佛教育创新感言】 如果安坐家中,就能周游世界,看到世界各地正在发生的事情,听到来自世界各国的声音,那该多好啊! 贝尔德让这种设想变成了现实。

53

不花钱的广告

在美国肯塔基州的一个小镇上,有一家格调高雅的餐厅。店主注意到,每逢星期二生意总是格外冷清,门可罗雀。一个星期二的傍晚,店主人闲来无事,随便翻阅了当地的电话簿,发现当地竟有一个叫约翰·韦恩的人,与美国当时的一位名人同名同姓。这个偶然的发现,使他计上心来。他当即打电话给这位约翰·韦恩,说他的名字是在电话簿中随便抽样选出来的,他可以免费获得该餐厅赠送的双份晚餐,时间是下星期二晚 7 点,欢迎他偕夫人一起来。约翰·韦恩欣然应邀。

第二天,店主人就在餐厅门口贴出一幅巨型海报,上面写着:"欢迎约翰·韦恩下星期二光临本餐厅。"海报引起当地居民的瞩目与骚动。

到了星期二,来客大增,创造了该餐厅有史以来的最高纪录,大家都要看看约翰·韦恩这位巨星的风采。到了晚 7 点,店里扩音机开始广播:"各位女士、各位先生,约翰·韦恩光临本店,让我们一起欢迎他和他的夫人!"

顿时,餐厅内鸦雀无声,众人目光一齐投向大门,谁知那儿竟站着一位典型的肯塔基州老农民,身旁站着一位同他一样不起眼的夫人。人们开始一愣,当明白了这是怎么一回事之后,便迸发出了欢笑声。客人簇拥着约翰·韦恩夫妇上座,并要求与他们合影留念。

此后,店主人又继续从电话簿上寻找一些与名人同名的人,请他们星期二来晚餐,并出示海报。于是"猜猜谁来用晚餐","将是什么人来用晚餐"的话题,为生意清淡的星期二带来高潮。

店主人没花一分钱,歪打正着,应归功于他大胆的创举。

【哈佛教育创新感言】 小店没有花一分钱,利用名人的名字,歪打正着,为自己带来了巨大的财富,这种大胆的创举是值得我们学习和借鉴的。

54

旅馆的迎客妙招

在美国有一家三流旅馆,生意一直不是很景气。老板无计可施,只等着关门了事了。后来,老板的一位朋友指着旅馆后面一块空旷的平地,给他出了个主意。次日,旅馆贴出了一则广告:"亲爱的顾客,您好! 本旅馆山后有一块空地,专门用于旅客种植纪念树。如果您有兴趣,不妨种下10棵树,本店为您拍照留念。树上可留下木牌,刻上您的名字和种植日期。当您再度光临本店时,小树定已枝繁叶茂了。本店只收取树苗费200美元。"广告打出后,立即吸引了不少人。没过多久,后山树木葱郁,旅客漫步林中,十分惬意。

那些种树的人更是念念不忘自己亲手所植的小树,经常专程来看望。一批旅客栽下了一批小树,一批小树又带回一批回头客,旅馆自然也就顾客盈门了。

【哈佛教育创新感言】 想创新的人,在他的办法没有成功之前,人们总认为是异想天开。但是只有你拥有与别人不一样的想法才能脱颖而出,才能超越自己,超越对手。

孩子们的巨大贡献

1940 年的一天，几个孩子带着狗在法国多尔多涅峡谷里走着。突然，狗失踪了。孩子们在乱石堆和灌木丛中到处找。他们绕过一个大岩石时，忽然看到了一个很大的洞。一个胆子大的男孩爬进洞，转眼就消失在洞里的黑暗中。孩子们手拉着手也爬进洞，他们在黑暗中摸索着，爬来爬去，不时地传来阵阵可怕的尖叫声，大家胆战心惊。最后他们终于在一个又宽又大的洞里找到了他们的狗。

爬出地面以后，大家决定保守秘密。第二天，他们带上绳索和提灯又去洞内探险。在漆黑的洞穴里，一个孩子摸到了洞壁，他提着灯发现洞壁上有些道道，定睛一看，原来是一些野牛、野马和鹿的绘画。孩子们被这些奇异的画吸引住。他们想起了老师在学校里讲过的原始人的故事，所以像达维特一样，他们首先向老师讲了洞穴的事。老师立即就跑去了，想尽快看看这些原始壁画。洞穴里的壁画实在太多了，令人目不暇接。据考证，这个洞穴岩壁上有两千多幅单色绘画与大量彩色绘画，常常是一幅接着一幅，有的很难弄明白画的究竟是什么。

现在，这个洞里有了照明设备，柔和的灯光把整个洞穴照得通亮。壁画被装饰起来，画面上的野兽，粗犷剽悍，姿态各异。很多世纪以来大自然的千变万化，使壁画表面形成了一层钟乳石薄层，很好地保护了这些原始壁画。各地的旅游者和学者们常常到这里参观。当年洞穴壁画的发现者们已上了年纪，他们一直为此感到自豪。

有些洞穴壁画的发现却不单单是碰运气，而是靠知识的力量和果敢的精神。法国的考古学教授别古恩有 3 个儿子，他们从小就受到考古发掘工作的熏陶，听父亲讲原始人的故事。教授是位不知疲倦的洞穴壁画研究家，为了亲自掌握第一手资料，他尽管身材高大，仍经常在洞穴狭窄的通道里钻行，亲临其境，进行实地考察。有时，他还带上孩子们，因为孩子可以通过父亲无法钻过的洞穴追道和缝隙。

有一年夏季，别古恩教授一家住在一个小村子里。村边有一条河湍急地流向山涧，河水在山间突然很奇怪地消失了踪迹。往往在冬天和春天的

55

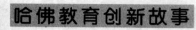

时候,河水把山里的洞穴、土坑灌得满满的,而在干旱的夏季和初秋时节,山洞和河床就变成了旱地。

一天,来了一位动物学家,他很想了解河水里有没有稀少的动物和昆虫。他从一条被河水冲出来的沟壑里发现了一个暗藏的洞口,当时洞口已被河的急流堵住。

别古恩教授的 3 个儿子很勇敢,有着强烈的好奇心,非常喜欢探险。

这回,他们很想到那个洞穴里去探索一番。可是别古恩教授认为:人在那个洞穴中是无法生存的,没有引起兴趣。孩子们悄悄地瞒过父亲,带上探险用的照明灯、镐头和船桨,坐上他们自己用木板钉成的一只十分简陋的小船,划向那个漆黑的洞穴。他们行驶到峭壁下面,船钻进矮矮的洞口,洞里黑极了,一股阴森潮湿的冷气迎面扑来。灯光在黑暗中显得很暗淡,孩子们有点害怕,他们就大声说着话,壮起胆子。船慢慢地向前划着,大家觉得洞内宽阔起来。这时,船在一块大石旁搁浅了,他们推的推,划的划,好不容易才把船移开。突然,船又被一股旋涡的激流冲得直打转,孩子们紧张极了,他们喊叫着,七手八脚奋力地撑着船。在慌乱中,他们猛然发现前面不远处有一片岩石,那真是救生之地!大家拼命地划着船,艰难地冲向那块"陆地"。真险啊,再迟一会儿,旋涡的激流就会把他们卷入那可怕的深渊。紧张、激动和疲惫使孩子们气喘吁吁。爬上岸后,他们瘫坐在地上,一点劲儿也没有了。

流水的嘈杂声在黑暗中愈发显得震耳欲聋,阴森的冷气使他们浑身打战。后来孩子们平静下来,适应了这无穷无尽的黑暗和恐怖的流水声。猛然间,大家不约而同地想起了从前和父亲一起考察洞穴时要做的事。在这个洞里,也许会发现一些什么。

他们点燃了灯火,向四下搜寻。大家磕磕绊绊地走着,摸到了洞壁,微弱的灯光下,他们看到被水淹没了一半的洞壁上,黑黄交错地画着似马和鹿一样的野兽。"这儿还有长着兽头的人,样子真可怕!"路易指着另一幅壁画喊道。他们循着洞壁,又看到一幅表现野牛被猎人用扎枪射死的大壁画,野牛在做垂死的挣扎,形态十分逼真。

孩子们钻过一条低矮狭窄、迂回曲折的通道,直起身时,忽然觉得眼前豁然开朗。一座像宫殿般的大洞穴奇妙地出现在面前。洞里的钟乳石高低不一,千姿百态,有的如同巨大的冰簪,有的像悬崖边上的冰帘,有的如

春笋般破土而出。

洞穴中央有一潭深深的湖水,潺潺的溪流从洞穴窟窿里淌出来,又轻轻地注入湖中,水波荡漾,把一切都牵动了,灯火把它金色的光泽斑斑点点地洒向湖面……

孩子们惊奇地睁大着眼睛,看着眼前的一切,恍如置身于童话世界中。

别古恩教授对孩子们的发现非常惊讶,第二天,他和孩子们一起来到洞穴,亲自考察后,年过半百的教授激动得手舞足蹈,他挨个吻着孩子们,为他们勇敢的精神和惊人的发现而感到骄傲。教授来到巴黎,向科学院报告了这个罕见的发现!据考证,这些壁画是距今四五万年前原始人的杰作。

孩子们被这了不起的成绩鼓舞着,他们决心找到更多、更有价值的东西。

不久,在洞厅一堵岩壁上,他们发现了一条裂隙,没有路可通到上面,裂隙离地面约 10 米高,直上直下的。怎么办呢?聪明的孩子们将绳子扔到峭壁的裂齿上拴住,然后用镐头在洞壁上砍出阶梯,艰难地往上攀。灯光照亮了黑暗的四周,他们看到岩壁上有些壁画,描绘着野牛和野马。到达了裂缝处,迎面一片密密麻麻的石笋林挡住了去路。孩子们挥动起手中的镐头,嘭嘭地打出了一条通道,他们的衣服扯破了,手也擦伤了,然而谁也没有顾及这些,仍顽强地向前探索着。

走在前面的路易猛然间往后一跳,扑在弟弟身上:"那里是什么东西?有人来过这里!"他的嗓音由于激动变得沙哑了。大家小心翼翼地凑了过去。路易指着地上说:"你们看,像是人的脚印。"孩子们看到黏土上的脚印就像石膏注的模型一样,每个凹陷和隆起都很清晰,甚至能分辨出脚掌上的纹路。这的确是人的足迹。可是洞顶上的钟乳石直直地垂下来,距离脚印不过半米高,谁能有这样矮的身量走过这里呢?"看脚印似乎距今很多年了,会不会是原始人呢?"路易自言自语。"一定是原始人。"最小的弟弟抢着喊道。"对了,是原始人走过这里。"路易接着说,"一定是原始人,几万年过去了,石灰岩不断地滴坠,慢慢形成了钟乳石垂下来覆盖在脚印上面。"孩子们猜测着,揭示着脚印之谜。他们把硬如石头般的黏土脚印小心地取下,准备带给父亲。新的收获简直使孩子们陶醉。当他们经过了一段崎岖坎坷的穴道后,来到一个大厅似的洞穴,洞壁上闪耀着黄色和白色斑点,在一个角落

里，他们找到一具蛇的骨架，那蜿蜒的样子，仿佛仍然在爬行。旁边不远处有堆骨头，其形状很像是什么野兽。在这个洞厅里，他们又发现了一些人的脚印和一些动物的爪印。人的脚印和他们发现的那个黏土上的脚印很相似。

当他们将捡到的黏土脚印异常小心地放在父亲面前时，教授的呼吸急促起来，眼睛闪闪发光。听完孩子们的叙述，别古恩教授激动万分。他说："如果经过鉴定，真是原始人的足印，那么每个人类学家将会多么羡慕你们！"

别古恩教授和孩子们又一次来到洞穴，看着孩子们灵巧地攀着绳索爬上陡直的峭壁，教授自叹不如他们了。他抓住绳子，深深地吸了一口气，踩着孩子们开辟出来的阶梯，奋力登上了顶端。峭壁上的缝隙很窄，孩子们拉的拉，推的推，终于使父亲钻了进去。教授慢慢地直起身，他的衣服被尖利的石峰划成碎布，脸被擦破，头发也乱了。孩子们望着父亲大笑起来，笑声在空旷的山洞里久久地回荡着。

在那个有一堆骨头的洞厅里，大家又找到了野兽的头面骨。教授告诉孩子们，这是熊的残骸。"根据这里人的脚印和野兽的足迹判断，原始人与野兽曾在这儿有过殊死的搏斗。原始人战胜了，他们把野兽的肉吃掉，骨头扔在角落里。"

他们在洞壁的裂隙之间找到了新的路。漆黑狭窄的通道仿佛伸向了地下世界。走到一处隆起的黏土坡旁，教授用灯照来照去，孩子们不解地望着他，教授抓住了孩子的肩膀："难道你们看不出来吗？这多么像两只野牛啊。大自然的杰作，精美巧妙！"真的，土坡的形状真像是两只激战未酣的野牛，仿佛它们在微微喘息片刻之后，又会跳起来杀个你死我活。"野牛"的周围有很多踩得很深、很乱的脚印，教授用手量了一下脚印的长度对孩子们讲："给我的印象是这些原始人好像是些十几岁的孩子，他们围着这个土坡跳舞，表达着他们的兴奋，也许是在庆祝他们的节日。"

发现洞穴秘密两周年纪念日那一天，别古恩教授和孩子们决定到山上去，热热闹闹地庆祝一番。

这天很早，他们带上食物和探险工作时用的东西，向山里进发。当夏天的烈日升起时，他们已经走得很累了。大家分头在山上找休息的地方。一位过路的农民告诉教授，不远处的乱石岗上有一个洞，里面总是吹着凉风。他们来到乱石间的洞口。孩子们争先恐后地趴在洞口往里面探望,洞黑幽幽的,很深,像个无底洞。小弟弟系上绳索,抢先下到洞里,绳子停止了下坠,教授发现绳索大约用去了13米长。好深的洞啊。大家在洞口倾听着,等待着。时间慢慢地过去了十几分钟,还不见小弟弟的动静。教授开始不安起来,焦急地踱来踱去。路易安慰着父亲,他飞快地拴上绳子,小心地下洞去寻找弟弟。时间又慢慢地过去了半个小时,兄弟两人如石沉大海,洞上的人急得围着洞口团团转。他们不时地俯在洞口,向里面大声地呼唤。不能再等了,别古恩教授打算抓着路易拴在洞口石头上的绳索下去。就在这时,绳子突然拉紧了,洞上的人发疯般地扑向洞口,用力往上拉着绳索,小弟弟上来了,他顾不得解下绳子,就扑向父亲的怀里,激动地喊着:"奇迹!巨大的洞穴!里面有几百幅壁画!真的,多极了!"

　　新的洞穴壁画被发现后,教授给这个洞起了名字,叫"三兄弟"洞。这个洞穴和第一个发现的洞都在同一座山上,后来,他们又找到了新的入口处。从此,再也用不着拴上绳子下洞了。

　　"三兄弟"洞里的几百幅壁画都是艺术与历史的珍品。画面上的野兽,或走,或跑,形态逼真,栩栩如生。其中有一幅画得最为有趣:在约4米高的洞壁上,一个长着鹿头、人脚身体扭曲地跪在地上的古怪人,它的身后长着马的尾巴,手是熊的爪子。一只脚向上高高地抬起,像是在跳舞……洞里一幕幕新奇的场面,使教授和孩子们流连忘返。

　　惊心动魄的经历,使孩子们大大开阔了眼界。洞穴原始壁画的研究工作也从此开始了。他们成了真正的在洞穴壁画考古史上留下印记的小学者。

　　【哈佛教育创新感言】　如此有价值的发现,却来自一群可爱的孩子们,由此想想,人人都可以成为勇敢的探索者,成为有创新意识的人,就看你如何发掘自己的创新意识。出于好奇也好,出于快乐也好,试着去做一些以前从未做过的新鲜事,尝试一些富于变化的冒险活动,这也是领悟人生真谛的一个过程。经过他们的努力,所取得的成果,也在考古史上留下了光辉的一笔。

"被遗忘的女人"服装公司

有一次,苦于买不到衣服的胖女士安妮走出第六家服装店,真的有些绝望了,难道偌大一个新加坡就买不到适合自己穿的时装?

从生下第二个孩子开始不到 3 年时间,安妮的体重增加了 80 磅,到处都买不到像她这样身材的女人可以穿的漂亮时装。时髦的新款没有大号码,有大号码的款式既难看又过时。那些时装设计师和商人们,只注意到那些身材苗条的女人,真的忽略了为数众多的肥胖女人。无奈安妮只好自己动手做起各式各样的时装来。好在对于曾经是服装设计专业高才生的她来说,这并不是一件很困难的事情。

有一天,买菜回家的路上,安妮遇到了两个和她差不多胖的女人。她们惊讶地问她的衣服是在哪儿买的。当得知是安妮自己做的时候,两个胖女人摇着头失望地走了。安妮回到家中,突然一个念头涌上来:能不能开一家服装店,专门出售自己设计的为胖女人制作的有型有款的时装?

第二天安妮就风风火火地干起来。新店开张后,生意出乎意料的好。原来,竟有那么多胖女人渴望着专为她们设计的服装。没有多久,安妮的时装公司就拥有了 16 家分店及无数个分销处。她每年定期去欧洲进布料,在美国各地飞来飞去巡视业务,豪宅、名车也随之而来。最让安妮高兴的是,她每天都可以穿一件自己设计的漂漂亮亮的时装去逛街。

安妮创办的那家时装公司的名字就叫:被遗忘的女人。

不久,美国内华达州举行"最佳中小企业经营者"选拔赛,安妮赢得了冠军。安妮夺冠的秘诀其实很简单,只不过把服装尺码改了一个名称而已。一般的服装店都是把服装分为大中小以及加大码 4 种,安妮唯一不同的做法就是用人名代替尺码。

玛丽代表小号,林思是中号,伊丽莎白是大号,格瑞斯特是加大号。她们都是女强人。这样一来,顾客上门,店员就不会说"这件加大号正合你身",取而代之的是"你穿格瑞斯特正合身呢"。

安妮说："我注意到,所有来店里买大号和加大号的女性,脸上都是很不愉快的脸色。而改个名称情况就完全两样了,况且这些人都是名声很响的大人物。"

在挑选店员时,安妮也别具匠心,站在大号和特大号服装前的店员个个都是胖子,无形中又使顾客消除了不好意思的感觉,因而顾客盈门,利润滚滚。

【哈佛教育创新感言】 敢于找到一条适合自己的新路,并坚持不懈地努力,还要善于抓住大众的心理,做别人想都不敢想的事,你就是最棒的。

反过来试试也许效果会更好

61

20 世纪 60 年代中期,索尼公司以江崎玲于奈博士为核心,全力投入新型电子管的研制。为了制造出高灵敏度的电子管,人们一直在提高锗的纯度上下工夫。

当时锗的纯度已达到 99.99999999%,如要再提高一步,实在是比登天还难。

这时,有一个刚从学校毕业的小姐,名叫黑田由里子,被分配到江崎研究所工作,担任提高锗纯度的助理研究员。这位小姐初出茅庐,很难适应那样艰难的工作,实验中屡屡出错,经常受到江崎博士的批评。

一天,黑田发牢骚似的对江崎说:"看来,我才疏学浅,难以胜任提纯锗的研究工作。如果让我干往锗里掺杂的事,可能要干得好一些。"

黑田的话突然提醒了江崎教授,他想,如果反过来一点一点往锗里掺加其他物质,会有什么结果? 于是,江崎真的安排黑田小姐每天朝着相反的方向做实验。

当黑田把杂质增加到一倍时,锗的纯度降到原来的一半,测定仪上出现了大弧度的曲线,几乎使人认为测定仪出了故障。黑田立刻向江崎报告了这一结果。江崎多次重复了这种掺杂实验,终于发现了鲜为人知的电晶体现象,并在此基础上发明出振动电子技术领域的电子新元件。使用这种电晶体技术,电子计算机的体积缩小到原来的1/10,运算速度提高了十多

哈佛教育创新故事

倍。江崎由此荣获诺贝尔物理学奖。

【哈佛教育创新感言】 有的时候就是这样，一些问题反过来思考一些，也许效果会更好。其实在生活、学习中也是一样，如果遇到一件事情我们无法成功时，不妨换一个角度，反过来试试。

第三章　敢于异想天开

我有一个朋友，现在是国际4A公司的创意副总监。说到她的求职经历，直到今天依旧有如传奇一般。

当时她27岁，想应聘广告员，但她在广告这个行业的经验等于零。可她对那些小广告公司却不感兴趣，当她说要进国际排行50强的4A公司时，所有的朋友都认为那是痴人说梦。

但，事实是，她做到了！

她没有用普通的信封投递求职信，而是用一只包裹。她向所有她中意的公司全部投递了这样一只巨大的包裹，并且直达公司总经理室。

试想一下，一只包裹，在一堆千篇一律的信封中已经鹤立鸡群，一下就抓住了所有的好奇视线。打开那只包裹后，里面空空如也，只有一张薄薄的纸尿片，上面写了一句话："在这个行业里，我只是个婴儿。"背面写了她的联系方式。

几乎所有收到这张纸尿片的广告公司老总都在第一时间内给她打了邀请面试的电话。无一例外，他们问她的第一个问题就是："为什么你要选择一张纸尿片？"她的回答同样富有创意。她说，我知道我不符合要求，因为我没有任何经验。但我就像这纸尿片一样，愿意学习，吸收性能特别强。并且，没有经验并不等于我是白纸一张，我希望你们能通过这个小小的细节看到我在创意上的能力。

她成功了。

【哈佛教育创新感言】　感动广告公司的一定不是"纸尿片"这个创意，而是透过纸尿片传递出来的信息：自信、坦然、愿意学习的意愿。正是这些

信息才让成功不再那么遥远。那么,当你准备好在"纸尿片"上写"求职信"的时候,其他的信息,准备好了吗?

一道简单的思考题

在一所名牌大学的知识竞赛中出了这么一道思考题:

有一只蜗牛,住在一棵梧桐树下面,一天清晨,太阳刚刚升起,蜗牛便开始从树根向树梢上爬。它爬得忽快忽慢,有时还停下来四处望望,躲避可能的危险。直到太阳落山的时候,这只蜗牛终于爬到了梧桐树的树梢,在树梢上睡了一觉。

第二天清晨,也是太阳刚刚升起的时候,蜗牛开始从树梢向下爬,它沿着昨天爬行所留下来的印痕,忽快忽慢地朝树根爬去。有时它也停下来望望,或者吸食一点树汁,总的来看,朝下爬要比朝上爬轻松多了,所花费的时间也少一些。这样,当太阳还没落山的时候,蜗牛就已经爬到了梧桐树的根部,也就是昨天它出发的地点。

现在请问:在蜗牛上下爬行的途中,会不会存在着这样的一个点:蜗牛第一天上树时经过一点的时刻,和蜗牛第二天下树时经过这一点的时刻完全相同?

解答这个问题,首要的是确定正确的思路。思路正确,问题便会迎刃而解,否则就会一筹莫展。在这里,正确的思路有许多种,其中较简单的一种是:利用头脑中的视觉形象,把第一天和第二天重合起来,把上树的蜗牛和下树的蜗牛想为两只蜗牛,它们从树根和树梢同时出发,沿着同一条路线相对爬行,两只蜗牛肯定要在中途相遇。显然,相遇的那一点就是问题的答案。

但当这个问题提出,出现短暂的沉默后,有的选手开始在纸上画图,想通过画图法解决;有的选手设置了一些变量,开始忙着计算。这些曾在高考中过关斩将的"将中之将"们在这个问题上显得手忙脚乱,如坠雾中。

这些大学生怎么了,难道是他们的智商不行吗?显然不是,他们都是高才生,那原因何在呢?关键在于他们创新能力的萎缩。

【哈佛教育创新感言】 文中的事实证明,一味地按照常规来思考问题,有时就有可能连一个最简单的问题也解决不了,只有不断地创新,大胆地想象,才能取得成功。

一支桨也可以遨游沧海

在美国夏威夷基拉韦厄,有个小女孩非常喜欢冲浪。从小她就不停地在阳光明媚的夏威夷海岸与奔腾的浪潮搏击,但一场突如其来的灾难却差点夺去她的生命。

2003年10月31日的早晨,她和朋友一起去海湾冲浪。冲了大约半个小时后,她开始躺在冲浪板上休息,顺势把一条胳膊伸到水里玩耍。没想到在这快乐而悠闲的时刻,一条巨大的虎鲨突然从海水中蹿起,她随即感到胳膊一阵撕裂般的疼痛……当她低下头看时,身旁蔚蓝的海水早已被染成了一片血红。看着顷刻间被鲨鱼咬断的手臂,她并没有恐慌和绝望,甚至连过度的挣扎都没有,因为她一转身就会掉进海水里。她冷静地用剩下的右手努力划向岸边,而目睹这一切的朋友也迅速用一条绳子绑住她的残肢为她止血。当被救护车送到最近的医院时,她已经失血达70%,生命危在旦夕。

经过紧急的输血抢救,小女孩终于从死亡线挣扎回来,这无异于一场噩梦过后的重生。但刚从噩梦中醒来的她却在第一时间问医生:"我什么时候能再去冲浪?"医生被她的勇气所震撼,安慰她说等手臂的伤口愈合了就可以去。

几个星期后,当她胳膊上缠绕的绷带被慢慢拆开时,长长的伤口呈现出来。她的哥哥顿时脸色惨白,妈妈几乎要晕倒,她那苍老的外婆独自走出病房掩面而泣。没人愿意接受这个残酷的现实,因为这一年,她才13岁!唯独女孩自己显得异常平静。当大家都疑惑于她不合年龄的镇定时,她说了一句让所有人都震撼的话:"世界上没有可以让时间倒流的机器,我无法改变现实。这就是上帝为我安排的命运,我要勇敢面对它。我期待着有一天可以重返大海。"

一个多月后,人们惊奇地在美丽的海岸又看到了她的身影。她告诉人们她还要继续冲浪,虽然人们都报以祝福的笑容,但大多数人都认为这是

65

不可能的。冲浪是一种需要技巧和平衡的运动,一个断臂的人又如何能在翻卷的大浪中找到平衡点呢?

但事实证明她可以做到! 她开始刻苦地进行恢复训练,当她再次登上冲浪板时,不一会儿就掉进了咸涩的海水里,但她马上又站起来重新登了上去……人们好心地劝她停止无谓的努力,但她坚持要继续下去,她告诉人们:"我的灵魂属于冲浪,我的冲浪板就是我的生命之船,而我的双臂就是一对船桨。以前我用双桨遨游大海,现在我不小心折断了一支,但所幸我还有一支,只要有一支桨,我就可以遨游沧海。"

就这样,她一次又一次地从冲浪板上摔下来,一次又一次地登上去。终于,在漫长而刻苦的训练之后,她不但恢复了原来的冲浪水平,而且还在不断提高,居然令人惊叹地成为一系列赛事的冠军。一年后,她一举夺得了第15届美国冲浪锦标赛冠军。不久,她加盟国家冲浪队,准备向世界冲浪冠军的宝座发起冲击。

她对生活的积极态度和顽强的拼搏精神受到了人们的敬佩和赞赏,大家都称她为"小英雄"。这个今年才16岁的小女孩用坚定的口气一次又一次地告诉大家:"当你命运之船的一支桨不幸折断时,不要灰心和绝望,因为你还有一支桨,你仍然可以用这支桨遨游沧海,到达成功的彼岸!"

【哈佛教育创新感言】 看看故事,想想自己,发现成人总把简单的事情复杂化,我们也可以像孩子一样看待问题,不管发生什么事,换一种思维,注意创新,这样所有的困难就都不会成为我们人生行进中的绊脚石。不管怎样,生活还得继续,相信自己、相信成功!

最完美的答案

一家大报上刊登了一个有趣的心理测试题,向大家诚征答案:

"假如在一个暴风雨的晚上,你开着一辆豪华轿车经过一个车站。在车站里,有3个人正在焦急地等着公共汽车的到来:一个是快要病死的老人,生命危在旦夕。一个是医生,他曾救过你的命,是你的恩人,你做梦都想报答他。还有一个是你一见倾心的异性,如果错过了,你一辈子都会后悔。但你的车只能坐一个人。你会如何选择? 请解释一下你的理由。你可以做出自己的决定，没有人会责备你。不过，当你做出一个决定后，自省一下：我这样做是最好的吗?"

大家都在议论这个测试题：老人快要死了，应该首先救他。然而，每个老人最后都只能把死作为人生的终点，他们怎么也逃不过死亡的追赶。

先让那个医生上车吗？因为他救过你，这应该是个报答他的好机会。不过也可以在将来某个时候去报答他，也许他会有更需要报答的时候。

应该先把一见钟情的异性带走，否则会遗憾终生。也许今天是上帝安排的机遇⋯⋯

报社里堆满了读者回复的信件，可只有一封信的答案才是最完美的："把车钥匙给医生，让他带着老人去医院，我留下来陪伴一见钟情的人等候公共汽车!"

【哈佛教育创新感言】 所谓最完美的答案，无非就是转变一下角度，换一种思维方法，不被眼前的条条框框所束缚，就一定能轻松找到解决问题的方法。

67

找到下一个说"是"的人

一个叫辛迪的美国家庭主妇，某一天突发奇想，要依靠自己的力量，在3年内购买一栋600多平米的房子。对一个家庭主妇来说，这实在是一个不大可能实现的规划。辛迪决定写一本畅销书，卖到100万本。她把这个点子告诉老公，却换来一顿嘲笑。

辛迪想：别人可以做到的事，我一定也做得到。她不断地告诉自己：我一定会成功，我的书在3年之内一定会卖到100万本，财富会大量涌来，所有的机遇之门都会为我打开。在这样的自我确认下，辛迪开始行动。

辛迪觉得自己这本书的市场在于女性。她发现女性的工作压力比较大，或者不被先生了解，她想给她们带来一些快乐，这样她们就会把书介绍给周围的朋友。辛迪觉得她的读者们通常会去超级市场、美容院等地方，所以专门打电话给超级市场的采购员以及美容院的老板。

她很直接地向别人推销自己的书："我是某某作家，我最近出了一本书，一定会成为畅销书。我相信这本书摆在你的超级市场，摆在你的服装

店,摆在你的美容院,应该会帮你赚不少的钱。"她说,"我将寄一本样书给你,一个礼拜之后,我会再打电话给你。"

辛迪的厉害之处在于,她从来不问别人:"你到底有没有兴趣购买?"而是直接就问:"你要订购多少本?"一个礼拜之后,她打电话问:"我是辛迪,你看过我的书没有? 你准备订购 5000 本还是 10000 本?"对方说:"辛迪,你可能不了解,我们这个超级市场从来没有订过任何一本书超过 2500本。"辛迪说:"过去等不等于未来?"对方说:"不等于。""所以总有一个开始,你准备订购 5000 本还是 10000 本?"对方说:"那……我订 4000 本好了。"第一笔生意就这样成交了。

辛迪打电话问第二个人:"我是辛迪,你收到我的书没有? 你即将订10000 本还是 20000 本?"对方说:"你的书很幽默,我和同事都很欣赏。但我们订书从来没有订过这么大的量,我订购 4000 本好了。"

辛迪说:"你简直在侮辱我,你才订购 4000 本? 像你这么大的连锁店你订 4000 本? 你不只侮辱我,还在侮辱你自己,难道连你都不相信你的连锁店卖得出去吗?"对方吓了一跳,问:"一般人订购多少本?"辛迪说:"10000 到 20000 本。"对方被她说服了:"那我订 12000 本!"

之后,辛迪又卖书给军队。对方告诉辛迪:"我们这里的人是不会有兴趣的,我们这里都是男人,你不可能在我们这个地方销售任何书。"辛迪问:"请问你上司是谁?""不,我上司也不可能买!"辛迪不要听"no",她要听的是"yes",她说:"把这本书交给你上司,我下个礼拜打电话找你上司,我不找你了。"结果一个礼拜之后,对方打电话来说:"辛迪,我的上司说,我们决定订购 4000 本。"因为他的上司是个女的,她想:"天天被男士兵这样整,我现在弄一本书来整他们。"

不管多少人对你说"no",都不重要,重要的是找到下一个说"yes"的人。这是辛迪得到的一个经验。她的书从来没在任何一家书店卖过,完全是自己一个人在卖。依靠不屈不挠的信念和巧妙的推销手段,辛迪的书卖出了整整 140 万本! 之后她又写了好几本书,都很畅销。到这个时候,辛迪要实现的愿望,已经不是买一栋大房子那么简单了。

【哈佛教育创新感言】 上帝在造人的时候,给每个人都安装了成功的密码。这个密码就是自尊、自强、梦想与信念。爱迪生曾说:"自信是成功的第一秘诀。""只要自信的泉水不干,生命之树将永远常绿。"

智取毒液

美国佛罗里达州迈阿密的蛇类展览馆内，游客们正围在一个特别的水泥坑旁，观看一场惊心动魄的表演。

展览馆馆长比尔·哈斯特身着白衬衣，站在坑内。他用一端带有挂钩的木棍将一条重15磅的大眼镜蛇从一只筐里挑出放在地上。蛇一触地，马上就想溜之大吉，比尔随即用钩子把它拉回来。他直视着眼镜蛇那冷漠的双眼，毫无惧色。

蛇被激怒了，直竖上身，颈屏怒展，嘶嘶作响，想以此唬住进攻者。比尔不吃它那一套，他步姿轻快，像猫一样灵巧地用手去抓这条14英尺长的毒蛇。像体操运动员在平衡木上表演一样，他的一只手不断地左右来回摆动，借此吸引蛇的注意力。这样，他就可用另一只手出其不意地去擒蛇的脖子。然而，蛇的环视角度是212度，它能同时注意比尔的两手动作，比尔的几次进攻都归于失败。蛇看到比尔伸出手来抓它时，立即伸出舌头，袭击对方。

突然，比尔的右手闪电似的一划，便钳子般地抓在蛇头下方。蛇拼命扭动，下颚猛张，企图挣脱，向进攻者反扑。比尔不想浪费一滴毒液，他迅速地将蛇抓到一只盖着橡皮塞的烧杯前，将毒牙狠劲地刺穿橡皮塞。那毒蛇误以为这是人体，就凶猛地噬着。一股蜂蜜似的浓度极高的琥珀色毒液流进了烧杯。

比尔要的正是这种毒液，它能在几分钟内使人一命呜呼。在今日美国，一些医学家经过反复实验，发现愤怒的眼镜蛇射出的毒液对风湿性关节炎和各种硬化症具有奇特的疗效。为了获取毒液，比尔每天冒险擒蛇挤毒，获得新鲜毒液。

目前，这种琥珀色的固体毒液在市场上已出售到每克50美元，几乎与黄金同价。比尔每年大约可以出售两公斤左右的毒液，这意味着他要在来自21个不同国家的毒蛇身上挤出大约3.6万滴毒液。

比尔工作的危险性使他在很早以前就开始摸索人体对毒液的免疫力。最后，他采用稀释眼镜蛇毒液注入自己体内的方法。用盐水溶液把毒液冲

淡 1000 倍,开始在体内注射 1⅒毫升,以后逐渐增加剂量。他曾被毒蛇咬伤过无数次,有几次曾是生命垂危,奄奄一息,但他那具有抗毒能力的血液,使他次次转危为安。他的血液现在被认为是治疗毒蛇咬伤的良药。他多次长途飞行,把自己的血输给那些被毒蛇咬伤危在旦夕的人,至少有 20个人是用他的血救活的。

比尔长久以来就对毒蛇毒液有着浓厚的兴趣。早在 20 世纪 40 年代初,他是一家航空公司的工程师,乘工作之便,遍游世界,与专家交谈,收集各种蛇类。经过多年的准备筹建,他于 1948 年在迈阿密建造了这座蛇类展览馆。这展览馆最引人注目的就是在入口顶端有一尊巨大的眼镜蛇塑像,体现着比尔战胜和征服眼镜蛇的决心。

【哈佛教育创新感言】 科学是艰辛的,没有坦途可走。为实现飞翔的梦,明朝的万户坠落山谷,箭毁人亡;16 岁的爱迪生因在火车上做实验而引起大火,被列车员打聋了左耳;诺贝尔为了研究炸药,发生了爆炸,当场炸死了 5 人,其中包括诺贝尔的弟弟……科学家挑战着人类的极限,他们告诉世人,创新是艰难的,但也是有意义的。

闯出一条属于自己的路

查朱原来是美国乡下一个小火车站的站员,由于他所在的那个车站地处偏僻,购物困难,而且价格偏高,附近的人们常常要写信请在外地的亲友代买东西,非常麻烦。查朱想:如果能在附近开一个店铺,一定会得到一个发财的机会。可是,他既没有本钱,也没有房子,怎么办呢?他决定尝试用一种新的、无人知晓的邮购方法,即先将商品目录单寄给客户,然后按客户的要求寄去商品。他雇了两名职员,成立了"查朱通信贩卖公司"。此后,人们纷纷仿效,并从美国风靡到全世界,查朱也成为"无店铺贩卖"方式的创始人。当然,作为创始人的回报就是在 5 年之后,查朱成为百万富翁。

【哈佛教育创新感言】 在竞争激烈的社会里,要想闯出一条属于自己的道路,就必须要借助于独辟蹊径的思维,敢于创新灵活多变,不走寻常路,才能取得人生的成功。

达尔文"进化论"的诞生

达尔文从小爱好自然,非常热衷于搜集各种昆虫、贝壳、鸟蛋和矿石。

1831 年 12 月,英国政府组织了"贝格尔"号勘测船进行环球考察。达尔文经人推荐,以"博物学家"的身份,自费搭船,开始了漫长而又艰苦的环球考察活动。在这次考察过程中,达尔文一直在想:自然界的奇花异树、人类万物究竟是怎么产生的? 它们为什么会千差万别? 彼此之间有什么联系呢?

1832 年 2 月底,"贝格尔"号到达巴西,达尔文上岸考察向船长提出要攀登南美洲的安第斯山的要求。船长被他的热情和不畏艰苦的精神感动了,于是就答应了他的要求,并派了几个人协助他。当他们爬到海拔 4000 多米的高山上时,达尔文意外地在山顶上发现了大量的贝壳化石。他非常吃惊,心想:海底的贝类怎么会跑到高山上呢? 突然,一个奇怪的念头在达尔文的头脑里闪了一下:这座山在远古时代会不会是一片海洋呢? 可海洋又怎么会变成高高的山呢?

1859 年 11 月,达尔文经过 20 多年研究而写成的科学巨著《物种起源》终于出版了。在这部书里,达尔文提出了"进化论"思想。它说明了物种处于不断的变化之中,是由低级向高级、由简单向复杂演变的。这部著作的问世第一次把生物学建立在完全科学的基础上,以全新的生物进化思想,推翻了"神创论"和物种不变的理论。

《物种起源》的出版,在欧洲乃至整个世界引起了轰动。

【哈佛教育创新感言】 在达尔文的进化论出现之前,对于人类起源这一问题,有各种各样的传说。西方人认为,是上帝创造了人。达尔文勇于探索的精神,解开了人类之谜。

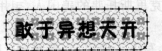
敢于异想天开

亨利·福特是一位了不起的人。直到 40 岁,他的生意才获得成功。

他没有受过多少正规的教育。在建立了他的事业王国之后,他把目光转向了制造八缸引擎。他把设计人员召集到一起说:"先生们,我需要你们造一个八缸引擎。"这些聪明的、受过良好教育的工程师们深谙数学、物理、工程学,他们知道什么是可做的、什么是行不通的。他们以一种倨傲的态度看着福特,好像在说:"让我们迁就一下这位老人吧,怎么说他都是老板嘛。"他们非常耐心地向福特解释八缸引擎从经济方面考虑是多么不合适,并解释了为什么不合适。但福特并不为之所动,只是一味强调:"先生们,我必须拥有八缸引擎,请你们造一个。"

工程师们心不在焉地干了一段时间后向福特汇报:"我们越来越觉得造八缸引擎是不可能的事。"然而,福特先生可不是轻易被说服的人,他坚持说:"先生们,我必须有一个八缸引擎,让我们加快速度去做吧。"于是,工程师们再次行动了。这次,他们比以前工作得努力一些了,时间也花得多了,也投入了更多的资金。但他们对福特的汇报与上次一样:"先生,八缸引擎的制造完全不可能。"

然而对于福特,在这位用装配线、每天 5 美元薪水、T 型与 A 型改良了工业的人的字典里,根本不存在"不可能"之说。亨利·福特用炯炯有神的目光注视大家,说:"先生们,你们记住我的话,我必须有八缸引擎,你们要为我做一个,现在就做吧。"猜猜接下来如何?后来,他们竟然制造出了八缸引擎。

【哈佛教育创新感言】 不按常规来思考,往往更能起到出其不意的效果,就像著名作家雨果曾经说过:"一个人生下来不是为了拖着锁链,而是为了展开双翼。"

如何用 80 美元旅行世界

有一个叫罗伯特·克里斯托弗的美国人,想用 80 美元来周游世界,他坚信自己能如愿以偿。

罗伯特找了一张纸,写下了他用 80 美元旅行所要做的准备:

1. 设法领取到一份可以上船当海员的文件。
2. 去警署申领一张无犯罪证明。

3. 取得 YMCA 的会籍。

4. 考取一个国际驾驶执照,找来一套地图。

5. 与一家大公司签订合同,为之提供所经国家和地区的土壤样品。

6. 同一家航空公司签订协议,可免费搭机,但要免费拍摄相片为公司做宣传。

……

当罗伯特完成了上述的准备后,年仅 26 岁的他就在口袋里装了 80 美元,兴致勃勃地开始了自己的旅行。结果,他完全实现了自己的梦想。

以下是他旅行的一些经历:

1. 在加拿大巴芬岛的一个小镇用早餐,他不付分文,条件是为厨师拍照。

2. 在爱尔兰,花 4.8 美元买了 4 箱香烟,从巴黎到维也纳,费用是送司机一箱香烟。

3. 从维也纳到瑞士,列车穿山越岭,只需 4 包香烟。

4. 给伊拉克的某运输公司经理和职员摄影,结果免费到达伊朗的德黑兰。

5. 在泰国,由于提供给酒店老板某一地区的资料,受到酒店国宾式待遇。

【哈佛教育创新感言】 80 美元环游世界,听上去简直就是天方夜谭。罗伯特用自己的经历告诉我们:这世界不是缺少奇迹,而是缺少创造奇迹的勇敢的心。的确,心有多宽,路就有多宽。

独立公司

日本是个服装王国,而独立公司则是这个王国中一颗格外耀眼的明星。独立公司并不出产高档时装和名牌服装,但它与众不同,它是专门为伤残人设计和生产各种服装的,所以在日本服装业占据了不可缺少的位置。

独立公司的老板是一位名叫木下纪子的残疾妇女,过去经营过室内装修公司,而且在该行业颇有名气。可是就在她的事业蒸蒸日上的时候,一场意外的疾病——风湿给木下纪子以毁灭性的打击。她的左半身瘫痪了。痛苦、绝望深深折磨着她,她觉得自己的事业再没什么希望了,甚至想到过自杀。但是当她从极度痛苦中摆脱出来冷静思考时,理智和意志战胜了一切:"必须振作起来,不能让这辈子就这样了结!"

然而,对于一个半身瘫痪的残疾人来说,要成就事业简直太难了。就拿穿衣服来说吧,这是每天必做的极小的一件事,而木下纪子都要非常吃力地花上十多分钟或更长的时间。"难道就不能设计出一种让残疾人容易穿脱的服装吗?"一个全新的念头浮现在她的脑海。一种要为和自己同样遭遇的人减少和解除不便的渴望重新燃起了木下纪子的事业心。

就这样,木下纪子根据自己的设想和以往的经营管理经验,创办了世界上第一家专为伤残人设计和生产服装的公司——独立公司,专门产销"独立"牌服装。取"独立"这个名字,不仅向人们宣告伤残人的志愿和理想,同时也说出了木下纪子自己的心声:要走一条独立自主的生活道路。这是一个强者的选择。

独立公司开张后不长时间,生意非常兴隆,因为它确实是抓住了一部分特殊人群的需要,填补了市场空当。木下纪子设计的服装看上去很普通,根本不像伤残人穿的服装,而且有点儿像时装。对此,木下纪子有她的想法与见解。伤残人很容易失去信心和勇气,服装的款式、面料及色彩讲究一些,不但能使伤残人穿着方便,也能增强他们的自信心。更为重要的是,爱美之心人皆有之,伤残人也不例外,也想穿得漂亮一点。

木下纪子不仅是个意志坚强的女强人,而且是一位具有发展眼光的企业家。她要把"独立"牌服装打进国际市场。这一计划不但得到了日本政府的支持,同时还得到了国际友人的帮助。目前,木下纪子已与美国一家同行组成一个合资公司,在美国生产和销售"独立"牌服装。就连艾威琳·肯尼迪这位名门望族的后裔也远道而来,与木下纪子洽谈合作事宜。为了扩大出口,日本政府还以政府的名义出面帮助木下纪子。在美国、加拿大和澳大利亚等国举办独立公司的大型展览会,通过这种展览、展销,独立公司在国外迅速名声大噪,木下纪子的事业一步步走向了辉煌。

【哈佛教育创新感言】 创意最大的特点就在于它与众不同,木下纪子的成功之路告诉我们青少年,要时刻注意培养自己的创新能力,不走寻常路,对生活充满信心。

确保天下第一

奇特的钟声

1984 年,美国航天飞机成功地使人造卫星返回地面,悬挂在英国劳埃德保险公司大楼内的小铜钟,发出了一声喜悦的响声,向全公司的职员报告,本保险公司因这次飞行保险而赚了 5000 万美元。

1985 年,南朝鲜一架波音 747 客机,被苏联击落,消息传来,同一个小铜钟,这次却发出了两声悲哀的鸣叫,于是,人们知道,劳埃德保险公司必须向"大韩航空公司"赔偿 2680 万美元。

这只毫不起眼的小铜钟,是 1799 年从荷兰沿海一艘沉船上打捞上来的,它来到劳埃德保险公司以后,被挂在公司的大厅内,担负起一项不寻常的使命。

干保险这一行,总是有进有出,有收款也常常赔款。而劳埃德保险公司有个惯例:用这个小铜钟来宣告公司大宗生意的成败与得失;如果小钟鸣一声,就表示公司赚了一笔大钱,而如果响两声,则说明公司某项保险亏了血本。

目前,英国的劳埃德保险公司已成为世界保险行业中名气最大、信誉最隆、资金最厚、历史最久、赚钱最多的保险公司,它每件承担的保险金额为 2670 亿美元,保险费收入达 60 亿美元,于是,"物以主贵",这只普普通通的小铜钟便格外引人注目了。

第一步迈向海运

1688 年,爱德华·劳埃德在一家小小的咖啡馆里,以自己的姓氏命名,创下了一个保险行。当时,这个咖啡馆是船主和商人们经常聚会的地方,从事海外贸易的船主,希望有人为他们的船只和财物保险,富商们则愿意通过承担保险来赌一下财运,于是双方一拍即合,劳埃德保险形成了一个由许多自负盈亏的个人保险商和投资者结合成的"大联合体"。目前,劳埃德拥有 6000 多个有业务关系的保险商,分属 430 个结合体(或称辛迪加),因此,劳埃德掌握了无比雄厚的财力,使世界上任何保险公司都不能与之相抗衡。

英国是最早发展海运的国家之一,所以,劳埃德的第一步就是从海运开始的,最初的保险项目是海运保险,后来保险项目逐渐增多,保险范围也随之扩大。

哈佛教育创新故事

目前,劳埃德承保的项目可以说无所不包,无奇不有。从太空卫星、超级油轮直到脱衣舞女郎的大腿和主演惊险片《超人》的男影星的人身安全。然而,奇怪的是,各国最普通的人寿保险业务,劳埃德却不受理。

保天下第一险

"敢冒最大的风险,去赚最多的钱"一直是劳埃德的宗旨,它最大的自豪就是它的开拓创新精神,这就是能敏捷地认识并接受新鲜事物。现任劳埃德总经理说:"劳埃德的传统就是要在市场上争取最新保险形式的第一名。"

【哈佛教育创新感言】 "敢冒最大的风险,去赚最多的钱。"劳埃德的这一宗旨向我们道出了其中的奥秘。这一宗旨所折射出的是劳埃德保险公司的开拓创新精神,保险业本来是一项极具风险的行业,需要不断地接受新的事物,公司正是因为能够敏捷地认识并接受新鲜事物才能在市场上确保最新保险形式的第一名。

勇于创新的作用

一个工厂投入 400 多万美元的资金,组织科技人员经过一年多的公关,开发了一种新产品。这种产品在技术上确实是比较先进的,但由于成本太高,购买者寥寥无几,公司由此背上了沉重的包袱。事实上,很多成功的公司都是围绕着以"卖出去"为原则来进行技术创新的。公司人说:"公司技术创新最重要的是要有市场效果。"所以公司在开发新产品时,都要认真研究来自用户的建议和意见,把用户的难题作为自己的科研课题,努力解决消费者的不满意点、遗憾点和希望点,把技术创新放在满足消费者的需求上,因而获得了良好的经济效益。

杜邦是全球最大的化工公司,以生产尼龙、塑料等化工制品而著称。杜邦的总部在美国,它的销售额每年超过 500 亿美元。这家公司能够取得如此骄人的业绩,获得经营的成功,是与其不断开拓、着眼未来、敢于投资搞科研和围绕市场开发新项目密切相关的。

杜邦公司现在拥有各学科的专家和工程师 5000 多名,在美国和全球设有 50 多个研究室。近年来,每年科研经费开支近 10 亿美元,1988 年的开支近 13 亿美元,比上年增加 5%。通常而言,其科研费用的开支约占其总销售额的 4%。

虽然投入的科研经费庞大，同时进行的科研项目众多，但杜邦公司并非没有重点，从早期的尼龙、塑料到后来的光导纤维，每一项科研成果都有非常大的应用价值。

杜邦公司现在已将经营范围拓展到航天工业和汽车工业。目前，正在推出航天工业所需的各种性能的零部件，这些零部件具有传统金属所无法具备的性能，它包括高强度、坚硬、轻质、耐腐蚀、易加工和保养等多种性能，是在该公司传统产品基础上推出的新产品。

杜邦公司已开发出一种叫维斯泊尔的超耐磨树脂，可以用于制造汽车空调系统的阀门。同时还研制出一种类似橡胶的塑料，能承受高温和振动，可以作为发动机支撑部分的制作原料。

最近几年，杜邦公司还全力以赴研制开发电子产品，以发展电子新材料为主攻方向。其研制的一种塑料胶片，可以用激光构思设计电路板的复杂电路。这种产品投入生产后，将成为电子工业的一个具有强劲竞争力的项目。同时，杜邦公司利用激光进行数据储存和通信的新材料开发，研制出一种可以将光束分成多组进入光导线路的材料。杜邦在食品包装和卫生保健方面的原料开发也取得了可喜成果。

在这些科研成果中，每一项都是为解决某种问题而被列入科研计划的。

【哈佛教育创新感言】 一切创新活动都是以创新思维为先导，并且伴随着创新思维推动创新实践活动的。面对日新月异的信息时代，只有创新才能在激烈的竞争中立于不败之地，才能不断地延伸成功，才能更好地生存与发展，才能在创业的道路上走得更远。

苹果为什么掉到地上

300 多年前的一天晚上，一位青年坐在花园里观赏月亮。他仰望那镶着点点繁星的苍穹，思索着为什么月亮会绕着地球运转而不会掉落下来。

忽然，有个东西打在了他的头上，这并不是很重的一击，但却把他从沉思中惊醒。他低头一看，是一只熟透的大苹果，又一次陷入了沉思：为什么苹果不落向两旁,不飞向天空,而是垂直落向地面?这一定是地球有某种引力,把所有的东西都引向自己。青年眼睛一亮:苹果是这样,月亮也是如此,月亮一定是在地球引力的吸引下做高速运转。因为有引力,使它不能远离地球;因为有速度,使它不会像苹果一样掉落下来……这个青年就是发现万有引力的英国科学家牛顿。

牛顿从小就非常热爱科学,经常制造一些灵巧的小机械。他自己制作了一个小巧的水钟,是仿照沙漏的原理制成的。放风筝,是孩子们都喜爱的游戏。聪明的小牛顿更玩出了新花样:一天晚上,他把一只纸灯笼系在风筝上放到天空中。许多看见了空中风筝的人都叫起来:"彗星!"当知道天空中闪亮的是风筝上的灯笼时,人们才恍然大悟。

在英国乌尔索普牛顿老家的花园里,那棵苹果树一直被精心地保护着。1820年,这棵树死后,被分成好几段,分别在英国皇家学会处保存了起来。

【哈佛教育创新感言】 苹果为什么往地上掉,而不往天上飞?这个在我们看来再寻常不过的现象,却激发牛顿发现了万有引力。

让所有人都知道我

一个小女孩看到邻家的围墙边放着一桶红漆和一把大刷子,一时兴起,她拿起刷子在雪白的围墙上用斗大的字体写下自己的姓名。

邻居看到她的名字以后非常生气,怒气冲冲地到女孩的家里去告状,结果女孩被父母狠狠地教训了一顿。

"你把名字那么醒目地写在墙上,现在所有的人都知道你了。"母亲生气地对她说。

20多年以后,女孩在纽约做起了房地产经纪人。几年之后,她成为纽约最著名的经纪人。

别人问起她的成功之道时,她讲了上面这个故事。"那是我受到的最严厉的惩罚,也是父母给我上的最宝贵的一课。"

看到听众不解的目光,她拿出自己在报纸上登的广告:一块名片大小的地方几乎让她的名字占满。下面用很小的字体写着"房屋经纪"和她的电话号码。

"你看,我的名字这么醒目地写在这里,当然所有的人都知道我了。"她说。

【哈佛教育创新感言】 "让所有的人都知道我",从这句简单的话中我们看出了说话者的自信,说这话的人有了这份自信,就等于给自己开创了一条成功的路,一条获得关注、获得评价、获得赏识的路。

发射"鱼雷人"

1988年10月27日,秘鲁的一艘潜水艇在公海上被一艘日本商船撞沉。船长及其他6人在事故中当场死亡,24人逃离险境,还有22人随潜水艇渐渐下沉。大家推举老船员詹特斯为临时船长,研究逃生办法。时间一分一秒地过去,有些人绝望了。詹特斯决定冒险——用发射鱼雷的方法将人一个个地发射出去。然而,这样做太危险了,人被发射后要承受巨大的压力,说不定还要留下终生难以治愈的"沉箱病"。这时潜艇已沉入海中33米,把人射出海面需要3秒,不能再犹豫了;詹特斯决定冒险,他告诉大家进入鱼雷弹道口前,尽量把肺内的空气排净,否则肺会像气球一样在发射中爆炸。结果,这22人中除一人脑出血外,都安全地返回了海面,死里逃生。

【哈佛教育创新感言】 如果坐在船上等着沉下去,还不如去试一试,既然所有的路都走不通,就走出一条新路,危机中正是创新的好机会。

哦,原来你不是卓别林

小狮的眼里有泪,但它却把眼睛望向了远山。

啊——

13岁那年,他在学校主办的一场叫做"卓别林模仿大赛"的模仿秀上获得了一等奖,回家后他立即兴致勃勃地把这个好消息告诉了母亲。兴奋

之余,他忍不住还贴起了表演时的那撇小胡子,拿起雨伞,学着卓别林的模样在母亲跟前走起了八字步。末了他还得意洋洋地对母亲说:"评委们都说我的模仿惟妙惟肖,简直就是卓别林重生呢!"

他等待着母亲的夸奖,母亲却反问了他一个莫名其妙的问题:"你是谁?"他一下子愣住了,良久他才回答:"我是您儿子呀,妈妈!"接着他便听见母亲冷冷地说了声:"哦,原来你不是卓别林啊!"

母亲的神情与语气无疑给他泼了一盆冷水,让他一瞬间从扬扬自得里清醒过来。"哦,原来你不是卓别林啊!"他细细揣摩着这句话,知道母亲话里有话。

几年之后,美国好莱坞冉冉升起了一颗新星,他因独特的表演风格在演艺界崭露头角并逐渐走向成熟。2006 年 3 月 5 日,他因在《卡波特》里成功地扮演了作家杜鲁门·卡波特一角而问鼎第 78 届奥斯卡金像奖最佳男主角。在他获奖后的私人日记里,他还这样写道:"我要感谢我的母亲,是她,在我 13 岁那年改变了我,要不然,恐怕直到今天我还将踌躇在对前人的模仿里。她的话让我明白,我不应该去做世界上的第二个卓别林,而应该去做世界上的第一个菲利普。"

他,就是第 78 届奥斯卡金像奖最佳男主角获得者菲利普·西摩尔·霍夫曼。

【哈佛教育创新感言】 人生最重要的不是你所占的位置,而是你所朝的方向。一味地模仿,只是别人的翻版,只会泯灭个性。要学的是思想,是精神,是汲取创造的营养。千万记住:每个人的天性中都蕴藏着大自然赋予的创造力,要善于独立思考。

勇于创新的开拓者

"我成大事的秘诀很简单,那就是永远不向现实妥协而刻意创新。"

这是美国实业家罗宾·维勒的原话。

当全美短筒皮靴成为一种流行时尚的时候,每个从事皮靴业的商家几乎都趋之若鹜地抢着制造短皮靴供应各个百货商店,他们认为赶着大潮流走要省力得多。

罗宾当时经营着一家小规模皮鞋工厂,只有十几个雇工。

他深知自己的工厂规模小,要挣到大笔的钱绝非易事。自己微薄的资本、微小的规模,根本不足以和强大的同行相抗衡。那该如何在市场竞争中获得主动权,争取有利地位呢?

罗宾为自己列举了两条道路:

一是在皮鞋的用料上着眼;二是着手皮鞋款式改革,以新领先。

经过一番深思熟虑,罗宾决定走第二条道路。

他立即召开了一个皮鞋款式改革会议,要求在场的十几个工人各尽其能地设计新款式鞋样。

为了激发工人的创新积极性,罗宾规定了一个奖励办法:凡是所设计的新款鞋样被工厂采用,设计者可立即获得 200 美元的奖金;所设计的鞋样通过改良被采用,设计者可获 100 美元奖金;即使设计的鞋样不能被采用,只要其设计别出心裁,均可获 100 美元奖金。

同时,他随即设立了一个设计委员会,由五名熟练的造鞋工人任委员,每个委员每月额外支取 100 美元。

这样一来,这家袖珍皮鞋工厂里,马上掀起了一股皮鞋款式设计热潮,不到一个月,设计委员会就收到 50 多种设计草样,挑选采用了其中 3 种款式较别致的鞋样。同时立即召开大会,给这 3 名设计者颁发了奖金。

罗宾的皮鞋工厂就把这 3 个新款式皮鞋试行生产。

第一次将每种新款式皮鞋制作 1000 双,制成后立即将其送往各大城市推销。

顾客见到这些款式新颖的皮鞋,立即掀起了一股购买热潮。

几个星期后,罗宾的皮鞋工场收到 2700 多份数量庞大的订单,这使得罗宾终日忙于出入各大百货公司经理室大门,跟他们签订合约。

因为订货的公司多了,罗宾的皮鞋工厂逐渐扩大起来,3 年之后,他已经拥有 18 家规模庞大的皮鞋工厂了。

不久危机又出现了,当皮鞋工厂一多起来,做皮鞋的技工便显得供不应求了。最令罗宾头疼的是别的皮鞋工厂尽可能地把工资提高,挽留自己的工人,即便罗宾出重资,也难以把其他工厂的工人拉过来。缺乏工人对罗宾来说是一道致命的难关。因为他接到了不少订单,如无法给买主及时供货,这将意味着他得赔偿巨额的违约损失。

罗宾忧心忡忡。他又召集 18 家皮鞋工厂的工人开了一次会议。

81

哈佛教育创新故事

罗宾把没有工人可雇的难题告诉大家,要求大家各尽其力地寻找解决途径,并且重新宣布了动脑筋有奖的办法。

会场一片沉默,与会者都陷入思考之中,搜肠刮肚地想办法。

过了一会儿,有一个小工请求发言,罗宾嘉许以后,他站起来怯生生地说:"罗宾先生,我以为雇不到工人无关紧要,我们可以用机器来制造皮鞋。"

罗宾还没来得及表示意见,就有人嘲笑那个小工。

那小孩窘得满面通红,惴惴不安地坐了下去。

罗宾却走到他身边,请他站起来,然后挽着他的手走到主席台上,朗声说道:"诸位,这孩子没有说错,虽然他还没有造出一种造皮鞋的机器,但他这个办法却很重要,大有用处,只要我们围绕这个概念想办法,问题定会迎刃而解。"

"我们永远不能安于现状,思维不要局限于一定的桎梏中,这才是我们永远能够不断创新的动力。现在,我宣告这个孩子可获得 500 美元的奖金。"

经过几个月的研究和实验,罗宾的皮鞋工厂的大量工作就已被机器取而代之了。

【哈佛教育创新感言】 罗宾·维勒的名字,在美国商业界,就如一盏耀眼的明灯,他的成功,与他时时保持锐意创新的精神是密不可分的。

可以消除疼痛感的东西

在还没有麻醉药的时候,医生做外科手术时,要用绳子把病人五花大绑地捆绑在手术台上,否则病人会因无法忍受疼痛而挣扎,使手术无法进行下去。所以在医院里,常可以听到从手术室里传出的惨叫声。后来,幸亏有人发明了麻醉药。

西式药麻醉剂的发明,是好几个人长期不断努力的结果。

英国化学家戴维最先发现了一种具有麻醉作用的气体。有一天,他在观察一种叫一氧化二氮的气体时,不小心把它吸进鼻子。不过,说也奇怪,吸进一氧化二氮之后,他不只心情变好了,还会莫名其妙地笑起来。

"这是什么啊？为什么我会情不自禁地笑呢？而且心情也无缘无故地变好了？"

由此，戴维开始研究起这种神奇的气体。不久他就发现，如果一直持续吸进一氧化二氮的话，眼睛就会不停地打转，头脑也会变得不清醒。

"如果让病人吸入这种气体，或许就不会感觉疼痛了。"

戴维把这种会让人发笑的气体称为"笑气"。他的研究，为西药麻醉剂的探索打开了通路。45年后，美国的牙医韦尔斯利用"笑气"给病人实施了拔牙手术，开了西药麻醉剂临床应用的先河。又过了两年，另一位美国牙医莫顿开始在外科手术上使用乙醚做麻醉剂，取得了更好的效果。于是，西药麻醉剂逐渐传开来。

【哈佛教育创新感言】 在麻醉剂问世之前，接受手术的人都必须经历撕心裂肺的痛楚。麻醉剂的出现，让病人可以在毫无疼痛的情况下接受手术，为医学界作了一大贡献。

83

莱特兄弟发明飞机的故事

1877年冬天，一场大雪降在美国的代顿地区，城郊的山冈上到处是白茫茫一片。一群孩子来到堆着厚厚白雪的山坡上，乘着自制的爬犁飞快地向下滑去。山坡上顿时响起阵阵笑声。

在他们旁边，有两个男孩静静地站着，眼睁睁地看着欢快的爬犁从上而下划过。大一点的男孩叹道："嗨！要是我们也有一架爬犁该多好啊！"

另一个孩子撅着嘴说道："谁叫我们的爸爸总不在家呢！"他灵机一动，又接着说道："哥哥，我们自己动手做吧！"被称为哥哥的男孩一听，顿时笑了起来，愉快地说道："对呀！我们自己也可以做。走，奥维尔，我们回去！"于是，两个孩子一蹦一跳地跑下山坡，向家里飞快地跑去。

这弟兄两个就是莱特兄弟，大的叫威尔伯，小的便是奥维尔。他们从小就喜欢摆弄一些玩意儿，经常在一起做各种各样的游戏。他们的爷爷是个制作车轮的工匠，屋里有各种各样的工具，弟兄两个把那里当作他们的乐园，经常跑去看爷爷干活。时间一长，他们就模仿着制作一些小玩具。

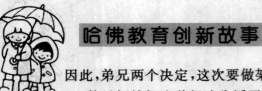

因此，弟兄两个决定，这次要做架爬犁，拉到山坡上与同伴们比赛。当天晚上，弟兄俩就把这种想法告诉了妈妈。妈妈一听，非常高兴地说道："好，咱们共同来做吧！"

于是，弟兄两个跑到爷爷的工作房里，找到很多木条和工具，不假思索就干了起来。

"不行，"妈妈阻止他们说，"干什么事情得有个计划，我们首先得画一个图样，然后才做！"

弟兄两个明白了这个道理，就同妈妈一起设计图样。妈妈首先量了兄弟俩身体的尺寸，然后画出一个很矮的爬犁。"妈妈，别人家的爬犁很高，为啥你画的爬犁这么矮？这能行吗？"弟弟奥维尔不解地问。

"孩子，要想叫爬犁跑得快，就得制成矮矮的，这样可以减少风的阻力，速度也就会快多了。"妈妈温和地解释道。弟兄两个这才明白，干任何事情都不应莽撞，应首先弄懂道理。

过了一天，莱特兄弟的矮爬犁做成了。弟兄俩把它推到小山冈上，刚放在山坡上，就跑来了一个男孩。

"快来看呀，莱特兄弟扛了一个怪物！"这个男孩大惊小怪地叫道。

不一会儿，孩子们都围了上来，指手画脚地议论着这个怪模怪样的东西。莱特兄弟不以为然，勇敢地说道："谁和我们比赛！"

先前跑过来的男孩连忙叫道："我来！我来与你们比赛！"说完，就把自己的爬犁拉了过来。

比赛结束，当然是莱特兄弟获胜，孩子们再也不嘲弄这个爬犁，反而围起来左瞧右看，似乎想从中找到什么。

圣诞节到了，爸爸也从外地回来了。圣诞节早晨，爸爸把礼物送给了他们，兄弟俩急不可耐地打开一看，是一个不知名的玩具，样子怪怪的。

爸爸告诉他们，这是飞螺旋，能在空中高高地飞去。"鸟才能飞呢！它怎么也会飞！"威尔伯有点怀疑。

爸爸笑了一笑，当场做了表演。只见他先把上面的橡皮筋扭好，一松手，它就发出呜呜的声音，向空中高高地飞去。兄弟这才相信，除了鸟、蝴蝶之外，人工制造的东西，也可以飞上天。于是，弟兄俩便把它拆开了，想从中探索一下，它为何能飞上天去。

从这以后，在他们的幼小心灵里，就萌发了将来一定制造出一种能飞上高高蓝天的东西。这个愿望一直影响着他们。1896 年，莱特兄弟在报纸上看到一条消息：德国的李林塔尔因驾驶滑翔机失事身亡。这个消息对他们震动很大，弟兄俩决定研究空中飞行。

这时候，莱特兄弟开着一家自行车商店。他们一边干活挣钱，一边研究飞行的资料。3 年后，他们掌握了大量有关航空方面的知识决定仿制一架滑翔机。

他们首先观察老鹰在空中飞行的动作，然后一张又一张地画下来，之后才着手设计滑翔机。1900 年 10 月，莱特兄弟终于制成了他们的第一架滑翔机，并把它带到离代顿很远的吉蒂霍克海边，这里十分偏僻，周围既没有树木也没有民房，而且这里风力很大，非常适宜放飞滑翔机。

兄弟俩用了一个星期的时间，把滑翔机装好，先把它系上绳索，像风筝那样放飞，结果成功了。然后由威尔伯坐上去进行试验，虽然飞了起来，但只有一米多高。

第二年，兄弟俩在上次制作的基础上，经过多次改进，又制成了一架滑翔机。这年秋天，他们又来到吉蒂霍克海边，一试验，飞行高度一下子达到180 米之高。

弟兄俩非常高兴，但并不满足。他们想能否制造一种不用风力也能飞行的机器？

兄弟俩反复思考，把有关飞行的资料集中起来，反复研究，始终想不到用什么动力把庞大的滑翔机和人运到空中。有一天，车行门前停了一辆汽车，司机向他们借一把工具来修理一下汽车的发动机。弟兄俩灵机一动，能不能用汽车的发动机来推动飞行。

从这以后，弟兄俩围绕发动机动开了脑筋。他们首先测出滑翔机的最大运载能力是 90 公斤，于是，他们向工厂订制一个不超过 90 公斤的发动机。但当时最轻的发动机是 190 公斤，工厂无法制出这么轻的发动机。

后来，一名制造发动机的工程师知道了这件事情，答应帮助莱特兄弟。过了一段时间，这位工程师果然造出一部 12 马力、重量只有 70 公斤的汽油发动机。

【哈佛教育创新感言】 创造的灵感并不是虚无缥缈的不可捉摸的东西，更不是天才的专利品，它来自于不断的实践和长期的积累。只要你在不断地努力创造，相信总有一天会收获成功。创新也是可以学习、可以培养的。你的经历也是创新的一个来源。多看、多听、多想，到处都是创新的机会。不必走多远，也许那份创造力就在你的身边。

85

肯德基上校

肯德基快餐是受小朋友们青睐的食品，可很少有人了解肯德基的故事。肯德基创始人——Sanders上校，1890年出生，一生充满传奇，经历过许多磨难，失业更是家常便饭，但他从没放弃过任何一个可以成就事业的机会。

上校年轻时做过各行各业的工作，包括铁路消防员、养路工、保险商、轮胎销售及加油站主等，最后在餐饮业上找到了事业的归宿。当他在肯塔基州经营加油站时，为了增加收入，他自己制作各种小吃，提供给过路游客；生意由此缓慢而稳步地发展，而他烹饪美餐的名声也吸引了过往的游客，当时的肯塔基州州长于1935年封他为肯德基上校，以表彰他对肯塔基州餐饮的贡献。上校最著名的拿手好菜就是他精心研制出的炸鸡。这个一直受人欢迎的产品，是上校经历了十年的调配，才得到了令人吮指回味的口感。当上校66岁之际，开着他的那1946年的福特老车，载着他的11种独特的配料和他的得力助手——压力锅，开始上路。他到印第安纳州、俄亥俄州及肯塔基州各地的餐厅，将炸鸡的配方及方法卖给有兴趣的餐厅。令人惊讶的是，在短短5年内，上校在美国及加拿大已有400家连锁店。

他创立肯德基的同时，是个66岁、月领105美元社会保险金的退休老人，而今天肯德基已成为全球最大的炸鸡连锁店。同时，上校也受到电视台的关注，由于整日忙于料理，他只有找出唯一一套清洁的、白色的棕榈装，这一打扮自此成为他独一无二的注册商标。从此以后，人们便将这套西装与肯德基联想在一起；而他的这身白西装，满头白发，及山羊胡子也成了全国性的象征。

【哈佛教育创新感言】 一个人的成功不在于他多大的年龄，而在于他内心有多大的梦想。他那永不放弃的精神是他成功的基石！成功者是永不放弃不断创新的，放弃者永不成功。

死里逃生的囚徒

古印度有个国王,一次想处死一批囚徒。那时候,处死囚徒的方法有两种:一种是砍头,一种是用绳绞死。这个国王脑子里忽然产生出了一个奇怪的念头:"我要戏耍一下这些囚犯。对了,让他们自己去挑选一种死法,看他们说些什么。这一定是很有趣的事儿。"

国王想到这里,就派人向囚徒们宣布道:"国王陛下有令——让你们任意挑选一种死法,你们可以任意说一句话——如果说的是真话,就绞死;如果说的是假话,就杀头。"

这样的法令真是太奇怪了。可是,这批囚徒的命掌握在国王的手里,无论如何都是一死,也就顾不得多想,都很随意地说了一句话。结果,许多囚徒不是因为说了真话而被绞死,就是因为说了假话而被砍头;或者是因为说了一句不能马上检验是真是假的话,而被看成是说了假话砍了头;或者是因为讲不出话来而被当成说了真话丢了性命。

国王看到他们一个个被处死,很开心。

在这批囚徒中,有一个很聪明的人,当轮到他来选择死法时,他忽然巧妙地对国王说:"你们要砍我的头!"

国王一听,感到好为难,如果真的砍他的头,那么他说的就是真话,而说真话是要被绞死的;但是如果要绞死他,那么他说的"要砍我的头"便成了假话,而假话又是应该被砍头的,但他说的又不是假话。他的话既不是真话,又不是假话,也就既不能绞死,又不能砍头。

国王只得挥挥手说:"那只好放他一条生路了。"

那个囚徒因他自己的那句话而得以重生。

【哈佛教育创新感言】 面临死亡危机的时候,明智的人会利用自己的头脑,变换一个角度,变换一种思维来拯救自己的命运。要想获得命运的垂青,在任何时候都应该追求另辟蹊径。

87

坚持就是胜利

　　美国人在创业中有一个突出的特点,就是不盲从权威,富于冒险精神,敢于为实现自己的梦想而拼搏。除了大名鼎鼎的汤姆·爱迪生和比尔·盖茨以外,还有成百上千的名不见经传者,他们凭远见和毅力取得了各自的成功,斯科特·麦格雷戈也是这样⋯⋯

　　1989 年,一个春寒料峭的早晨,45 岁的斯科特·麦格雷戈正怀着一个"伟大的梦想"坐在自己的书房里,一边煞费苦心地思考,一边敲打着电脑,忽然听到了妻子的哀叹。他从屏幕前抬起疲惫的眼睛,望见厨房那边妻子黛安娜和十几岁的双胞胎克里斯和特拉维斯正在凑硬币去买牛奶,凑来凑去还是不够。他作为一家之主,为了实现自己"伟大的梦想"不出去工作,成天待在家里敲电脑,致使家里经济受到损失,影响了妻儿的生活,心里顿生负罪感。他皱着眉头,走进厨房,伤心地说:"不能再这样下去了,我明天一定出去找工作!"可是,懂事的特拉维斯首先反对:"爸爸,您不能半途而废!"克里斯也闪着泪光补了一句:"你马上就要成功了!"妻子则温柔地看着他,美丽的眼睛里充盈着鼓励⋯⋯

　　两年前,麦格雷戈放弃了一个很有保障的顾问职位,转而去试着实现一个"伟大的梦想":他原来的公司是在机场和饭店向出差的企业人员出租折叠式移动电话的,但不能提供有详细记载的计费单,而麦格雷戈想在电话内安装一种电脑微电路,以便记录每次通话的地址、时间、费用。他相信自己的这一设想一定行得通,妻子和孩子也很支持他。于是,他一面把自己的设想通过媒体推介出去,争取投资者,一面按照设想亲自进行试验,争取在投资者到来之前拿出样品。

　　然而,这项雄心勃勃的冒险进行起来并不顺利,不仅使他耽误了工作,而且耗尽了家里的全部积蓄,眼下全家几乎面临绝境,连买牛奶的硬币都凑不齐。更为严重的是,这个月的一个星期五,还有一位法庭人员找上门来,通知他们如果下星期一还交不上房租,他们就只有睡大街了。

　　麦格雷戈毫不气馁。他在绝望之中把整个周末都用来联系投资者。有一位工程者竟说他设想的这种装置简直是不可能的,但他并没有和那位

工程师争辩，更没有被那位工程师吓倒，他直接打电话给贝尔·索思。这是一家著名的电讯公司，一位高级主管在电话里听了他的介绍后，问他："你能在一个月以后拿出样品来吗？"此时，麦格雷戈的大脑中不禁想起了那位工程师的话和自己在工作台上试验失败后扔得到处都是的工具。他强迫自己镇定下来，用尽量自信的声音回答："行，肯定行！"他们一言为定。

麦格雷戈孤注一掷了。首先，他给正在读大学电脑专业的大儿子格里格打电话，告诉格里格自己现在所面临的严峻挑战，要求格里格回家助战，接着，他又去求爷爷告奶奶找人家借钱，添置必要的材料，以便儿子一到家就动手。格里格当晚回到家里，就为父亲设计曾使许多专家都束手无策的自动化电路。父子二人经过 20 多天夜以继日的苦战，终于在 1991 年 6 月 23 日，提前一天带着他们的样品，乘飞机赶到亚特兰大接受检验，一举获得成功。

89

现在，麦格雷戈成功了，他的特列麦克移动电话公司，已是一家资产达数百万美元、在本行业居领先地位的企业。

【哈佛教育创新感言】 人的一生就是一个不断攀登、创新的过程。卡耐基曾经说过，很多人成功的秘诀，就在于他们不怕失败。他心中想要做一件事时，总是用全部的热诚，全力以赴，从来不去想失败的可能。即便他失败了，也会立刻站起来，保持更大的决心，向前奋斗，直到最终迎来辉煌。

空中温泉

日本的饭店、酒店、旅店可以说密集如夏夜的繁星，在经营范围和服务程序方面如果不独辟蹊径、出新出奇，要想在激烈的竞争中取得突出的成就是很困难的。日本大阪的有田观光饭店经理宇野先生深深懂得上述道理。他利用饭店靠近山峰和湖水的地理优势，几经筹划，首创出空中温泉浴，果然轰动了旅游界。原来，宇野请电力建筑部门在饭店前方的两座山间，安装了离池 200 公尺高的电缆，电缆上悬吊着一个温泉澡池，用电缆车将它们连接起来。使用时，操纵电钮，使温泉澡池随电缆车上下运动。每个空中澡池可容纳 2 人，10 个澡池一次可载客 20 人。客人泡在澡池中，一边洗温泉澡，一边居高临下饱览湖光山色。"抬首望红日，低头看青山"，

真会使人产生飘飘欲仙、人间天堂的无穷雅趣。宇野这个绝招一问世,有田观光饭店几乎天天客满,日本各地赶来猎奇观光的客人每天竟有1000余人之多;节假日饭店更是住不下,别说有田饭店本身,就连附近的小客栈、小饭店也沾了大光,把生意全给带上去了。

宇野首创半空温泉浴的成功,引起了同行和记者的浓厚兴趣。他们纷纷追问他的经营诀窍,宇野笑着回答道:"其实这也不神秘。满足人们的好奇心和提供最佳服务,本是服务行业两个不可缺少的着眼点,它们的关系就像一枚钱币的两面,缺一不可。到观光饭店投宿的客人,如果既能享用到全身浸泡温泉之中舒心惬意的滋味,又能领略半空中饱览山水风光的新奇刺激,那紧张工作的疲劳和烦恼就能烟消云散,他们多花一些钱也是心甘情愿的。"

【哈佛教育创新感言】 一个切实可行的新奇点子,就是成功的可靠保证。要知道,市场何等广大,即便一个人来观光一次,那就会获得多么可观的利润啊!

当日本已成为世界上屈指可数的现代化强国之时,这个岛国的一个偏僻小山村却几乎与世隔绝,十分落后,生活极为困苦。全村人虽然都想脱贫致富,却一直苦于无计可施。

一天,村里一位长者召集全村人,语重心长地说:"如今,都是什么年代了,咱村的人还过着和原始人差不多的生活,我们深感内疚和痛心!不过,大都市里的人过着现代化生活的时间长了,一定会感到乏味。咱不妨走点回头路,干脆过原始人的生活,利用咱的'落后',出卖'落后',也许会招来很多城里人。咱们呢,也可以借此机会做生意赚钱。"

这一谋划博得所有人的喝彩。从此,全村人开始模仿原始人的生活方式,在树上搭房,穿树叶做成的衣服……

不久,日本新闻媒体惊奇地发现并报道了这个过着"原始人生活"的小山村。此后,成千上万的人慕名而至,参观者络绎不绝,众多的游客为部落带来了可观的财富。有经营头脑的人也来了,他们来这里修路,造宾馆,开商店,将这里开辟为旅游点。小山村的人趁机做各种生意,终于富裕起来了。过了若干年,这里的居民白天上树成为一种职业,晚上回到地面,脱掉兽皮树叶做的衣服,穿着现代时髦服装,住进建筑在景点外围的水泥结构的房屋里,过上了现代化生活。

【哈佛教育创新感言】 每个人都知道先进的东西可以卖钱,但是很少有人想到在生活中落后的东西同样也可以变成财富,关键在于你有没有去挖掘,去琢磨。生活中凡事都从另一个角度去想一想,也许会有更好的收获。

截然相反的梦幻假期

比尔住在纽约。一天早上,邮递员来敲门,递给他一封没标明地址的信件。他打开一看,发现是一个叫迪克·克拉克的陌生人写来的。信中写道:"亲爱的朋友,我将邀请你到好莱坞做客一个星期,届时我会安排你住进比弗利山庄一流饭店的漂亮套房里。在你客居的这个星期里,我将每天给你提供 5000 美元的花费,还有一辆豪华轿车 24 小时随时恭候差遣。同时,你还将成为奥斯卡颁奖典礼的私人贵宾,而且你将有机会与自己最喜爱的电影明星共进晚餐。在好莱坞度过一个星期之后,你将会被私人飞机送往夏威夷,享受 10 天的假期……"

快要将信读完时,比尔兴奋得几乎看不清字了。但继续读下去,他犹如在大晴天里被当头泼了一盆冷水——该信的最后一段如下:

"唯一的麻烦就是,你得从你在纽约的家开车到我在洛杉矶的家,而且我不会透露我的住址、电话等私人信息。你有一星期的时间抵达我家,届时我会兑现承诺。"

"简直太荒谬了!我有什么办法从纽约到洛杉矶,再找到你的家呢!这完全是不可能的事!这人脑筋坏掉了吗?这一定是场骗局。"比尔随手将信扔进了废纸篓。

离比尔三个街区的年轻人迈克也同样接到了这样一封信,他对此的态度却与比尔截然不同。看完信,迈克简单思考了一下。首先,他通过信封上的邮戳查清这封信寄自洛杉矶市的康宝莱街区,范围缩小了。接下来,

他随便拨通了康宝莱街区一家税务所的电话,投诉称该区一个叫迪克·克拉克的人在他的店里刷卡欠账,并且没有按照规定及时清欠。迈克只是想知道克拉克是否在该街区。很快,热情的税官递上了报单,称克拉克在该地纳税信誉一直很好,目前没有不良消费信息。同时,税官还提供了克拉克的私人住址和联络方式,以便他能与之沟通,因为税官怀疑有人盗用克拉克的名义进行消费……事情至此可以告一段落。接下来,迈克最终决定要去赴这个神奇而又刺激的约会——开车去洛杉矶吗?没什么不好,就把它当作是一次旅行吧。

按照游戏规则,一个礼拜后,迈克在洛杉矶与迪克成功会面,而迪克也爽快地履行了自己的诺言。克拉克没有问迈克是通过什么办法找到他家的,他只告诉迈克,他是自己发出的 500 封邀请信中唯一成功赴约的人。

最后迪克告诉迈克的是:他已正式被邀请担任美国大名鼎鼎的旗帜公司的经理助理。因为从一开始,这场梦幻之旅就是个考验……旗帜公司不过是在用这种方式来招聘人才。

比尔和迈克两个人的境遇完全相反,源于他们思路的深度。在个人职业生涯的重要领域,你会为某个梦想付出类似的辛劳吗?比尔的想法是:如果你不拿到目的地的地址,你就不可能到达目的地。而迈克则用行动告诉我们:一旦你开始自己的梦想,你将会发现,界定梦想不但比想象中的要容易,而且还充满了乐趣。仔细留意,总会找到一个解决问题的突破口,接下来要做的就是充满信心、乐观勇敢地接受挑战。而最终得到的收获,可能比想象中的多得多。

【哈佛教育创新感言】 上帝不会眷顾每个怀揣梦想的人。态度决定一切!在努力的过程中你会发现,原来全身心地投入去做一件事,即使很累了,也是快乐着的。相信没有"不可能",什么事都有可能发生。如果连奇迹都不敢相信的人,怎么能获得奇迹呢?

小富翁

有这样一个美国小男孩,父母在生活上对他要求很严,平时很少给他零花钱。8 岁的时候,有一天他想去看电影,身上却分文全无。是向爸妈要钱还是自己挣钱？他第一次开始思考这样的问题。最后，他选择了后者。他自己调制了一种汽水，把它放在街边，向过路的行人出售。可那时正是寒冷的冬天，没有人购买，最后只等到两个顾客——他的爸爸和妈妈。

他偶然得到了和一个成功商人谈话的机会，当他对商人讲述了自己的"破产史"后，商人给了他两个重要的建议：第一，尝试为别人解决一个难题，那么你就能赚到许多钱；第二，把精力集中在"你知道的、你会的和你拥有的"东西上。

这两个建议很关键。因为对于一个8岁的男孩而言，他不会做的事情还很多。于是他穿过大街小巷，不停地思考：人们会有什么难题？如何为他们解决难题？这其实很不容易。好点子似乎都躲起来了，他什么办法都想不出来。但是有一天，父亲无意中激发了他的灵感火花。

一天吃早饭时，父亲让他去取报纸——美国的送报员总是把报纸从花园篱笆中一个特制的管子里塞进来。假如你想穿着睡衣，一边舒服地吃早饭，一边悠闲地看报纸，就必须先离开温暖的房间到房子的入口处去取报纸，即使在天气不好的时候也必须如此。虽然有时候只需要走二三十步路，但也是非常麻烦的事情。

当他为父亲取回报纸的时候，一个主意诞生了。当天他就挨个按响邻居的门铃，对他们说：每个月只需付给他1美元，他就每天早晨把报纸塞到他们的房门下面。大多数人都同意了，这个小男孩很快就有了70多个顾客。当他在一个月后第一次赚到一大笔钱的时候，他觉得简直是飞上了天。

高兴的同时他并没有满足现状，他还在寻找新的赚钱机会。经过一段时间的思考，他决定让他的顾客每天把垃圾袋放在门前，然后由他早晨送报时顺便运到垃圾桶里——每个月另加1美元。他的客户们很赞赏这个点子，于是他的月收入增加了一倍。后来他还为别人喂宠物、看房子、给植物浇水，他的月收入随之直线上升。

9岁时，他开始学习使用父亲的电脑。他学着写广告，而且开始把小孩子能够挣钱的方法全部写下来。因为他不断有新的主意，有了新主意就马上实施，所以很快他就有了丰厚的积蓄。他母亲帮他记账，好让他知道什么时候该向谁收钱。

随着业务的扩大，他必须雇用别的孩子为他帮忙，然后把收入的一半付给他们。如此一来，钱便潮水般涌进了他的腰包。

哈佛教育创新故事

一个出版商注意到了他,并说服他写了一本书,书名叫《儿童挣钱的250个主意》。因此,他在12岁的时候,就成了一名畅销书作家。

后来电视台发现了他,邀请他参加许多儿童谈话节目。他在电视里表现得非常自然,受到许多观众的喜爱。到15岁的时候,他有了自己的谈话节目,通过做电视节目和电视广告,他已经发展到日进斗金的程度。

当他17岁的时候,已经成了百万富翁。

【哈佛教育创新感言】 成功人士的可贵之处在于创造性的思维。一个成就大事的人只有通过创新,才能体会到人生的真正价值,并以此来激励更多的人去从事创造性的实践活动。

黑色的伤痕

走下林肯纪念堂,踏进东北侧那片树林,草坪在那里隐入树林,有一块坡地缓缓下陷,然后突然转弯向两边伸开,托起两面黑色大理石磨成的、像镜子般平滑的碑墙,那上面镌刻着58132个参加越南战争而一去不复返的军人的名字。它就是被人称为"美国历史上的一道伤痕"的越南战争阵亡将士纪念碑。

这是一座横躺在大地上的纪念碑,若从空中俯瞰或从国家大草坪正面望去,就像是一个开口很大的字母V,或者说像一本打开的书。但是,要是站在平地上从远处望去,不知情的人也许根本就发现不了这里有一座很大的纪念碑。因为它已经与四周景物融合在一起,不可分割了。

建造越南战争纪念碑的想法是一名前陆军下士简·斯克鲁格思在战后萌发的。1979年4月27日,一群参加过越南战争的老兵在首都华盛顿成立了一个社团,旨在国家大草坪博物馆、纪念碑群落地带建造越南战争阵亡将士纪念碑。他们提出,这座拟议中的纪念碑要成为美国社会中一个鲜明的形象,不管这座纪念碑最后建造成什么样子,它必须满足4项基本要求:第一,纪念碑本身应该具有鲜明的特点;第二,要与周围的景观和建筑物相协调;第三,碑身上镌刻所有阵亡和失踪者的姓名;第四,对于越南战争,碑身上不要有一个字的介绍和评价。

1980年7月1日,美国国会批准,在靠近林肯纪念堂的宪法公园尽头

建造越南战争阵亡将士纪念碑。这个地方,正是斯克鲁格思们朝思暮想的所在。这年秋天,由美国建筑家学会组织,在全国公开征集纪念碑设计方案,投稿者必须是年满18岁以上的美国公民。结果,在征集过程中一共收到1421个应征方案。方案设计者被隐去姓名,由8位国际知名的艺术家和建筑大师组成评定委员会,通过投票选出最佳设计。

结果,1981年5月1日,一位21岁的华裔女大学生设计的方案入选了。

这位女大学生的名字叫林璎,是著名的耶鲁大学建筑系四年级的学生。林璎出生在美国,父母都是中国人。父亲林桓精于陶瓷,母亲是一位诗人,都任教于俄亥俄大学。林璎的姑父和姑母是中国著名的建筑大师梁思成和林徽因。

林璎小时候最喜欢的功课是数学,后来爱上建筑。在耶鲁大学读书的时候,她喜欢到附近的"林阴墓园"去走走,观看那里形形色色的墓碑和雕刻。

大学三年级的时候,林璎曾到欧洲考察,走访了许多墓园,她觉得墓园设计也是一项专门的学问,所以在四年级的时候将坟墓建筑列为自己的选修课。有一天,她在系里的告示牌上看到了征集越南战争纪念碑的通告,立刻跃跃欲试,不久就和同学一起开车到华盛顿做实地考察。

漫步走过绿色的大草坪,走过耸入云天的华盛顿纪念碑,还有那些辉煌的博物馆,在华盛顿纪念碑和林肯纪念堂之间的草坪上,林璎突发灵感,她觉得自己正置身于一个美丽的公园,一个新的设计决不能破坏这里的和谐,不能和它抗衡,而是要与之协调,将安详与美丽融为一体,使人们感到安全和宁静,不由地想起那些已经逝去的人们。

一个近乎成熟的设计跳进林璎的脑海,仅仅两个星期以后,她做出了模型。结果是林璎没有想到的,在1421件应征作品中,她的被登记为1026号的设计成为首选。反倒是应征者中那些国际知名的建筑师们——其中也包括林璎的老师选送的设计名落孙山。

出乎林璎意料的是·她的设计引起了广泛争议。不同意见者认为,这座纪念碑是对战死者的不敬,纪念碑本该拔地而起,而不是陷入地下;还有人认为,阵亡者的名字应该按照英文字母的顺序排列,而不是按照他们战死的时间排列;甚至连林璎是一位华裔也成了问题。

美国建筑师学会和一些越南战争纪念团体坚决地支持了林璎的设计,

然而也有一点小小的妥协:在碑前树立一个旗杆,在旗杆下安放一座雕像。

现在,就该由林璎来阐述自己的设计了:黑色的、像两面镜子一样的花岗岩墙体,两墙相交的中轴最深,约有 3 米,逐渐向两端浮升,直到地面消失。墙体的两个尖端,一个指向林肯纪念堂,另一端指向华盛顿纪念碑。墙面上刻满阵亡者的名字。林璎说:"当你沿着斜坡而下,望着两面黑得发光的花岗岩墙体,犹如在阅读一本叙述越南战争历史的书。"

1982 年 3 月 11 日,林璎的设计获得最后批准。3 月 26 日工程动工,当年 10 月纪念碑主体就基本完成了。

1982 年 11 月 13 日,这座有着特殊意义的纪念碑落成向公众开放,迎接每日像流水般朝它走来的人们。这座看似简单的纪念碑无言地促使美国人正视越南战争的结局,开始了治疗战争创伤的漫长历程。特别在那些越战老兵的心中,这座纪念碑引发了他们无穷的思考,促使他们来到这里,怀念战死的人们,思索生活的意义。

【哈佛教育创新感言】 取得成功不是偶然,那是一个努力的过程,一个收获果实的必然过程。心中有爱,让爱成为创新的基石,让情成为不朽的记忆。她留下的不仅仅是一座纪念碑,而是对美国人内心深处最软弱的灵魂的一种触动。

结冰的启示

热水比冷水结冰快,这种自然现象是坦桑尼亚中学生埃斯托·姆佩姆巴第一个发现的。

1963 年,姆佩姆巴在热牛奶里加了糖,准备做冰淇淋。如果要等热牛奶凉后再放入冰箱,恐怕别的同学把冰箱占满了,所以他便把热牛奶塞进冰箱。令人惊奇的是:姆佩姆巴的热牛奶比别的同学的冷牛奶结冰要快得多。他的这一重要发现,当时不过被老师和同学们当成笑料。

姆佩姆巴不顾人们的嘲笑,求教于达累斯萨拉姆大学物理教授奥斯博尔内博士。奥斯博尔内博士做了同样的实验,证实这种自然现象确实存在。

【哈佛教育创新感言】 很多能改变命运的灵感在生活中产生时,许多

人都忽视了它,只有不放弃生活中每一个对自己有用的现象,才能取得惊人的成绩。

爱迪生自学成才

当你在电灯下学习或工作的时候,当你乘坐电车的时候,当你欣赏电影的时候,你可曾知道这些电灯、电车、电影的创造发明者是谁吗?他就是只读过3个月书的贫苦农民的儿子,被誉为"魔术师"的发明家汤姆斯·爱迪生。他在一生84个春秋中竟有1328项创造发明。从他10岁搞实验算起,74年中,平均每年就有18项创造发明。这样惊人的速度,就是在科学技术高度发展的今天,也没有人能与之相比。

爱迪生小时候,家境贫困,但他穷而有志,热爱科学。强烈的好奇心驱使他对任何事物都要刨根儿问底儿。为什么早晨太阳从东方徐徐升起,傍晚又躲回西边的山后去?为什么蓝色的天空有朵朵白云飘浮?为什么母鸡能够孵出小鸡,而"我"不能孵出小鸡呢?为什么鸟儿飞,而人不能飞呢?能不能想个办法,也让人飞上天去?……

爱迪生不仅善于思索,还特别注意观察。他经常一个人坐在村边大榆树下,仔细看榆树是怎么冒出嫩芽的,看秋风是怎样染红了枫叶的;有时候,还到锯木厂、船厂看工人师傅手中使用的各种工具。他10岁时,就在家里摆上瓶瓶罐罐,进行科学实验。缺乏实验资金,他就到火车上卖面包,卖报纸。还竭力和车长搞好关系,取得车长的同意,在火车上进行化学实验。一次,因火车震动太大,竟引起化学药品着火。意外的事故,激怒了车长,给了他重重的一记耳光,使爱迪生永远失去听觉。

爱迪生为了寻找职业,被迫离开家乡,四处流浪。他在失败面前,没有气馁,没有怨言,鼓起勇气继续干,终于获得了4万美元的专利。从此以后,他有了一笔意想不到的收入,便开始进行专门研究了。他说:"我的人生哲学是工作,我要揭示大自然的奥秘,并以此为人类造福。我们在世的短暂一生中,我不知道还有什么比这种服务更好的了。"

崇高的生活目的,激励着爱迪生百折不挠地勤奋学习,顽强工作。他节衣缩食,把省下的钱全部用来买书和实验用品。有一次,他买到一部《法

哈佛教育创新故事

拉第全集》。等夜里一下班,就爱不释手地读起来,彻夜未眠,一直读到东方破晓。同屋的朋友问他:"你肚子不饿吗?"爱迪生摇着头说:"人生太短促了,要干的事情那么多,我怎么能不争分夺秒呢!"为了寻找电灯丝的材料,他在一年多的时间里,对1600种物质进行了实验,最艰苦的一次连续五昼夜他都没有合眼。爱迪生终于在1879年10月发明了电灯,给世界带来了光明。他一生的发明中,除了电灯,最费心血的要算蓄电池了。为了把容易腐蚀的铅硫酸电池,改造成镍铁碱蓄电池,一共花费了10个年头,经过了5万次左右的试验,终于在1905年发明了比较理想的蓄电池,并且批量投入生产,供应市场。

爱迪生由一个穷孩子,经过长期的学习与实践成了一位举世闻名的发明家。人们称颂他是了不起的伟大天才,他却谦虚地说:"天才,那就是一分灵感,加上九十九分汗水!"是啊,爱迪生的一生告诉我们一条真理:天才来自勤奋! 也给我们一条重要启示:有志者事竟成。

【哈佛教育创新感言】 所有的天才都是历经磨难的,他所取得的成功是由无数次的失败奠基而成的,在成功的道路上是没有捷径可走的。一分耕耘,一分收获,有怎样的付出,就会有怎样的获得。只要内心深处守住那份执著,一定会取得最后的胜利。

98

第四章　乘着创新思维的翅膀远行

一美元与八颗牙

1962 年 7 月,在美国西北部一个叫本顿维尔的小镇上,一家名为沃尔马特的普通商店开业了,店主是 44 岁的退伍男子沃尔顿。30 多年后的今天,沃尔马特已成为全球最大的商业连锁集团。在 2000 年《财富》500 强排名中,沃尔马特以 1668 亿美元的营业额名列第二,沃尔马特创下了一个商业奇迹。

沃尔马特连锁店的最初开办还是十几年前的事,那时中国还没有超市。沃尔马特连锁店一是面积大,二是价格便宜。同样一件商品,沃尔马特的售价至少会比其他店便宜 5％,但是给人印象最深的还是每一个售货员的微笑,那样亲切自然。

沃尔马特经营宗旨之一便是"天天平价"。老板沃尔顿常常告诫员工:"我们珍视每一美元的价值,我们的存在是为顾客提供价值,这意味着除了提供优质服务外,我们还必须为他们省钱。每当我们为顾客节约了一美元时,那就使自己在竞争中占先了一步。"

为了不愚蠢地浪费一美元,沃尔顿率先垂范。他从不讲排场,外出巡视时总是驾驶着最老式的客货两用车。需要在外面住旅馆时,他总是与其他经理人员住的一样,从不要求住豪华套间。

为了赢得这一美元的价值,沃尔马特实行了全球采购战略"低价买入,大量进货,廉价卖出"。沃尔马特中国采购总监芮约翰每到一地,都要察看各家商店,认真比较价格,寻找合适商品。

价格与服务是沃尔马特赢得竞争的两个轮子。已在中国工作了 5 年的芮约翰说："你知道我们有一个微笑培训吗？必须露出八颗牙齿才算合格。你试一试，只有把嘴张到露出八颗牙齿的程度，一个人的微笑才能表现得最完美。"

做生意自然要追求利润的最大化，而实现最大化的目标则要从最小化的具体行动开始。经营节约一美元与微笑露出八颗牙，抓好每一件这样的小事，企业方能砌就通向成功的阶梯。

【哈佛教育创新感言】 平价珍视顾客、微笑赢得顾客、细节促就成功。关注生活、留心细节，又为自己通向成功彼岸加了一个砝码，生活中的细节常常会由于自己的大大咧咧而无所顾忌。自己不以为然的又恰恰是别人看得见、摸得着的，时常就因细节给别人留下不好的印象，从而影响自己的一生。沃尔马特的成功从小事开始，那我们也从小事开始吧！

决胜"9·11"

"9·11"对约翰的影响是深远的。作为一家小型航空公司的市场部经理，"9·11"不仅使约翰的收入锐减，更使得本来聪明能干的他束手无策。任凭如何努力，航空市场的大萧条，使得约翰所在的美国精神航空公司面临的不再是以往如何尽快增长的问题，而是巨大的生存压力。

眼看 2002 年的 9 月 11 日就要到了，由于担心恐怖分子在周年当天再次发动类似行动，公众普遍预测，"9·11"当天的上座率将非常低，削减航班或赔钱已成定局。甚至有人半开玩笑地对约翰说："贵公司这样的中小型航空公司，9 月 11 日当天全公司休假可能会好一些。"

约翰清楚地知道这一切，甚至知道董事会已经准备提出削减航班的计划，可是，难道就没有一点办法吗？不行，得努力想想！

有了，有办法了。行动！

2002 年 8 月 6 日，美国精神航空公司宣布："9·11"周年祭乘机免费！8 月 7 日，精神航空公司机票预订中心的电话就开始响个不停，公司网站也因为访问者过多而发生网络大塞车；公司 30 架中小型飞机所能提供的 1.34 万个座位，几个小时内就被预订一空。公司领导层对此表示满意，董事会成员和所有公司高级官员决定在 9 月 11 日这一天，亲自到机场为乘坐免费航班的乘客送行。

媒体和相关分析人士认为,这一活动带来的社会效应和广告效应,远远超过了公司的机票损失。公司的核算部门估计,免票活动将带来50万美元的损失。

这笔款项对于这个拥有12年历史,主要市场仅包括佛罗里达、底特律和纽约的小航空公司来说,不是一个小数目。但精神航空公司今后得到的回报将远大于50万美元,起码大多数乘客在预订免费航班的同时,订购了几天后的回程票。

除此之外,美国大小媒体都在报道精神航空公司"独树一帜"提供免费机票的事情,一时间"精神航空"成了媒体上出现频率最高的公司。这样的宣传效果,绝非50万美元可以达到的。可以说,精神航空已经从一个名不见经传的小公司,转瞬之间成为全美著名的"爱国航空公司"。

《今日美国》旅游版的专栏记者说:"精神航空的招儿,绝了!"的确,几个星期前,精神航空和所有其他航空公司面临的问题一样——9月11日前后的订票数量畸低,上座率不足20%。这一招,使精神航空成为全美9月11日上座率最高的航空公司。

相比之下,美国多家大型航空公司——美洲、联合、三角等,以及经营美国航线几十年的英航、法航等公司,都计划减少9月11日的航班数量。

【哈佛教育创新感言】 任何一个企业,如果没有创新,那它就必将要面临破产了。精神航空从一个名不见经传的小公司,转瞬之间成为全美著名的"爱国航空公司"。这与他们的创新精神是密不可分的,有了创新就有了财富。

用垃圾统治世界

2002年的一天,在费城的地铁里,菲茨吉拉德听到一个女孩向一个男孩炫耀:"在我们社区,5公斤垃圾就能换5美元,相当于一杯星巴克咖啡。"

作为一个经常接手环保官司的律师,菲茨吉拉德一直对费城的垃圾处理系统有着自己的思考。女孩无意中的一句话,给了他灵感:社区、5美

元、星巴克,为什么不能将它们组合在一起呢?他找到费城市长,描绘他的宏伟蓝图:"我将构建一个包括政府、居民、企业在内的垃圾回收生态系统。在这个系统里,每个家庭都有一个账户,投递5公斤可回收垃圾,就在他们的账户上赠送5美元,以此类推,上限为每月35美元。账户上的钱,人们可以到参加这个项目的商店购物,到快餐店消费,甚至可以用来付汽油费。"

最后,菲茨吉拉德提出要求他负责处理全市的垃圾,政府每年补助1200万美元;转卖可回收垃圾所得的收入,双方平分。费城每年产生75万吨垃圾,仅垃圾处理这一项,政府每年的开支就高达4000万美元。现在有人主动来接手这个烫手山芋,何乐而不为?更何况,转卖可回收垃圾,每年还有数百万美元的进账。

消息传开,业内顿时炸开了锅。有人替菲茨吉拉德算了一下:一个三口之家,平均每月要产生50公斤至75公斤垃圾,其中可再生垃圾约为15公斤至25公斤,以每公斤1美元的卖价计算,收入约为15美元至25美元。而菲茨吉拉德每月返给住户的钱也是15美元至25美元。这就是说,菲茨吉拉德不但把卖垃圾的收入完全返还给住户,他还要倒贴垃圾处理费。同行断言:此人不是疯子就是傻子。

菲茨吉拉德自然不傻,他早已为这笔账找到了埋单的主。此前,他走访了费城的几十家大公司,得知不少公司每年都要捐钱给环保机构,垃圾处理工作却不尽如人意,因此,大多心存不满。能不能把这些公司纳入到自己的计划中,让他们心甘情愿地掏腰包呢?

菲茨吉拉德详细描述了他的整个商业模式:他给每个家庭提供一个固定的免费垃圾桶,垃圾桶的底部装有电脑芯片。这笔钱来自政府的补助。住户投递了多少垃圾,会被芯片及时记录下来。住户每投递5公斤可再生垃圾,菲茨吉拉德就向他支付5美元,这笔钱划到专门为住户开的银行卡上。拿着这张银行卡,住户可以到参加该计划的任何一家商家消费,这张卡就成为联系住户与商家的纽带。商家虽然要拿出10美元(向住户支付的5美元和菲茨吉拉德获得的5美元),却能将消费者绑定。获利远大于支出,哪个商家不愿意呢?

这个环保计划既能帮商家赚钱,菲茨吉拉德自己也从中赚了钱,形成了一种多赢格局。菲茨吉拉德称此系统为再生银行。

就这样,再生银行通过拥有大量的终端消费者,获得了与商家谈判的

话语权。在商家不断涌入的同时,政府也给予积极的回应,项目的风险大大降低。

　　这种模式是一个开放的系统,参与的商家越多,消费者获得的实惠就越大,可供选择的消费场所就越多,而这反过来又会促使更多商家的加入。项目的影响力与日俱增。

　　关于未来,菲茨吉拉德的设想更加宏伟:"等到项目覆盖整个城市,我就拥有一个空前庞大的数据库。通过住户倾倒的垃圾,可以清楚地了解到他们的收入水平,而他们在商家的消费,也一目了然。同时,整个城市的商业业态,每种业态的分布和发展状况,也在我的掌握之中。以后有商家要进入费城市场,就得先找我,因为我能提供目标客户群的详细资料。我还可以为银行做全市居民和商家的资信调查,还可以将整个模式复制到全美国,甚至全世界。"

103

　　【哈佛教育创新感言】　菲茨吉拉德计划对于普通用户来讲,把垃圾变成了直接可使用的金钱;对于商家来讲,把普通用户绑定成了自己的客户;对于费城政府来讲,麻烦的垃圾处理有人解决,而且每年节约了 3000 万美元。于别人熟悉中看出特别的机会,于别人习惯中走出一条自我发展的道路,这正是菲茨吉拉德的创新之举。

将劣势变为优势

　　有的时候,人的劣势未必就是劣势,可能反而成了优势。

　　在日本,有一个 10 岁的小男孩,在一次车祸中失去了左臂,但是他很想学柔道。

　　最终,小男孩拜一位日本柔道大师做了师傅,开始学习柔道。他学得很刻苦,可是练了 5 个月,师傅只教了他一招,小男孩有点弄不懂了。

　　他终于忍不住问师傅:"我是不是应该再学学其他招数?"

　　师傅回答说:"不错,你的确只会一招,但你只需要会这一招就够了。"

　　小男孩并不是很明白,但他很相信师傅,于是就继续照着练了下去。

　　几个月后,师傅第一次带小男孩去参加比赛。小男孩自己都没有想到,居然轻轻松松地赢了前两轮。第三轮稍稍有点艰难,但对手还是很快

就变得有些急躁,连连进攻,小男孩敏捷地施展出自己的那一招,又赢了。就这样,小男孩在不知不觉间就进入了决赛。

决赛的对手比小男孩高大、强壮许多,也似乎更有经验。小男孩一度显得有点招架不住,裁判担心小男孩会受伤,就叫了暂停,还打算就此终止比赛,然而师傅不答应,坚持说:"继续下去!"

比赛重新开始后,对手放松了戒备,小男孩立刻使出他的那招,制伏了对手,由此赢了比赛,得了冠军。

回去的路上,小男孩和师傅一起回顾每场比赛的每一个细节,小男孩鼓起勇气道出了心里的疑问:"师傅,我怎么凭一招就赢得了冠军?"

师傅答道:"有两个原因:第一,你几乎完全掌握了柔道中最难的一招;第二,据我所知,对付这一招唯一的办法是对手抓住你的左臂。"

这样,小男孩最大的劣势成了他最大的优势。

【哈佛教育创新感言】 很多人都曾因为自己的缺陷而苦恼,失去对生活的信心,但是文中的小男孩却恰恰利用了自己的这一劣势,获得了冠军。生活是美好的,只要你善于去发现自己的优势,并真正利用它,你就会取得成功。

赢

许多推销人员,每天踏破铁鞋,疲惫而又沮丧,却收获不多。为什么?因为他们心里想的总是自己的需要。他们不知道你我并不想购买什么东西,如果需要的话,也必定会自己出门。

好几年前,我和几个朋友共同经营了一家小公司,就在我们公司附近有家大保险公司的服务处,负责我们这一区的有两个经纪人,卡尔和约翰。

有天早上,卡尔路经我们公司,告诉我们,他们公司新设立了一项人寿保险计划,如果我们感兴趣,他会搜集更多资料后再过来详细说明。

同一天,在休息时间用完咖啡后,约翰看见我们走在人行道上,便叫道:"嗨,陆克,有条好消息告诉你们。"他跑过来,很兴奋地谈到公司新开办了一项专为主管人员设立的人寿保险(正是卡尔提到的那种)。他给了我一些重要资料,并且说:"这项保险是最新的,我要请总公司明天派人来详

104

细说明。我们可以先在申请单上签名送上去,好让他们赶紧办理。"他的热心引起了我们的兴趣,都不自觉上了钩,约翰不仅把保险卖给了我们,而且卖的项目还多了两倍。

这生意本来是卡尔的,但他的表现还不足以引起我们的关注,以致被约翰捷足先登了。

这是个充满竞争的世界,所以,少数表现得不那么自私、愿意帮助别人的人,便能得到极大益处。

【哈佛教育创新感言】 哈里·欧佛瑞教授在《影响人类行为》一书中写道:"行为源自我们的基本欲望……'要首先引起别人的渴望'。凡是能这么做的人,他就能左右逢源,永不寂寞,甚至能掌握世界。"竞争的世界更需要竞争的意识。相比较而言,卡尔比约翰更先发现好的商机,但约翰有更强烈的动机,因而首先取得成功。

105

怎样使自己变得更强

一位搏击高手参加一场比赛,自负地以为一定可以夺得冠军,却不料在最后的赛场上,遇到一个实力强劲的对手。双方皆竭尽了全力出招攻击,搏击高手发觉,自己竟然找不到对方招式中的破绽,而对方的攻击却往往能够突破自己的防守。

他郁郁寡欢地回去找师傅,一招一式地将对方和他对打的过程再次演练给师傅看,并央求师傅帮他找出对方招式中的破绽。

师傅笑而不语,在地上画了一道线,要他在不擦掉这条线的前提下,设法让这条线变短。

搏击高手苦思不解,最后还是放弃思考,请教师傅。

师傅在原先那条线的旁边,又画了一道更长的线,两者相较之下,原先的那条线看起来变得短了许多。

师傅缓缓言道:"夺得冠军的重点,不在于如何攻击对方的弱点。正如地上的长短线一样,只要你自己变得更强,对方正如原先的那条线一般,也就无形中变得软弱了。怎样使自己更强,才是你需要苦练的。"

搏击高手听后,当下大悟。

哈佛教育创新故事

【哈佛教育创新感言】 有的人习惯按照一般性思维去思考问题,最后往往进退两难,这样很容易使事情陷入僵局。只要开拓自己的思维,换一个角度去思考,就会发现解决问题的捷径。

沃尔玛的胶带

前不久,我们这个地级市也开了一家沃尔玛超市。对于本市的商业企业来说,这不啻于一次大地震,因为他们都听说过沃尔玛可怕的"五公里死亡圈"——沃尔玛一到,半径5公里范围内的超市都得关门。对于我们消费者来说,沃尔玛的到来却是一个好消息,因为这意味着我们从此可以充分享受低价购物的实惠了。

准确地说,在沃尔玛消费,我并没有那种当"上帝"的高高在上之感,倒是时时处处感受到一种朋友间的友好:他们的微笑是真诚的,他们的服务是贴心的,他们会立即停下手中的工作,认真地倾听你的咨询,他们甚至会一路把你领到你要找的洗手间……也许是出于对这种礼遇的回报吧,每次去沃尔玛,我们都要或多或少买点东西回来,事实上我们自己也清楚,很多物品都是可买可不买的。

在沃尔玛逛了几次,我有了一个新的发现:在这里,顾客可以带包进入超市。这在其他超市几乎是不可能的。别说带包,就是赤手空拳进去,商家还是对你放心不下,到处贴着"偷一罚十"、"超市装有摄像头,请自重"等诸如此类的警告语以示震慑。

受好奇心的驱使,我们决定也来享受一下带包进超市的"特权"。

"对不起!"在入口处,我们被一个漂亮的迎宾小姐礼貌地拦住。"请稍等一下!"她微笑着说,然后熟练地扯下一小段胶带,麻利地贴在我们手提袋的中间。迅速地做完这些,她微笑着示意我们入内。

什么意思?看着这段长不过5厘米、宽仅约1厘米的胶带,我百思不得其解。防盗吗?它显然不具备这种功能。那么贴上它意义何在?我人在商场逛,心思却在这段小小的胶带上,可总也参不透其中的玄机。我生性爱较真儿,决定向不远处一位管理人员模样的人讨教讨教。

"您好,需要我帮忙吗?"见有顾客咨询,那位工作人员停下手中的工作。我一看胸牌，是位经理。打断了人家的工作，我有点不好意思，但还是认真地提出了心中的疑问。

"很简单。"那位经理笑了，"顾客到我们店是来购物，不是来偷窃的。"

我心里涌起一阵小小的感动，因为作为顾客的一员，我受到了一种极大的尊重，甚至可以说是可贵的信任。

"既然如此，那么为什么又贴上这么一段胶带呢？"

"这个……我也说不好。"他犹豫了一下，"这样吧，我带您去见我们总经理助理，让他给您解答。"

我开始有点儿后悔。为钻这点牛角尖，竟要麻烦人家高层主管。但事情已经到了这份儿上，去就去吧，心中的疑团不解开，我还真有点于心不甘。

在总经理室，年轻的总经理助理像接待贵宾一样接待了我。听那位经理讲明我的来意，他想了想说："允许顾客带包进入超市，是我们的一个新尝试，因为我们发现有些顾客不愿把包存在存包处，同时我们也觉得顾客应该有这个权利。但此举一出，我们又担心会给顾客带来一些不便。"听到这里，我更是一头雾水，请他讲明白点。"也就是说，带包入内，顾客反而可能会产生一种不适应，产生一种微妙的精神压力，说直白一点，就是潜意识里可能会感到自己将会成为被怀疑的对象。"

"但是现在我们象征性地贴上这段胶带，就为顾客消除了这种精神压力——因为这等于是告诉我的顾客：您不必有什么顾虑，您的手提袋已经被粘上了。"

对于经营者来说，把顾客当上帝，是一种策略；而把顾客当朋友，想方设法为顾客着想，则是一种境界。

【哈佛教育创新感言】 沃尔玛最成功的地方就是别的商家把顾客当嘴里的上帝，行动的敌人；而他们却把顾客当内心深处的朋友，想方设法为顾客着想。这种帮助细化到了这根小小的胶带，这胶带其实就是创造信任的桥梁。当顾客身处这样一种朋友间融洽氛围的时候，是何等的舒适啊！

机智转变命运

在欠债不还不足以使人入狱的年代，有位商人欠了一位放高利贷的债

主一笔巨款。那个又老又丑的债主,看上商人青春美丽的女儿,便要求商人用女儿来抵债。

商人和女儿听到这个要求都十分恐慌。狡猾伪善的高利贷债主故作仁慈,建议这件事由上天安排。他说,他将在空钱袋里放入一颗黑石子,一颗白石子,然后让商人的女儿伸手摸出其一,如果她选中的是黑石子,她就要成为他的妻子,商人的债务也不用还了;如果她选中的是白石子,她不但可以回到父亲身边,债务也一笔勾销;但是,假如她拒绝探手一试,她父亲就要入狱。

虽然是不情愿,商人的女儿还是答应试一试。当时,他们正在花园中铺满石子的小径上,协议之后,高利贷的债主随即弯腰拾起两颗小石子,放入袋中。敏锐的少女察觉到:两颗小石子竟然全是黑的!女孩不发一语,冷静地把手伸入袋中,漫不经心似的,眼睛看着别处,摸出一颗石子。突然,手一松,石子便顺势滚落在路上的石子堆里,分辨不出是哪一颗了。

108

"噢! 看我这笨手笨脚的!"女孩说道,"不过没关系,现在我们只需要看看袋子里剩下的这颗石头是什么颜色,就可以知道我刚才选的那一颗是黑是白了。"

当然,袋子里剩下的石子一定是黑的,恶债主既然不能承认自己的诡诈,也就只好承认她选中的是白石子。

【哈佛教育创新感言】 良好的思维不仅可以发财致富,还可以改变人的命运,其实命运就掌握在自己的手中,就看你能不能抓住瞬间的敏感。文中的女孩用她的机智和敏锐不但救了自己,同时也使父亲的债务一笔勾销,这就是灵感,思维创新的巨大作用。

送你一只左鞋

全球最大的家具经销商荷兰埃克家具公司,每次分店开业或搬迁,都会打出新的优惠降价招数。

有一次,在比利时弗林多夫区的一家新店开张,公司发出一张与众不同的请柬:头50名顾客可以在该分店内免费住宿一夜,第二天吃过早饭后,可以以优惠的价格买走睡过的床。这一招吸引了许多人前来光顾,使

得新店开张大吉。

　　还有一次，阿姆斯特丹的一家分店要搬到新的地方，因为以往这家店为当地民众带来了许多便利，搬走时人们都感到很失望。这时，他们送给民众一只左脚的木鞋，只要赶到新店开张的地方去，就能获赠另一只右脚木鞋了，如此一来，自然就让人们都知道分店的位置了。

　　【哈佛教育创新感言】　人首先是好利的。利益是人生存并长期保持生存下去的前提，所以当有免费的午餐来临，人们是不会放弃的，这是生物的天性。人还是很自负的，最相信的是自己的感受。埃克家具公司正是利用"人"的心理，取得了预想的成功。

天才卡尔·克洛耶

　　1964 年，重达 2700 吨的货船"尔·科威特"号船身倾斜，沉到科威特港的海底。要不是因为船上载了 6000 只绵羊，科威特政府可能就不会去管它！

　　科威特政府唯恐羊的尸体腐烂，污染了港口，所以他们要求船舶公司清理这个烂摊子。

　　但是没有人知道怎么清理。

　　科威特政府和船舶公司，都不知道如何从海底捞起数千只的死羊。

　　之后，有人想起了卡尔·克洛耶。

　　他是丹麦的发明家。有人说，他是一个天才。他的发明为他赚得好几百万元——他的发明包括脚踏车轮缘衬里、各种厨房用具、防滑公路路面，以及其他有用的专利品，都是他的国际声誉之所系。

　　于是，科威特的船主们去找卡尔·克洛耶。

　　卡尔说，没有办法在海底进行清理的工作，必须先把货船吊到水面。

　　船主们同意了。

　　但是，他们尝试了所有的传统吊船方法，全都失败了。

　　卡尔说，他要想想办法，科威特人不久就会听到他的消息。

　　他们确实听到他的消息了。

　　卡尔派遣一艘小船到科威特港，船上装设一条很长的注水水管，以及

300亿个像豌豆一样大小的合成树脂弹丸。如果能把中空、密封着空气而有超强浮力的橡胶弹丸,注射进那艘沉船的船舱里头。那么船本身就会变得有浮力,而浮到海面上来。

卡尔·克洛耶的潜水人员潜进科威特港,他们根据指示行事,计划成功了。货船升上来,龙骨露出水面。任务完成了。

克洛耶获得了一笔相当高的酬劳——18.6万美元。

消息传遍各地。

之后,纷纷有公司来找他解决类似问题。

最后,荷兰的凡·登·托克——欧洲最大的海难营救公司——与发明家克洛耶合作,如虎添翼。今日,人们照例使用合成树脂弹丸来使沉船浮升,而这在不久以前是做不到的。

如果卡尔·克洛耶能够为他的这种方法获得专利,那么他可能真的会财源滚滚而来。然而,他却无法为一种已经存在的观念获得专利权。

因为卡尔的"空塑胶弹丸"的想法是"借用"的。他在一本杂志上读到类似的事。他所读到的内容是一艘下沉的游艇被塞满了乒乓球而浮到水面!

天才发明家和工程师卡尔·克洛耶记得自己在1949年出版的一份杂志中读到此事。

那是一本漫画书。

卡尔·克洛耶这位天才背后的天才是沃尔特·迪斯尼的"唐老鸭"。

【哈佛教育创新感言】 天才之所以能够成为天才,是因为他们能够把书中所读到的知识灵活地运用到现实生活当中,解决实现生活中的一个个疑难问题。就如文章中向我们介绍的发明家和工程师卡尔·克洛耶一样,华德·迪士尼创作的漫画"唐老鸭"的故事,也能够成为他发明的灵感。

名人效应

纽约,是冒险家的乐园,也是名人荟萃的地方。在这个纸醉金迷的地方,首饰行业之间的竞争十分激烈。

彼得森是个善于动脑筋的人,他很清楚,要想在竞争激烈的市场上站稳脚跟并且后来者居上,除了要有精湛的手艺和高明的经营手段之外,人际关系也相当重要。

他自己就是凭借名人之名来成家立业的。幸运的是,这种机会又一次惠顾了他。

有一天,一位大富翁慕名而来,他拿着一颗名贵的蓝宝石,要求彼得森为他镶嵌一枚与众不同的戒指,准备送给一位著名女影星作为生日礼物。

彼得森当然不会错过这个送上门的好机会。

他拿着这颗蓝宝石,整整端详了 3 天。他知道,再在图案上下工夫是不会有惊人之举了,唯有在蓝宝石上打主意。

传统镶戒指的方法,是用戒指把面料包起来。这样包后有近一半的面积被遮盖起来,也就是说一块料做成首饰后至少"小"了 1/3。

但是不这样做不行,万一安装不牢固,贵重的宝石随时都有可能掉下来丢失,因此一直没人认为这种传统工艺有什么不对。

彼得森早就觉察出这种传统镶嵌法的弊病,但一直没有机会尝试改变这种陈旧的方法。

经过一个多星期的研究实验,他终于发明了一种新颖的连接方法——内锁法。用这种方法制造出的首饰,宝石的 90% 暴露在外,只有底部一点面积像果实芥蒂那样与金属连接。

那位著名女影星生日那天,举行了盛大的晚会,一时宾客如云,高朋满座,当女影星出现时,人们的目光都被她手指上那颗璀璨夺目的蓝宝石戒指吸引住了……

女影星的效应是巨大的。那些崇拜女影星的贵妇、小姐们得知这枚戒指出自彼得森之手,都不惜重金请他做首饰,她们都以拥有彼得森亲手制作的首饰为一种荣耀。

彼得森由此名声大振,一跃成为纽约首饰行业的泰斗。

【哈佛教育创新感言】 彼得森之所以取得惊人的成绩,就在于他充分了解现代人的心理,并加以创新,他不用一分钱,却起到了比广告更重要的作用。

光明时代的到来

1877 年,大发明家爱迪生开始了改革弧光灯的实验,提出了要搞分电

流(一条电线可以点许多灯),变弧光灯为白炽灯的想法。

说起来容易做起来难。这项实验要达到满意的程度,必须找到一种能燃烧到白炽灯状态的物质做灯丝。这种灯丝要经得住 2000℃ 以上的高温;同时用法要简单,能经受日常使用的碰击;价格要低廉;还要使一个灯的明灭不影响另外任何一个灯的明灭,保持每个灯的相对独立性。这在当时是很大胆的设想,需要花很多的时间和精力去探索、去试验。

一些科学家笑他是傻子,讽刺他这是痴人说梦,讥笑他提这个设想只不过是在吹牛而已。他们都断言他的这项研究是绝对不可能成功的。但是爱迪生却始终充满信心地进行实验。为了选择一种可以做灯丝的物质,爱迪生前前后后用了 1600 多种不同材料,但结果都失败了。

虽然接连的失败使爱迪生非常沮丧,但他并不是一无所获。其实这时他和他的助手们已取得了很大进展,已经知道了白炽灯丝必须密封在一个高度真空的玻璃(即灯泡)内,才不容易熔掉。这样,他的实验又回到炭质灯丝上来了。

爱迪生把全部精力都用在了炭化实验上,在 3 年的时间里,仅植物类的炭化实验就进行了 6000 多次。他的实验笔记多达 200 多本,共计 4 万余页。他每天工作十八九个小时,每天清晨三四点钟的时候,才头枕两三本书,躺在实验用的桌子下面睡觉;有时他一天在凳子上睡三四次,每次只睡半小时,醒来后,又开始紧张地工作。

直到 1880 年上半年,爱迪生的白炽灯实验仍无结果。这时候,有一个记者带着嘲讽的口吻问他:"你已经做了 1 万多次实验,试过 1000 种以上的材料,但是还没有成功。难道你还认为你的实验会成功吗?"

爱迪生非常乐观地回答:"我的实验是失败了,但至少证明了这 1000 多种材料是不适合用作灯丝的。"那位记者很不好意思地低下了头。

功夫不负有心人!爱迪生的成功之日终于来临了。有一天,他把实验室里的一把芭蕉扇边上缚着的一条竹丝撕成细丝,经炭化后做成一根灯丝,结果这一次比以前做的种种试验都优异。这便是爱迪生最早发明的白炽灯——竹丝电灯。

1908 年,爱迪生又发明制造了钨丝灯,人类从此结束了"黑暗"的历史,走进了光明时代。

【哈佛教育创新感言】 现代人已经无法想象,在电灯发明之前的人类是怎么样在黑暗之中生活的。在发明电灯之前,人类一直梦想着"夜明

”、“夜光球”的出现。

一支告别曲的力量

19世纪中期，一个俄国公爵自己花钱供养了一支私人乐队。后来，因为财政问题，公爵决定要解散这支乐队。大家听到这个消息以后，一时不知道如何是好。因为他们知道，公爵一般对于决定过的事情，是很难更改的，无论你怎样去恳求，他也不会随便改变主意。

队长看着这些多年的亲密朋友，心中也挺不是滋味，他突然灵机一动，有了主意。

113

队长立即谱写了一首《告别曲》，说是要为公爵作最后一场告别演出，公爵同意了。这天晚上，因为是最后一次为公爵演奏，看在与公爵一家相处的情分上，大家还是尽心尽力地演奏了起来。这首乐曲的旋律一开始极欢快优美，把与公爵之间的情谊表达得淋漓尽致，公爵不由得感动起来。渐渐地，乐曲由明快而转为委婉，又渐渐转为低沉，最后，悲伤的情调在大厅里弥漫开来。

这时，只见一位乐手停了下来，吹灭了乐谱上的蜡烛，向公爵深深地鞠了一躬，然后悄悄地离开了。过了一会儿，又有一名乐手离开了。就这样，乐手们一个接一个地离去，到了最后，只留下了队长一个人。队长深深地向公爵鞠了一个躬，正要独自默默地离开的时候，公爵的情绪已经达到了顶点，他再也忍不住了，大声说：“亲爱的队长，这是怎么一回事？”队长真诚地说：“公爵大人，这是我们全体乐队在向您作最后的告别呀！”

这时公爵突然醒悟过来：“啊！不！请让我再考虑一下。”就这样，一首《告别曲》让公爵将全体队员留了下来。

【哈佛教育创新感言】　生活中遇到了难以解决的问题，不能退缩，不能逃避，这些难题是在提醒我们要学会创新、学会思考。如果想要成功，就必须打开思维的闸门，让你的智慧得到充分的展现。

普雷瑟先生的成功之道

成功不是以你取得的胜利来衡量,而是看你如何从失败中重新站起来。

几年前我攻读教育学博士学位。在博士学位委员会向我推荐政府部门成功的管理人士时,我选择了跟随依阿华州社会福利事业厅厅长普雷瑟先生实习。普雷瑟先生扶贫帮困工作卓有成效,他不仅合理使用各种救济和捐赠,更重要的是,他使许多失业的人重新找到工作并走向成功,让无数贫困的人过上了幸福生活。

114

我去拜访他的时候,发现普雷瑟先生有三个秘书。她们的办公桌在普雷瑟先生的办公室门前列成了一排,两个秘书背朝门,一个秘书面朝门。

"您好,我想见普雷瑟先生。"我对第一个秘书说。"预约了吗?"秘书漫不经心地问。"没有。为什么不能直接预约呢?"我问。

"也行。"她说,然后拿起话机,拨了一个号码。接着,第二个秘书桌上的电话响了。两个秘书相隔仅有一米的距离,居然煞有介事地用电话谈了起来。

"告诉她5个月后普雷瑟先生可能有空,不过要提前一个星期打电话来确认。"

她们的一番奚落把我的肺都快气炸了,我转身想走。

这时,我看到那两个秘书起身去餐厅了。我有了一个新的计划:"我想见普雷瑟先生。"我从钱包里掏出100美元放在桌子上,"请你转告普雷瑟先生,我花100美元买他5分钟的时间。"

秘书一惊,看看我,一句话未说,走进了普雷瑟先生的办公室。不一会儿,从普雷瑟先生的办公室里传来了朗朗的笑声,一个高大的男子打开办公室的门。"进来,"他笑道,"请坐。"我把实习合同递给了他。他拿起合同几乎看也没看,就签上了他的名字。"好了,"他抬起头说,"有什么问题尽管问。"

我准备好的问题一下子全都想不起来了,只能茫然地看着他。"让我来说吧,"他说,"你是不是想问,我是如何成功地挖掘人的潜力、调动他们积极向上的愿望的? 又是如何让许多人脱贫致富的?"他刚想说出第3个问题,桌上电话响了，他按了免提键。从他们的对话中，我得知打电话的是他的朋友丹尼斯。丹尼斯是本市的一名雕塑家，他创作的雕塑作品《堂吉诃德的马》在全国获得大奖，使他成为本市知名人物。可是，他告诉普雷瑟先生，这座放置在街心公园的雕塑作品前一天晚上被一些调皮的孩子烧毁了。

普雷瑟先生听了哈哈大笑："这是好事呀，我的朋友！一来这件事会让你得到更多人的关注，二来《堂吉诃德的马》虽堪称佳作，但也让你沾沾自喜、故步自封——其实你能创作出更好的作品，全世界人民可都等着这一天呢。"

"你给了他看待这个不幸事件的全新角度。"我在他们通话结束后评价道。

"不仅如此，"普雷瑟先生说，"我是想让他觉得他是有价值的。一个人如果觉得自己是有价值的，就没有做不成的事情。"

"所以这件让他伤心的事反而是一件好事？"

"贝蒂，"普雷瑟先生说，"成功不是以你取得的胜利来衡量，而是看你如何从失败中重新站起来。如果我们彼此提醒要坚持不懈地发现建设性的解决办法，去面对生活中的挑战，将消极转变为积极，那么我们就会互相鼓励着走向伟大。丹尼斯今天就需要得到这样的提醒。"

"普雷瑟先生，"我把话题转移到正题上，"感谢你同意让我跟随你实习，可是，我想知道，为什么你刚才并没有认真看一看实习合同就在上面签了字呢？"

"两个原因，"他说，"首先，你为了能见到我想出了一个建设性的解决问题的方法。知道我为什么让我的 3 个秘书以那样的方式安排在外面吗？那些能够过我秘书这一关的人展现了解决问题的能力，说明见我是因为有重要的事情，并且说明他们能够把挑战看作解决问题的一部分，而不是单纯地抱怨。其次，你让我感到自己是有价值的。你花 100 美元买我 5 分钟的时间！"

普雷瑟先生没有收下我的 100 美元。此外，丹尼斯后来创作的新作品《女人头像》获得了巨大成功，让他享有了"艺术大师"的美誉。

【哈佛教育创新感言】 如果我们彼此提醒要坚持不懈地发现建设性的解决办法，去面对生活中的挑战，将消极转变为积极，那么我们就会互相鼓励着走向伟大。故步自守，不思进取，或是墨守成规，遇难而退，得到的将永远是失败。

115

笔的诞生和发展

鹅毛笔是由古代的埃及人所发明，用力大些就可以把字的笔画写得粗些，轻轻用力就可以写得细些，蘸墨水后能较长时间持续书写，但用久了，笔尖会被磨秃，必须进行加工修整，这就很不方便。

1829 年，英国人詹姆士·倍利成功地制出了钢笔尖。倍利的笔尖经过特殊加工，显得圆滑而富有弹性，书写起来相当流畅，但还必须蘸墨水书写。

以后，英国人布拉马用银制成笔杆，然后在笔杆里装进墨水，墨水从笔尖流出，布拉马不断改进，但这种被称作“自来水笔”的书写工具，总是不能很好地控制墨水，时常漏水，将纸面弄得一塌糊涂。直到 1864 年，美国人华特曼历经 4 年的辛苦努力，才发明了能自己控制出水的笔，也就是今天人们生活中常用的钢笔。

1888 年，美国的劳比提出一种全新概念的笔。他在笔尖上装上一个滚动圆球，把墨水留在纸上，就是今天人们所说的“圆珠笔”。但劳比的尝试失败了，一是圆珠滚动不灵写不出字，二是圆珠流出的墨水无法控制，会大量漏水而污损纸面。

直到 1943 午，匈牙利一个印刷厂，有一名叫拉兹罗·约瑟夫·比克的校对员找来一根圆管，装上油质颜料，把笔尖改成钢珠，使用后书写流畅，于是，世界上第一支圆珠笔诞生了。

【哈佛教育创新感言】 笔的历程向我们证实了人类的发展是一个不断创新的过程，人类是在不断创新中取得进步和发展的。

大自然的慷慨恩赐

1564 年的夏天，一场狂风暴雨袭击了苏格兰边境坎伯兰郡的博罗戴尔山谷一带。风暴所过之处，山地被冲得沟壑纵横，很多大树被刮倒，有些甚至被连根拔起。风暴过后，天气逐渐晴好，一个牧羊人赶着羊群到山上

放牧。他吆喝着羊群，惊讶地打量着这片经过疾风骤雨洗礼的土地。突然，在一棵翻倒的大树下，一片黑糊糊的东西映入牧羊人的眼帘。这是什么东西？出于好奇，牧羊人跳到坑里，用手摸那东西，他的手立刻被弄得黑不溜秋，怎么擦也擦不掉。他用指甲在"黑石"上一划，上面竟出现了一道深深的划痕。牧羊人心想：这种又黑又软的"石头"可从来没有见过。咦，这不是可以用来做记号吗？牧羊人灵机一动，就用这东西在羊身上做出各种各样的记号。这样，以后再也不用担心羊会丢了。他还挖了很多这种东西带回家，用它在墙上、地上、纸上涂写。后来这种东西很快在当地传开，但当时人们都不知道这东西是什么，因为它能像铅一样使接触到的东西变黑，大家就称它为"黑铅"。

这种黑铅就是石墨，牧羊人发现了一处石墨矿——英国有史以来最纯的一处石墨矿。石墨一出现，立刻引起精明商人的注意。当时，英国的贸易比较发达，商人们做买卖时需在货物包装袋上标号码、写字，但一直苦于没有理想的书写工具，石墨优良的性能正好合用。于是，商人把它们切成细条状，在伦敦街头作为"打印石"出售。一时间，"打印石"生意火得不得了，不仅销往全国各地，还被整船运送到欧美大陆。

"打印石"就是铅笔的前身。不过，当时人们并不叫它铅笔，而叫做"黑铅"。后来英国人才把它叫"铅笔"，它是由罗马语"小尾巴"演化而来的。

后来，美国马萨诸塞州康考德镇做家具的木匠威廉·门罗经过改造，制造出了我们今天所使用的铅笔。

1812年，心灵手巧的木匠门罗用一台简单的机器生产出2英寸（约5厘米）至7英寸（约18厘米）的细木条，木条中间用机器挖出一条凹槽一样粗细的石墨条放在槽内，露出的一半石墨再用另一根有同样凹槽的木条涂胶后盖上黏合。这样，门罗轻轻松松地给铅笔穿上了木头外衣。由于这种铅笔价廉、使用方便、便于携带，所以为"工业革命"后产生的大批坐办公室的"白领"喜爱。

历尽200多年的时间，铅笔不断得到改进和发展，种类和式样也越来越多，形成了庞大的铅笔家族，有活动铅笔、彩色铅笔、立体铅笔等。如今，铅笔仍是我们重要的书写工具之一。

现在，小朋友们使用较多的带小橡皮的铅笔，还是两个日本小朋友发明的呢。他们将这一发明写信告诉一家铅笔厂，那家铅笔厂立即采纳了他们的意见，大量生产这种橡皮铅笔。作为奖励，这两个小朋友当然也得到

了一大笔奖金！

一支并不复杂的铅笔，如果从 1564 年"出生"算起，到 1812 年"长大成人"，大约历经了 250 年之久。它每一个小小的进步都来之不易，都是人类的集体智慧和长期努力的成果。

【哈佛教育创新感言】 报纸铅笔放弃了传统铅笔的木质笔身，采用废旧报纸层层高压压制卷裹而成。使用和削铅笔都十分便利，既降低了成本，同时也使报纸废物利用，是一种很好的环保铅笔。

垃圾堆中的花园

桑塔亚是印度的一个公路巡查工，这是一种很低下的工作。他负责管理的一条公路附近有一个占地两英亩的垃圾场。随着城市不断发展，这个垃圾场渐渐成了一座肮脏不堪的垃圾山。

如何改变这座垃圾山呢？他冥思苦想，但总没有好的办法。有一天，他经过一座花园时，欣然想到："人人都希望有个漂亮的地方，但像我这样两手空空的普通人，又能搞个什么名堂呢？可是我有爱美的天性，爱创造点美的东西。就让我在人们弃之不要的东西中创造我的美梦吧！"

他说干就干，不怕别人说他异想天开，开始在这个垃圾场中建造花园。他认为这个垃圾场完全具有建成一个理想的岩石花园的先天条件。在这块七高八低的垃圾场地下，有一股注入苏卡纳湖的暗流。地上的小股水流朝着一个方向汇成一条小溪。他就用碎玻璃、陶瓷片及五颜六色的鹅卵石和石块为原料，拼成镶嵌的图案把这块地方打扮起来。

很快这座花园就建好了。建造好的花园包括了许多层次，按照古希腊厅堂的式样建成的拱廊和弯曲的通道纵横交错，每拐一个弯就迎面给人一种新奇的感觉。巧妙的构思和完美布局，使这些无生命的石块仿佛充满了活力。凡参观过这个垃圾场花园的人，无不惊叹。桑塔亚一下子就出名了，他从一名最普通的公路工，摇身一变而成为一名推销商，经常应邀到外国去举办废品艺术展览。

【哈佛教育创新感言】 垃圾堆在人们的眼中都习以为常，都认为只能是一个倒垃圾的地方，但是桑塔亚却打破常人的思维，做出了在垃圾堆中

建花园的创举,他创造了一个美丽的神话。

乞丐教师爷

在第二次世界大战期间,几乎没有人比阿伯特·戴维森的谋生方式更奇异了。这话得从他拒绝向乞丐施舍一个硬币说起。

"赏个小钱吧,先生。"一天,一个流浪汉向他乞讨。

当时的戴维森是个演员,已经"休息"了很长时间。因此他没好气地说:"别纠缠我,我也是身无分文。"

"等一等,"戴维森把他叫住,问,"你知道我为什么一个子儿也不给你?"

在乞丐转身走开时,戴维森发现他失去了左臂,但是脸色红润,衣着一点也不破烂。

乞丐不屑回答地摇了摇头。

"因为你看上去境况比我要好,"戴维森告诉他,"你跟我来。"

回到住所,戴维森拿出自己的化妆盒,开始朝那人的脸上涂抹油彩,一会儿工夫,那人就有了一副苍白的面容,脸上呈现出憔悴的皱纹,头发也被几剪子剪得乱蓬蓬的。

"你昨天挣了几个钱?"戴维森问。

"四元。"

"那好,去试试今天能否多挣几个。"

两天后,这个乞丐来到戴维森的住所,交给他 5 元钱。化妆后的第一天,他挣了 30 元钱,这个数目近乎于他从前最高所得的 7 倍。

没过多久,其他乞丐也纷纷前来求助。

这个演员向每个人收费丙元钱。他把他们装扮成一副孤独凄苦和绝望无助的样子,提示他们恰当掌握哀诉的嗓音。

在头一个月里,他每天给 18 个乞丐常客化妆。一年工夫,他搬进了一所条件良好的住宅,有了一部小汽车和一大笔银行存款。一连 16 年,他忘记了自己当演员的生涯,接触了成千上万的纽约乞丐。后来有一天,纽约市政厅向他们颁布了一项禁令。这是一个不明智之举,因为这些人全是

119

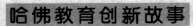
哈佛教育创新故事

选民。

一次，2万名乞丐在布朗克斯举行集会。这些人中，有1.7万人是（或曾经是）戴维森的顾客。他们的首席发言人在会上宣布："我们需要的是能为我们说话的受过教育的人。"有人提议阿伯特·戴维森，结果是戴维森得到了一致通过。

戴维森就这样成了纽约市乞丐协会的秘书长。

戴维森曾经承认，他从未梦想过这种指点乞丐行乞的行当会像滚雪球似的越滚越大。

这样干了几个月后，他发现自己再难独撑下去，因此不得不去请几位演员同伴来做帮手。

第二次世界大战爆发前，他代表着2万多乞丐。这是一股强大的选举势力，使市政厅再也不敢对他们宣布什么禁令了。

显然，戴维森对乞讨术的兴起起了相当的作用。他在布朗克斯创办了著名的乞丐学校，有200名教师在那儿讲授体面的乞讨艺术。除了付给教师们工资外，戴维森自己则获取一年8000英镑的收入。

当然，那是很久以前的事了。

【哈佛教育创新感言】 只要对生活抱有一颗热情的心，在生活的任何角落都能够找到适合自己的位置。机会是人人都有的，关键看你能不能意识到机会就在你的面前，当发现这个机会的时候，毫不迟缓地去抓住它，为自己所用。

小·创意的价值

1954年，贝特·格雷厄姆女士在美国得克萨斯信托银行担任秘书时，由于对擦除打字错误感到厌烦，有一天她把颜料涂在了错字上。这种颜料具有涂覆功能，这一小小的创造性举动，影响了大家。整个办公室都采取了这种做法。起初，她给这种混合物取名"改错液"，后来又叫"液态纸"。她把全部心思都放在了自己的发明上，经过一番努力后终于取得成功，吉列公司于1979年以5000美元购得了这项发明。格雷厄姆靠自己的这一创造获得了足够的资金支撑自己的两个组织：致力于妇女福利和艺术的贝

特·克莱尔·麦克默里基金会和吉恩基金会。

美国有一位叫哈罗德的电器工程师，一天晚上他去睡觉时，忘记将电吉他的开关拉掉。次日一大早，他起床去关电吉他时，竟意外发现地板上躺着4只老鼠。他将莫名其妙死亡的老鼠交给有关单位去解剖分析，并陈述了他未关掉电吉他的情况。专家们经过分析后认为：这4只老鼠是被电吉他的高频率的振动杀死的。电吉他的高频率振动波能严重地损伤老鼠的神经系统，受到这种高频振动波刺激的老鼠，不是惊慌失措，就是不吃不喝，以致死亡。哈罗德受自己这个偶然发现的启发，发明了一种小型灭鼠器，命名为"阿米戈"，在美国申请了专利。这台小装置只有普通足球那么大，能发出一种电磁波的音乐声波，能很快杀死方圆十米以内的老鼠与蚂蚁。它对家禽、家畜、人体均无损伤，而且发出的音乐声悠扬低沉，很受人们的欢迎。20世纪80年代这种微型灭鼠器在美国极为风靡，成了市场上的热门货。

【哈佛教育创新感言】　善于发现细节，机会往往就隐藏在这些小小的细节中，你只要不断地探索、创新，就能掌握更多的机会，许多伟大的发明都是在平常的细节中发现的。

121

捉住瞬间

有一位老师为了考验学生的快速应变思维能力，提了这样一个问题："空中两只鸟儿一前一后地飞着，用什么办法能一下子把它们都抓住？"

学生们你一言我一语地说：用大网、用气枪、用大麻袋……学生们不一会儿就说出了各种各样的方法，但大家感到这些方法虽然可行，但都不是太好。

最后，老师的回答大大出乎学生的意料：

"用照相机抓拍！"

用拍照的方法，太妙了！瞬间就能留下永恒。

看着大家充满惊奇的眼神，老师微笑着说，这道题需要打破常规，用创新思维去领悟。题目要求把两只鸟一下子都抓住，并没有说要都抓在手中或其他什么工具中，所以，只要用相机抓拍，一下子就能"抓住"，既轻巧又

省力,而且可以永久留念。大家顿时恍然大悟,茅塞顿开。

【哈佛教育创新感言】 人间最美好的东西就是思维的花朵,思维是才能的钻探机,是创造的前提。只要能大胆地打破常规,用创新思维去领悟,任何美好的瞬间都可以永远留住。

情意浓浓财神到

有情意者善于在极其平凡的事物中独到地发现机会,并想方设法把自然资源转变成商品,让自己的钱袋鼓起来的同时还把浓浓情意带给人间。

水声送金

费涅克是一名美国商人。在一次休假旅游中,小瀑布美妙的水声激发了他十分惬意的感觉。在沉醉于大自然的美好和奇妙之中时,他突然来了灵感:自己与许多城市居民一样平常饱受各种噪音干扰之苦却又无法摆脱,如果将自然中的美妙之声复制成商品卖给百姓,既能解噪音之苦又能获一大笔收入。于是他带上立体声录音机,专门到一些人烟稀少的地方逛游。他录下了许多小溪、小瀑布、小河流水、鸟鸣等声音,然后回到城里复制出录音带高价出售。生意出奇地兴隆,尤其买"水声"的顾客川流不息。

顾客反映这种商品能把人带入大自然的美妙境界,使久居闹市的人暂时忘却尘世的烦恼,还可使很多失眠者在优美的水声中安然进入梦乡。

礼轻情深的慰问袋

"谁送我微薄的礼物,谁就等于给我增添了生活的勇气。"正因如此,远在他方工作学习的人,如能在最需要他人鼓励支持的时候,收到一份亲人寄来的礼物,该是多么高兴。

美国有一商人,针对人们的这个心理,专门经营慰问袋的生意,结果赚了不少钱。

这个商人自从上大学时就特别注意那些住校生,并设法把他们的名单及家庭住址抄录下来。等到考试临近的日子,他就寄信给那些学生的家长:"学校已进入了紧张的期末考试阶段,你想慰问并鼓励你那因日夜苦读而疲倦不堪的儿女吗?哪怕是一点水果、点心也好。虽然东西不多,却是礼轻情意重啊! 这样,你的儿女定会感受到亲人送来的温暖而更加努力去用功。我想,

你是不会吝惜这区区小钱的。如愿意,请你在这张单上填上名字,并汇5美元,我们会替你买好东西装上,直接把你的礼物转交给你的儿女……"

没想到,慰问袋的生意竟越做越红火。这个商人在给许多人带来温暖和喜悦的同时,自己也得到了极大的经济回报。

【哈佛教育创新感言】 一切皆有可能,只要在解决问题时打开思路,把握事物各方面的联系,进行全面思考,就一定会有更好的创意。

出奇制胜的思维方法

在一个叫福罗里德的小镇,有一位刚出院的老人。他的子女为了让他能有一个更好的环境养病,在小镇的附近买了一栋小小的别墅。老人很快就搬进了别墅,那里的确是一个很好的养病处所。可是过了不久,这种宁静的日子就被几个淘气的小男孩打破了,他们每天清晨总是到别墅附近来踢足球。强烈的噪声,使老人不得安宁,并且小镇的居民也深受其害。大家想尽了办法来阻止这些淘气男孩的恶作剧,但都无济于事,而且似乎还越加严重。

老人实在无法忍受男孩们制造的噪音,便想出一个很好的办法让他们离开。这天早晨,男孩们又来踢足球,老人走出来对他们说:"你们踢足球发出的声音,让我想起了我的童年生活,我非常喜欢。不知你们能不能帮我一个忙,我会给你们一定的报酬。"男孩们很开心地问老人:"你要我们帮什么忙呢?"老人说:"如果你们每天早晨能按时来这里踢足球的话,我会给你们每人一块钱作为报酬。"男孩们想不到自己的恶作剧居然还能得到报酬,非常高兴地就答应了老人。

从那天以后,他们每天更加卖力地踢球。过了几天,老人又对这几个孩子说:"我最近因为买了一个按摩椅花了一大笔钱,以后每天只能给你们每人五角钱了,不知道你们是否还愿意帮我?"男孩们听了很不高兴,但是想想反正踢球最初只是为了能够快乐,也就同意了。但是他们踢得已经明显没有以前那么卖力。又过了几天,老人愁容满面地对几个小男孩说:"我的养老金减少了,以后每天只能给你们每人两角五分钱了,不知你们是不是愿意继续为我踢球?""什么? 只有两角五分?"一个男孩大叫道。另一个男孩说:"只给我们两角五分钱就想要我们在这里踢球,简直就是浪费

123

我们的时间,我们不干了!""对,我们不干了。"另外几个男孩纷纷说道。

第二天,果真没有听到踢球的噪音了。从此,老人又拥有了一个安静的休养环境。

【哈佛教育创新感言】 老人用他那出奇制胜的思维方法,为自己和附近的居民赢得了安静的环境,当你面对眼前的问题束手无策时,可以试着换一种角度。换一种思维,就能找到轻松解决问题的方法。

笑里藏金

东京的铃木隆太,提倡"大笑特笑、恢复人性"的运动,并设立了别开生面的幽默技术联合会。该会的宗旨更是别出心裁:培养笑的习惯,并养成以笑脸跟人和气相处;培养从事以笑为业的人士,替你把笑的作品推向社会;研究地球人最重要的笑的技术,并研究谈笑风生场面制成法,创造幽默;训练张口大笑的技术,以便恢复人性;提高会员笑的能力等。

会员如有滑稽而能令人捧腹大笑的话题材料就提出来研究,然后把它商品化,制作成笑话以及幽默小品卖给报社、杂志社。有的画成漫画或是画成海报卖给茶馆、美容院、酒吧、理发店。

铃木还在东京银座开了间谈笑室,任何满脸愁容的人,一进谈笑室,就可满脸笑容、心情愉快地走出来。

他说:"不笑和便秘一样,对身体是有害无益的。有不平、不满的人,一写信给我们,我们就把它存起来,再经过笑的处理,写出能够解除他不满以及充满着幽默感的解答。我们的回答幽默生动简洁,再加收费便宜,顾客多得让我们应接不暇。"

在日本,有一家餐馆给顾客赠送一条小围裙,竟使生意起死回生,餐馆门庭若市。这家餐馆在日本横滨市,其外表非常普通,内部装修也十分简单,生意只能惨淡经营。后来,餐馆经理看到一个女服务员系着一条图案十分有趣的围裙,引得小孩子们围着她转。于是他灵机一动,便给顾客带来的小孩送上一条绘有动物图案的纸制围裙。

这条纸制围裙价值30日元,图案是当场画上去的。由于孩子们用完餐后能将这条围裙带回家去,所以他们特别喜欢来此用餐,即使没有座位,也要站着耐心等待。为人父母者,看到孩子们得到围裙时欣喜若狂的样子,自然也十分开心,只要一有机会,就带孩子前往光顾。

【哈佛教育创新感言】　有情意者善于在极其平凡的事物中独到地发现机会,并想方设法把自然资源转变成商品,让自己的钱袋鼓起来。在赚取利润的同时把浓浓的情谊带给别人,让别人感受到你带来的温暖,这不是简单的现在广告词中所提倡的"双赢"。在一定程度上说,情谊带给别人的享受要比给予物质有效得多。

很简单的方法做成很大的事情

125

苏联火箭专家库佐寥夫为解决火箭上天的推力问题而苦恼万分,食不甘味。他的妻子在问明原因以后,说:"这有何难呢,像吃面包一样,一个不够再加一个,还不够,继续增加。"他一听,茅塞顿开,采用三节火箭捆绑在一起进行接力的办法,终于成功地解决了火箭上天的推力难题。在这里,成功就是想到了一个简单的数学加法。

【哈佛教育创新感言】　灵感有时是瞬间产生的,只要你善于去捕捉,从灵感中寻找新的创意,并持之以恒地探索下去,成功就离你很近了。

倾斜的商机

一家规模比较大的公司到内地某城市的商贸一条街开了家专卖店,左邻右舍卖同类商品的有好几家,结果这家商店一开张就出现了门庭冷落的情景。货是同样的货,价格也是同样的价格,而相邻的商店却一派繁忙。

商店经营者前去做了一番市场调查终于弄清了原因:原来,内地城市的消费者相信老牌的商店,对一个初来乍到的新商店一时还不认可。

为了吸引顾客,这家商店利用传统的有奖促销方式来刺激消费者,但情况依然没有好转,反而让这座城市的消费者觉得这家商店是挂羊头卖狗肉、打一枪换一个地方的主儿。

哈佛教育创新故事

　　眼看商店到了快关门的尴尬境地,商店的管理层在内部出重金购买拯救商店的好点子。

　　消息发出的当天,这家商店门口打扫卫生的保洁员前去献策。

　　商店的高层对眼前这位土里土气的保洁员很是吃惊,也不相信她会有什么好办法。这位保洁员知道他们对自己持怀疑态度,就说:"你们可以按我说的去做,如果成功了,再奖励我也不迟。"

　　这位保洁员的办法很简单,就是把商店门口的行人过道铺上非常漂亮的地砖,但挨着商店门口的这边比另一边要低 5 厘米。

　　商店的主管们将信将疑地按此主意把商店门口的走道改造了一番。

　　人行过道改造完毕的当天,因商店门口是很微小的倾斜,过往的行人不容易察觉,但走着走着就到了商店门口。于是他们就抱着反正已经到了门口就进商店看看的想法踏进了门槛儿。货比货,价比价,踏进商店了,顾客马上就发现原来这里的东西也很不错。

　　第二天,第三天……越来越多的行人因倾斜地砖给"斜"进了这家商店。就这样,这家商店的营业额在同类中慢慢地稳居榜首。

　　商店在奖励那位保洁员的时候,问她是怎么想到这个办法的。保洁员嘿嘿笑着说:"你们难道没有发现高速公路的交叉转弯处,公路都是倾斜的吗?听说,这样司机不怎么打方向就开了转弯车。"

　　众人一听,恍然大悟,感慨为什么自己就没有想到。是啊,谁会想到眼前这些不起眼的变化或许就成了你在社会上独领风骚的法宝呢?

　　【哈佛教育创新感言】 高速公路的交叉转弯处都是倾斜的,所以司机不怎么打方向就开了转弯车;同样的道理,因为挨着商店门口的这边比另一边要低 5 厘米,路过的顾客也就很自然地"倾斜"进了这家商店。这"倾斜"的创造,无疑是让顾客走进商店的金点子,它最不起眼,却更让顾客感到一种自然和温暖。

好奇心·驱使的结果

　　在一些城市的马路边和车站、广场等公共场所,常常可见到自动售卖机,这种机器不需要人工操作,顾客只要从投币口投入指定面额的钱币,就

可取到自己想买的东西。

发明自动售卖机的是一位名叫丹罕的英国人。在他那个年代，流行一种把零钱投进去，就会自动运转的游乐机。当时人们觉得很新奇，常常跑去乘坐游乐机。但人们对那部机器是如何运转的，都不曾感到疑惑，丹罕却对此好奇不已。"没有人，那机器自己是如何运转的呢？机器如何知道零钱有没有放进去呢？"

他感到十分疑惑，很想知道答案。于是他跑到制造游乐机的公司去询问。而他所得到的答案，竟然是出乎意料的一个简单原理：投入了零钱的话，重量会增加，机器感应到了，就会自动转动起来。他知道了游乐机的秘密后，又开始陷入思考中。

"投入零钱，机器就会自动运转，或许运用这个原理，可以做出更好的东西来。"

结果，他想出了一个新奇的想法，那就是制造一部即使没人，也可以售卖东西的机器。

他首次做出来的是一台邮票售卖机。在这之后，又卖起了其他许多东西，像饮料、饼干、方便面等，甚至连书也都成了自动售卖机卖的商品。

【哈佛教育创新感言】 没有创新，社会就不会有进步，生活中处处都有创新，就看你能不能把握住每一次的机会。

转变一下角度

法国著名女高音歌唱家玛·迪梅普莱有一个美丽的私人林园。每到周末，总会有人到她的林园摘花、拾蘑菇，有的甚至搭起帐篷，在草地上野营野餐，弄得林园一片狼藉，肮脏不堪。

管家曾让人在林园四周围上篱笆，并竖起"私人林园，禁止入内"的木牌，还是无济于事，林园依然不断遭践踏、破坏。于是，管家只得向主人请示。

迪梅普莱听了管家的汇报后，让管家做一些大牌子立在花园周围，上面醒目地写着：

"如果在园中被毒蛇咬伤，最近的医院距此15公里，驾车约半小时即

127

可到达。"

从此，再也没有人闯入她的林园。

【哈佛教育创新感言】 在我们的生活中经常会遇到难题，有的人就只会朝着一个方向冥思苦想，其实换一种角度，更能得到解决问题的方法。

皮尔·卡丹实现理想的故事

我们每个人心中都有自己的理想。但我们真正能够做到永不放弃执著地追求自己的理想吗？

法国少年皮尔从小就喜欢舞蹈，他的理想是当一名出色的舞蹈演员。可是，因为家境贫寒，维持基本生活都非常艰难的父母根本拿不出多余的钱来送皮尔上舞蹈学校。

皮尔的父母不得不将他送去一家缝纫店当学徒工，希望他学一门手艺后能帮家里减轻点经济负担。每天在缝纫店工作十多个小时的皮尔厌恶极了这份工作，不仅因为工作繁重，所得的报酬也不够他的生活费和学徒费。重要的是，他觉得自己是在虚度光阴，他为自己的理想无法实现而非常苦闷。他甚至认为，与其这样痛苦地活着，还不如早早地结束生命。

绝望中的皮尔突然想起了他从小就崇拜的有着芭蕾音乐之父美誉的布德里。皮尔觉得只有布德里才能明白他这种为艺术献身的精神的人。他决定给布德里写一封信，希望布德里能够收下他这个学生。在信的最后，他写道：如果布德里在一个星期内不回他的信，不肯收他这个学生，他便只好为艺术献身，跳河自尽了。

很快，年少轻狂的皮尔收到了布德里的回信。皮尔以为布德里被他的执著打动，答应收下他这个学生。但是信中却并没有提收他做学生的事。只是讲述自己的人生经历。布德里告诉皮尔，在他小的时候，很想当一名科学家。可是因为当时家境贫穷，父母无法送他上学，他只得跟一个街头艺人过起了卖唱的日子。最后，他说，人生在世，现实与理想总是有一定距离的，首先要选择生存。只有好好地活下来，才能让理想之星闪闪发光。一个连自己的生命都不珍惜的人，是不配谈艺术的。

布德里的回信让皮尔猛然惊醒。后来，皮尔努力学习缝纫技术，23岁

那一年,在巴黎他开始了自己的时装事业。很快,他便建立了自己的公司和服装品牌,也就是如今举世闻名的皮尔·卡丹公司。

由于皮尔一心扑在服装设计与经营上,皮尔·卡丹公司发展迅速,皮尔在28岁的那一年就拥有了200名雇员。他的顾客中很多都是世界名人。如今,皮尔·卡丹品牌不仅拥有服装行业,还有服饰、钟表、眼镜、化妆品等等,皮尔·卡丹不但成了令人瞩目的亿万富翁,以他的名字命名的产品也遍及全球。

皮尔·卡丹一次接受记者的采访时说:其实自己并不具备舞蹈演员的素质,当舞蹈演员,只不过是年少轻狂时一个虚幻的梦而已。如果那时他不放弃当舞蹈演员的理想,就不可能有今天的皮尔·卡丹。

是啊,每个年轻人都有着自己的理想,也都为自己那伟大的理想激动过,苦闷过。只有勤勤恳恳地做好身边的每　件事,脚踏实地地走好人生的每一步路,才能更快地接近理想。

129

朋友,也许有一天你也会像皮尔·卡丹一样突然发现其实理想一直伴随在你的身边,只是你没有发现而已。

【哈佛教育创新感言】　禅宗经常说"舍得"。有舍才有得,能舍才能得。舍去的是妄想,得到的是智慧。选择真正属于自己的,才会踏上理想之路,并为自己的理想无私奉献着。相信忍耐、毅力和决心都是成功的要素。世界上凡能成就大事业的人,都是别人放弃了而自己还继续坚持的人。

格林和斯诺

格林和斯诺是一对要好的朋友,他们一同外出旅行。到了目的地后,斯诺在酒店里看书,格林到街上闲逛,他看到路边有一个老妇人在卖一只玩具狗。

老妇人对他说,这只玩具狗是祖传宝物,因为儿子病重无钱医治,不得已才将它卖掉。格林随手拿起玩具狗,发现狗身很重,似乎是用黑铁铸就的。猛然间,格林发现,那一对狗眼是钻石做成的,他为自己的发现欣喜若狂,赶紧问老妇人这只玩具狗要卖多少钱。老妇人说,因为要为儿子医病,

所以 30 美元便卖。

格林说:"那么我出 10 美元买这两只狗眼吧?"

老妇人在心里算了算,认为也比较合适,就答应了。格林回到旅店,兴奋地对斯诺说:"我仅仅花了 10 美元就买下了两颗大钻,真是不可思议。"

斯诺发现两只狗眼的的确确是罕见的大钻石,便询问事情的经过。听完格林的讲述,斯诺立即放下手中的书,跑到街上,找到了那位老妇人,要买那只玩具狗。老妇人说:"狗眼已经被别人先买去了,如果你要买,就给 20 美元吧。"

斯诺付钱将玩具狗买了回来。"你怎么花 20 美元去买一只没眼珠儿的玩具狗啊?"格林嘲笑他。

斯诺并不在意,向服务员借来一把小刀,刮开狗的一个脚。黑漆脱落后,居然露出灿灿的黄色,他兴奋不已地大喊道:"果然不出我所料,这玩具狗是纯金的啊!"

【哈佛教育创新感言】 斯诺的成功就在于他对于事物的敏锐和联想,他由狗的两只眼睛断定出狗身也是黄金的,并且不怕嘲笑,坚持自己的想法,其实创新就在我们身边。

名 字

美国钢铁大王卡内基还是一个苏格兰乡下孩子时,有一天逮了一只母兔养了起来。不久母兔生了一窝小兔,但他却因贫穷没有东西喂它们。卡内基忽然心生一计,他对邻居的小孩子们说,谁能弄些草来喂小兔,就用谁的名字代表小兔,以做荣誉纪念。这计策果生奇效,兔子的饲料有了。

后来卡内基长大经营商业时,仍时常运用这一心理。举一例子,他曾打算将钢铁卖给本雪文尼亚州铁路公司。当时公司的经理叫汤姆生。卡内基于是在毕茨堡建一个大钢铁厂,并命名为"汤姆生炼钢厂"。自然汤姆生听到了很高兴,就买了那炼钢厂的大批钢轨。卡内基能够尊重他朋友或同业的名字,是他成功的秘诀之一。

【哈佛教育创新感言】 尊重是一种品质,也是处世的一种思维。每个人内心里都渴望能够得到别人的尊重,一个人尊重别人,得到的也会是别

人对自己的尊重。故事中卡内基用汤姆生的名字命名炼钢厂时,汤姆生的内心定然因受到尊重而产生好感,买下炼钢厂的大批钢轨,也是很自然的事了。

一张奇异的账单

一家公司的贸易业务很忙。节奏也很紧张,往往是上午对方的货刚发出来,中午账单就传真过来了。随后就是快寄过来的发票、运单等。会计的桌子上总是堆满了各种讨债单。

讨债单太多了,都是千篇一律地要钱,会计常常不知该先付谁的好,经理也一样,总是大略看一眼就扔在桌上,说:"你看着办吧!"但有一次马上说:"付给他。"仅有的一次!那是一张从巴西传真来的账单,除了列明货物标的、价格、金额外,大面积的空白处写着一个大大的"SOS",旁边还画了一个头像,头像正在滴着眼泪,简单的线条,但很生动。这张不同寻常的账单一下子引起会计的注意,也引起了经理的重视,他看了便说:"人家都流泪了,以最快的方式付给他吧!"

经理和会计心里都明白,这个讨债人未必在真的流泪,但他却成功了,一下子以最快速度讨回大额货款。因为他多用了一点心思,把简单的"给我钱"换成了一张富有人情味和幽默感的讨账单,仅此一点,就从千篇一律中脱颖而出。

【哈佛教育创新感言】 千篇一律的东西只会让人看了心烦,产生厌倦,而换个思维,能让人耳目一新,即便是一个小小的改进也是可贵的创新。

猎狗的故事

一条猎狗将兔子赶出了窝,一直追赶它,追了很久仍没有捉到。牧羊人看到此种情景,讥笑猎狗说:"大的还不如小的。"猎狗回答说:"你不知道

我们两个跑的目的是完全不同的！我仅仅为了一顿饭而跑，它却是为了性命而跑呀。"

　　这话被猎人听到了，猎人想：猎狗说得对啊，那我要想得到更多的猎物，得想个好法子。于是，猎人又买来几条猎狗，凡是能够在打猎中捉到兔子的，就可以得到几根骨头，捉不到的就没有饭吃。这一招果然有用，猎狗们纷纷去努力追兔子，因为谁都不愿意看着别人有骨头吃，自己没得吃。就这样过了一段时间，问题又出现了。大兔子非常难捉到，小兔子好捉。但捉到大兔子得到的奖赏和捉到小兔子得到的骨头差不多，猎狗们善于观察，发现了这个窍门，专门去捉小兔子。慢慢地，大家都发现了这个窍门。猎人对猎狗说最近你们捉的兔子越来越小了，为什么？猎狗们说反正大小没有什么区别，为什么费那么大的劲去捉那些大的呢？

　　猎人经过思考后，决定不将分得骨头的数量与是否捉到兔子挂钩，而是采用每过一段时间，就统计一次猎狗捉到兔子的总重量的方法。按照重量来评价猎狗，决定其在一段时间内的待遇。于是猎狗们捉到兔子的数量和重量都增加了。

　　猎人很开心。但是过了一段时间，猎人发现，猎狗们捉兔子的数量又少了，而且越有经验的猎狗，捉兔子的数量下降得就越厉害。于是猎人又去问猎狗。猎狗说："我们把最好的时间都奉献给了您，主人，但是我们随着时间的推移会变老，当我们捉不到兔子的时候，您还会给我们骨头吃吗？"

　　猎人做了论功行赏的决定。分析与汇总了所有猎狗捉到兔子的数量与重量，规定如果捉到的兔子超过了一定的数量后，即使捉不到兔子，每顿饭也可以得到一定数量的骨头。猎狗们都很高兴，大家都努力去达到猎人规定的数量。一段时间过后，终于有一些猎狗达到了猎人规定的数量。

　　这时，其中有一只猎狗说："我们这么努力，只得到几根骨头，而我们捉的猎物远远超过了这几根骨头，我们为什么不能给自己捉兔子呢"于是，有些猎狗离开了猎人，自己捉兔子去了。

　　猎人意识到猎狗正在流失，并且那些流失的猎狗像野狗一般和自己的猎狗抢兔子。情况变得越来越糟，猎人不得已引诱了一条野狗，问它到底野狗比猎狗强在哪里。野狗说："猎狗吃的是骨头，吐出来的是肉啊！"接着又道："也不是所有的野狗都顿顿有肉吃，大部分最后骨头都没得舔！不然也不至于被你诱惑。"于是猎人进行了改革，使得每条猎狗除基本骨头外，

132

可获得其所猎兔肉总量的 $n\%$，而且随着服务时间加长，贡献变大，该比例还可递增，并有权分享猎人总兔肉的 $m\%$。就这样，猎狗们与猎人一起努力，将野狗们逼得叫苦连天，纷纷强烈要求重归猎狗队伍。

　　【哈佛教育创新感言】　从最初的"一顿饭"到后来的"几根骨头"、"$m\%$ 的兔肉"，猎狗们一步步地进入猎人精心设置的圈套内，心甘情愿地为猎人卖命，最后成为猎人谋财的工具，"欲望"使它们付出了"自由"的代价。猎人的智慧就在于此。他利用了猎狗的"欲望"，将猎狗的命运拴在了"欲望"之中，不能逃脱。

出售"大海"

133

　　法国有一名商人，在航海时发现，海员十分珍惜随船携带的淡水，谁都知道浩渺无边的辽阔大海尽管气象万千，但大海的水却可望而不可"喝"。应当说，这是海水的缺点，这位商人却认真地注意起这个大海的缺点来，它咸，它苦，与清甜的山泉相比，简直不能同日而语，难道它当真只能被人们所厌恶？想着想着，他突发奇想，如果将苦咸的海水当做辽阔而深沉的大海奉献到从未见过大海的人们面前，又会怎样呢？于是他用精巧的器皿盛满海水作为"大海"出售，而且在说明书中宣称：烹调美味佳肴时，滴几滴海水进去，美食将更添特殊风味。反响是异乎寻常的强烈，很多家庭主妇们将"大海"买去，尽情观赏之后，让它一点一滴地走上餐桌，她们为此乐不可支。

　　【哈佛教育创新感言】　成功的可贵之处在于思维的创新，任何一个成就大事的人都是通过不断创新，到达了成功的彼岸。创新是一种美丽的奇迹。

状告足球

　　一堵墙，它是障碍，但如果把它当做垫脚石，你便站在了同行的最

高处。

英国麦克斯亚州有一个妇女向法庭控告，说她丈夫迷恋足球已达到了无以复加、不能容忍的地步，严重影响了他们的夫妻关系，要求生产足球的厂商赔偿她精神损失 10 万英镑。本来这一指控毫无道理，万没想到她在法庭上竟然大获全胜。

原来，公关顾问向最初对这一指控置之不理的厂商建议：不妨利用这一离谱的案例大造声势，利用她的指控向人们证明该厂生产的足球的魅力之大。

果然，这一奇特的官司经传媒大肆渲染后，该厂名声大振，产品销量一下子翻了 4 倍。老板惊喜地对记者说："想不到我们仅花了 10 万英镑就做了一次绝妙的广告。"

这就好比蚂蚁驮着体积比它大 100 倍的稻草艰难爬行，却能在遇到鸿沟时将稻草架在上面轻松过去。

【哈佛教育创新感言】 塞翁失马，焉知非福？因丈夫迷恋足球而状告足球的生产厂商本是无理取闹的事。事情的发展出人意料——在法庭上大获全胜——赢得了 10 万英镑。赢的却不仅是这个妇女，厂商在公关顾问的建议下，利用这样一个契机，使产品销量翻了 4 倍——做了一次绝妙的广告。有时，跳出常规换一个角度来看问题、想问题，会起到意想不到的效果。

打赌打出的电影机

在美国加利福尼亚州的一家酒店里，斯坦福与科恩两个有钱人展开了一场争论：马奔跑的时候，四个蹄子是否都是腾空的？

斯坦福说："马儿奔跑起来，如果达到了一定的速度，在某个瞬间四只蹄子就一定会都离开地面。""这不可能，"科恩说，"速度再快，马还是四只蹄子交替奔跑，总会有一只蹄子踏在地面上。"两人各抒己见，谁也无法说服对方。

于是，他们决定采用当时美国最流行的方式——"打赌"，但是，用什么方式才能决出胜负呢？

有一位名叫麦布里奇的美国摄影师知道了这件事情,说自己有办法。他在跑道旁边安放了24架照相机,均匀地一字排开,所有的镜头都对准跑道。然后,在跑道上安放了24根很细的绳子,绳子的一端系在照相机的快门上。

一切准备好以后,他让马在跑道上飞奔起来。马将24根细绳一一绊断了,24架照相机也就依次拍下了24张照片。从这些照片上,很容易就能够看出:马在奔跑的时候,总是有一只蹄子落在地面上。斯坦福输了。

但是,事情并没有就此结束。有一次,麦布里奇在无意之中快速地拉动了这24张相片,结果他大吃一惊:原本是静止在照片上的马,居然"活了",自动地奔跑起来!这个现象引起了法国的两兄弟——路易·吕米埃特和奥古斯特·吕米埃特的注意,他们经过不懈的努力,终于发明了电影机——人类历史上一个重要的娱乐传播工具。

135

【哈佛教育创新感言】 任何事情都有可能,只要在解决问题时,勤于思考,就会取得成功。大脑是越用越灵,创意也会越来越多。换种方式思考,问题也许更容易解决。

将脑袋打开一毫米

美国有一间生产牙膏的公司,产品优良,包装精美,深受广大消费者的喜爱,每年营业额蒸蒸日上。

记录显示,前10年每年的营业增长率为10%~20%,令董事部高兴不已。

不过,业绩进入第11年、第12年及第13年时,则停滞下来,每个月维持同样的数字。

董事部对此3年业绩表现感到不满,便召开全国经理级高层会议,以商讨对策。

会议中,有名年轻经理站起来,扬了扬手中的一张纸对董事部说:"我有个建议,若您要使用我的建议,必须另付我5万元!"

总裁听了很生气,说:"我每个月都支付你薪水,另有红包奖励。现在叫你来开会讨论,你还要另外要求5万元。是否过分了?"

"总裁先生，请别误会。若我的建议行不通，您可以将它丢弃，一毛钱也不必付。"年轻的经理解释说。

"好!"总裁接过那张纸后，阅毕，马上签了一张5万元支票给那年轻经理。

那张纸上只写了一句话：将现有的牙膏开口扩大1毫米。

总裁马上下令更换新的包装。

试想，每天早上，每个消费者多用1毫米的牙膏，每天牙膏的消费量将多出多少倍呢？

这个决定，使该公司第14年的营业额增加了32%。

【哈佛教育创新感言】 当我们面对一个新的知识、新的事物时，就会将脑袋密封，上不能上，下不能下。此时我们就必须将脑袋打开1毫米，接受新知识、新事物，这个时候才会有出路。一个好的创意就能改变人生，就像故事中的这个年轻经理，他正是抓住了人们的惯性思维，换了个角度想问题，就获得了成功。

136

会讲笑话的垃圾桶

俄国一座城市的居民有个坏习惯，他们从不把垃圾好好地倒进垃圾桶，而是很随意地到处乱扔，弄得整个城市一片混乱。为此，政府专门成立了环境整治部门，甚至强制进行罚款，可是，仍然收效甚微。街道上还是到处都是垃圾，连卫生局局长都为此感到十分气恼，可又无能为力。

这一天，一个小伙子主动走进卫生局局长的办公室，献上了一条妙计……

没过几天，城市里的居民们纷纷发现街道上的垃圾桶突然会说话了，并且是讲很可笑的话。当人们把垃圾扔进垃圾桶里，当时就能听到垃圾桶讲笑话。小孩子们更是爱到垃圾桶那儿倒垃圾，不仅自己笑得肚子疼，还会把这些笑话讲给其他的小朋友听。

这样一来，居民们都喜欢把垃圾扔进垃圾桶里了，街道上的卫生状况得到了彻底的改变。时间长了，这个城市居然变成了一座美丽的花园城市。

原来，那个小伙子设计了一种电动垃圾桶，桶上装有感应器，垃圾丢进桶里，感应器就会启动录音机，播放事先录好的不同的笑话。

【哈佛教育创新感言】　只要你勤于思考，善于发现，哪怕是一个最不起眼的举动，也能给人们带来意想不到的收获，抓住实质的东西并加以探索，所有的问题都能迎刃而解。

最早的奥运会邮票

137

1894 年 6 月，在巴黎召开的国际体育会议作出了一个具有历史意义的决定：1896 年在雅典举行首届奥林匹克运动会。国际奥委会第一位主席泽·维凯拉斯将这一喜讯带回雅典后，希腊首相特里库皮斯因经费不足，感到十分为难，提出要求缓办奥运会。国际奥委会秘书长顾拜旦知道后焦急万分，马上赶赴雅典与首相会晤，但特里库皮斯又以国家负债累累为由，拒绝拿钱去办奥运会，两个人的交谈不欢而散。一筹莫展的顾拜旦抱着一线希望求助于希腊王储——26 岁的康士但丁。王储接管了筹备奥运会的一切工作，并得到国王乔治一世的公开出面支持。为此，特里库皮斯丢掉了首相职务。

扫清这一障碍之后，顾拜旦松了一口气。鉴于国家经济实力有限，筹备到的资金仍有很大的缺口，希腊全国各地掀起了募捐运动，共募集了33.2756 万德拉马（希腊币）。但这只是杯水车薪，还有 4 座奥运场馆需要建造。就在这艰难时刻，希腊集邮爱好者戴米特斯·萨克拉夫斯建议：发行一套奥运会邮票，以高于面值的价格出售，借以弥补资金的不足。政府采纳了这一绝妙的建议，邮政部门立马动手，发行了一套纪念邮票——世界上最早的一套体育邮票，也是世界上最早的一套奥运会邮票。

结果让他们大吃一惊！纪念邮票投放市场后，很快销售一空，填补了举办奥运会的资金缺口。雅典运动场终于在古运动场的废墟上建成了，也为以后奥运会印发邮票开了先例。

【哈佛教育创新感言】　发行一套奥运会邮票，以高于面值的价格出售，借以弥补资金的不足。这是一个多么绝妙的创意啊。这个故事让我们想到，其实成功与否只在乎人的观念而已，有时一个点子就能够让事情峰

回路转,使人豁然开朗。

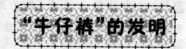

"牛仔裤"的发明

　　1850 年的美国旧金山已经是一个很热闹的地方了,到处是熙熙攘攘、川流不息的人群。这些人大都衣衫褴褛,蓬头垢面,一副疲于奔命的样子。他们尽管种族不同、语言各异,但是满脑子里都在做着一个共同的美梦:淘金发财。

　　自从美国西部发现了金矿,便掀起了"淘金热",世界各地希望"一夜暴富"的人像潮水一样向这里涌来了。

　　在这川流不息的人群中,有一个叫李维·施特劳斯的年轻人,他是德国的犹太人,抛弃了自己厌倦的家族世袭式的文职工作,跟着两位哥哥远渡重洋赶到美国来"发财"。

　　现实并非李维想象中那样:这里淘金人多如牛毛,淘金不是一件好做的事情!

　　他是一个比较实在的人。心里盘算开了,做生意或许比淘金更容易赚钱。这样他就开了一间卖日用品的小商铺。

　　从德国来到美国,异国他乡,一切都是新的——那样的新鲜,又是那样的生疏。要开好这个小店,他得同当地的美国商人学做生意的窍门,学习他们的语言。犹太民族是个做生意天赋极高的民族,他们自从被赶出家园之后,在世界各地流浪,他们之所以不断发展,就是靠他们高超的经商头脑。

　　因此,他们的基因里就有做生意的天分,李维也不例外。没过多久,他就成为一个地道的小商贩了。

　　一次,有位来小店的淘金工人对李维说:"你的帆布很适合我们用。如果你用帆布做成裤子,刚好适合我们淘金工人用。我们现在穿的工装裤都是棉布做的,很快就磨破了。用帆布做成裤子一定很结实,又耐磨,又耐穿……"

　　说者无意,听者有心。一句话就把李维点醒了,他连忙取出一块帆布,领着这位淘金工人来到了裁缝店,让裁缝用帆布为这个工人赶制了一条短

裤——这就是世界上第一条帆布工装裤。

那位矿工拿着帆布短裤高高兴兴走了。这种工装裤后来演变成一种世界性服装——李维牛仔裤。

此时的李维已经考虑成熟了：立即改做工装裤！许许多多的发明都是"踏破铁鞋无觅处，得来全不费工夫"，正如诗人所说的"妙语本天成，随手偶得之"。

【哈佛教育创新感言】 很多人都喜欢跟着潮流走，成功的人都是在跟着潮流的同时，没有放过任何一个创新的机会，不轻易放过每一个对自己有用的现象。

吉格勒定理

139

设定一个高目标就等于达到了目标的一部分。

提出者：美国行为学家 J. 吉格勒。

点评：气魄大方可成大，起点高才能至高。

不少人认为天才或成功是先天注定的。但是，世上被称为天才的人，肯定比实际上成就天才事业的人要多得多。为什么？许多人一事无成，就是因为他们缺少雄心勃勃、排除万难、迈向成功的动力，不敢为自己制定一个高远的奋斗目标。不管一个人有多么超群的能力，如果缺少一个认定的高远目标，他将一事无成。设定一个高目标，就等于达到了目标的一部分。

1969 年，从小就喜欢吃汉堡的迪布·汤姆斯在美国俄亥俄州成立了一家汉堡餐厅，并用女儿的名字为店起了名——温迪快餐店。在当时，美国的连锁快餐公司已比比皆是，麦当劳、肯德基、汉堡王等大店已是大名鼎鼎。与它们比起来，温迪快餐店只是一个名不见经传的小弟弟而已。

迪布·汤姆斯毫不因为自己的小弟弟身份而气馁。他从一开始就为自己制定了一个高目标，那就是赶上快餐业老大麦当劳。

20 世纪 80 年代，美国的快餐业竞争日趋激烈。麦当劳为保住自己老大的地位，花费了不少的心机，这让迪布·汤姆斯很难有机可乘。一开始，迪布·汤姆斯走的是隙缝路线，麦当劳把自己的顾客定位于青少年，温迪就把顾客定位在 20 岁以上的青壮年群体。为了吸引顾客，迪布·汤姆斯

在汉堡肉馅的重量上做足了文章。在每个汉堡上,他都将其牛肉增加了零点几盎司。这一不起眼的举动为温迪赢得了不小的成功,并成为日后与麦当劳叫板的有力武器。温迪一直以麦当劳作为自己的竞争对手,在这种激励中快速发展着自己。终于,一个与麦当劳抗衡的机会来了。

1983年,美国农业部组织了一项调查,发现麦当劳号称有4盎司汉堡包的肉馅,重量从来就没超过3盎司!这时,温迪快餐店的年营业收入已超过了19亿美元。迪布·汤姆斯认为牛肉事件是一个问鼎快餐业霸主地位的机会,于是对麦当劳大加打击。他请来了著名影星克拉拉·佩乐为自己拍摄了一则后来享誉全球的广告。

广告说的是一个认真好斗、喜欢挑剔的老太太,正在对着桌上放着的一个硕大无比的汉堡包喜笑颜开。当她打开汉堡包时,她惊奇地发现牛肉只有指甲片那么大!她先是疑惑、惊奇,继而开始大喊:"牛肉在哪里?"不用说,这则广告是针对麦当劳的。美国民众对麦当劳本来就有了许多不满,这则广告适时而出,马上引起了民众的广泛共鸣。一时间,"牛肉在哪里?"这句话就不胫而走,迅速传遍了千家万户。在广告取得巨大成功的同时,迪布·汤姆斯的温迪快餐店的支持率也得到了飙升,营业额一下子上升了18%。

凭借针对麦当劳的不懈努力,温迪的营业额年年上升,1990年达到了37亿美元,发展了3200多家连锁店,在美国的市场份额也上升到了15%,直逼麦当劳并坐上了美国快餐业的第三把交椅。

美国伯利恒钢铁公司的建立者齐瓦勃出生在美国乡村,只受过很短的学校教育。尽管如此,齐瓦勃却雄心勃勃,无时无刻不在寻找着发展的机遇。他相信,自己一定能做成大事。

18岁那年,齐瓦勃来到钢铁大王卡内基所属的一个建筑工地打工。一踏进建筑工地,齐瓦勃就抱定了要做同事中最优秀的人的决心。

一天晚上,同伴们都在闲聊,唯独齐瓦勃躲在角落里看书。这恰巧被到工地检查工作的公司经理看到了,问道:"你学那些东西干什么?"齐瓦勃说:"我想我们公司并不缺少打工者,缺少的是既有工作经验,又有专业知识的技术人员或管理者,不是吗?"有些人讽刺挖苦齐瓦勃,他回答说:"我不光是在为老板打工,更不单纯为了赚钱,我是在为自己的梦想打工,为自己的远大前途打工。"抱着这样的信念,齐瓦勃一步步上升到了总工程师、总经理,最后被卡内基任命为钢铁公司的董事长。最后,齐瓦勃终于自己

建立了大型的伯利恒钢铁公司,并创下了非凡业绩。凭着自己对成功的长久梦想和实践,齐瓦勃完成了从一个打工者到创业者的飞跃。

开始时心中就怀有一个高的目标,意味着从一开始你就知道自己的目的地在哪里,以及自己现在在哪里。朝着自己的目标前进,至少可以肯定,你迈出的每一步都是方向正确的。一开始时心中就怀有最终目标会让你逐渐形成一种良好的工作方法,养成一种理性的判断法则和工作习惯。如果一开始心中就怀有最终目标,就会呈现出与众不同的眼界。有了一个高的奋斗目标,你的人生也就成功了一半。如果思想苍白、格调低下,生活质量也就趋于低劣;反之,生活则多姿多彩,尽享人生乐趣。

【哈佛教育创新感言】 人的生活是从选定方向开始的。一个人无论现在多大年龄,只要有了目标、有了创新的意识,就有了前进的方向。于是,朝霞是指路的明灯,落日是回归的路程。每天装载着满满的希望,不断奔跑,不断前行,在希望之中,流淌了岁月,挥洒了汗水,收获的一定是开始时所期的兴奋。

141

钻石之王

很多年前,美国穿越大西洋底的一根电报电缆因破损需要更换,这则小消息平静地在人们之间传播。但是一位不起眼的珠宝店老板却没有等闲视之,毅然买下了这根报废的电缆。

没有人知道小老板的企图,认为他一定是病了,大家都以异样的目光惊诧地关注着他。

他呢,关起店门,将那根电缆洗净、弄直,然后剪成一小段一小段的金属段,装饰起来,作为纪念物出售。

大西洋底的电缆纪念物,还有比这更有价值的纪念品吗?

就这样他轻松地发迹了。没过多久,他又买下了日本皇后的一枚钻石,淡黄色的钻石闪烁着稀世的华彩。人们不禁问:他是自己珍藏还是抬出更高的价位转手?

他不慌不忙地筹备了一个首饰展示会,观众当然是冲着皇后的钻石而来。

可想而知,渴望一睹皇后钻石风采的参观者会怎样蜂拥着从世界各地接踵而至。

他几乎坐享其成,毫不费力就赚了大笔的钱财。

他就是美国后来赫赫有名、享有"钻石之王"美誉的查尔斯·刘易斯·蒂梵尼——一个磨房主的儿子。

【哈佛教育创新感言】 有了创新思维并加以创新的人,就一定会取得成功,像查尔斯·刘易斯·蒂梵尼的成功就在于当别人都这样想的时候,他却能想得更独特,这就是创新。

"狮王"牙刷

142

加藤信三是日本狮王牙刷公司的职员,日本的公司职员工作一般都比较紧张,加藤信三也不例外。每天一大早他就得起床,即使感觉睡眠不足、头晕目眩,也只得硬撑着,为了赶时间上班,时常是闭着眼睛匆匆忙忙地洗脸、刷牙。

有一天,他正刷着牙,又发觉自己的牙龈出血了,这种牙刷已经把自己的牙龈刷得出了好几次血了,加藤信三气得真想把牙刷往地上摔……但他冷静一想,觉得像自己这样刷牙刷得牙龈出血的人肯定为数不少,也就是说有许多人对传统的牙刷感到不方便、不满意,这么说来,如果自己能够解决这个问题,那一定会受到许多人的欢迎。

为此他想到了许多解决牙龈出血的方法:例如,牙刷改用很柔软的毛,这样确实能够解决牙龈出血的问题,但牙刷过于柔软,就不能很好地清除牙缝中的"垃圾"。又如使用前把牙刷泡在温水里,让它变得柔软一些,或者多用一点牙膏,他都觉得不够理想,因为不是很方便。后来他又想到:牙刷毛的顶端是不是像针一样尖呢?可能是它刺出来的血?他把牙刷放在放大镜下查看,意外地发现牙刷毛顶端是四角形的,也许是这种四角形的牙刷毛顶端棱角太分明,容易刺破牙龈吧。于是,加藤灵机一动,针对这个缺点想出一个好办法,把牙刷的顶端磨成圆形,那么用起来一定不会出血了。

于是,他把他的创意向公司提出来,公司对此非常感兴趣,马上采纳了

他的新创意。后来狮王牌的牙刷顶端就全部改成了圆形,由此受到消费者的普遍喜欢。狮王牌牙刷不仅在众多牙刷中一枝独秀,销量占全国同类产品的 30%~40%,而且长盛不衰,一直红火了十多年,至今势头不减。加藤信三也由职员晋升为科长,十几年后成为公司的董事长。

【哈佛教育创新感言】 加藤信三的成功告诉我们:要留心身边的每一件事,注意观察,说不定成功正在等着你呢!

官司是怎样打赢的

143

辩护律师在打官司中的作为,是颇有戏剧性的。他们为了从陪审团那儿得到有利的裁决,能够扮演从悲剧演员到小丑的任何角色。

在艾奥瓦,一个人声称:在一次火车意外事件中,由于头部受伤而变得精神恍惚。为了证明这一点,他用一根针刺进了自己的头顶,而丝毫不觉疼痛。在大为吃惊的陪审员们准备判决给这人一笔可观的赔偿费时,铁路公司的律师要求暂时休庭。重新开庭后,这个律师带来了一包针,他把那些针陆续刺进了自己那个完全光秃了的秃顶上,到最后,头顶上刺满了针,仿佛成了个刺猬。

“我也变得精神恍惚了。”他像个小丑似的在陪审团前面来回走着,逗得大家忍俊不禁。在一阵大笑声中,他赢得了这个案子。陪审团决不会想到,就在短暂的休庭时,这个律师的秃顶上被注射了一针止痛的奴佛卡因。

威廉·丁·福伦——这个杰出的辩护律师,曾为 127 个凶手做了成功的辩护,结果是无一人被判处死刑。福伦的极端大胆,使他经常把一些劫数已定的被告从电椅上解救出来。曾有一次,在辩护审理一件杀人案时,这个“杰出的律师”敏锐地注意到:在陪审团中,有 5 个成员是天主教徒。福伦在宗教方面从来不是个心胸褊狭的人。因此,他为被告买了一串念珠,让他用一块手帕包好放在胸前的口袋里。被告认为这串念珠会给他带来噩运。可是福伦向他保证:一切都会顺利的。在审讯的最后一天,福伦滔滔不绝的雄辩竟然使被告也激动地流下了眼泪。他取出了手帕准备擦泪,就在这时,念珠掉到了地上。这个意想不到的虔诚表现,使 5 个天主教徒的陪审员深为感动。最后,陪审团裁决此案为自缢,被告获得无罪开释。

哈佛教育创新故事

在为一件由特林顿夫人控告比弗布鲁克爵士的诽谤诉讼案辩护中,爱德华·霍尔爵士——一位卓越的英国律师,充分显示了他的足智多谋。特林顿夫人宣称:比弗布鲁克爵士的《每日快报》中有一段关于她衣服的描写,使她的名誉严重受损。为此,她要求一份高额的赔偿。

霍尔把这案子辩论的时间,恰好安排在"停战纪念日"那天,使上午11时的为时两分钟的全国致哀时间正好能打断他在陪审团所做的申辩。就在那激烈的辩论中,当他的声音升高时,钟敲了11下。爱德华站着——从一个好斗的律师变成了个悲伤、忧郁的致哀者。两分钟的默哀后,爱德华庄严地继续申辩。

"陪审团的成员们,"他说道,"我们刚刚纪念完毕伟大的民族牺牲日。在那场战争中,我们都遭到了痛心的损失。现在,"——霍尔向原告转过身——"我们回到这位夫人那些不足挂齿的牢骚上来吧。"特林顿夫人的虚荣要求与英国历史上最辉煌的时期相比,显然是微不足道的。最后,她两手空空而去。

这些阅历丰富的律师经常运用戏剧性的手法来搅乱陪审团的思路。马克思·斯泰尤,虽然他的诉讼费一般每天为 4 美元,却总是穿着极普通的衣服出庭。"公司的律师们可以穿上晨服。"他说,"但是我不希望比任何陪审员穿得特殊。"

在反复讯问中,律师需要获得最佳效果。然而,哪怕是恐吓一个伪证者,也是危险的。因为这样会使陪审团的同情转向失败者。因此,一旦马克思·斯泰尤怀疑证人是在说谎,他立刻就会变得和蔼可亲,显得极为同情,诱使伪证者暴露真相。

对三角牌女上装一案的审讯,就是一个具有代表性的例证。纽约的一个工厂烧毁了,委托斯泰尤辩护的厂方股东们被控:由于他们下令不许打开某个出口,而导致 10 个女工的惨死。当一个侥幸逃出的女工,在法庭上追叙她那骇人听闻的遭遇时,陪审员们都流下了眼泪。一个有罪的判决似乎不可避免了。

斯泰尤听得出,这个女工是在背诵一个精心编制的故事。但是,在反复讯问她时,斯泰尤的态度好似慈父一般。"现在,卡蒂,"他说,"再把你的故事讲一遍。"

整个谎言逐字逐句地被重复了。斯泰尤又温和地说:"卡蒂,为了搞清一两个问题,请把你的故事再说一遍。"

在重复讲了 3 遍后,斯泰尤问道:"卡蒂,你没忘了一个字吗?"

卡蒂聚精会神地思索了一会儿:"是啊,先生,我忘了一个字。"

"那么,再把故事说一遍,别忘了把漏掉的字加进去。"

卡蒂照办了。陪审团这时相信,这个女工是由人在幕后策划,教她背熟了那个谎言再上庭作伪证的。

曾有一次,斯泰尤在反复讯问一个被指控为受贿的州参议员时,为了证明他不是诚实人,在讯问中,斯泰尤问了句:"Porlez-vous fiongois?""我不懂。""这就奇怪了,"斯泰尤说,"在我这儿有个记录,上面注明在一次文官考试中,你的法文是 100 分。"紧接着,他单刀直入厉声质问:"那么是你花钱代考的喽?"虽然对方的律师立刻抗议,可是斯泰尤已巧妙地造成了印象——这人是惯于此道的。

只要能用得上——使专家的证词失败就是种有效的策略。威廉·豪——30 年前一个著名的纽约律师,简直是这种证人的死敌。一次,豪曾为一个被控告为用氰化物毒死岳母的人辩护。官方的主要证人——验尸官证明,他清楚地嗅到了从尸体身上散发出来的焦杏仁药味。

"既然你对自己的嗅觉是极其自信的,我想你不会反对来一次小小的试验吧!"豪提议说道。他拿出了个装有 10 个小玻璃瓶的架子。每个瓶中分别装着各种为大家所熟悉的气味的液体,如薄荷、丁香、汽油等。他先把瓶子顺次给陪审员们闻了一遍。他们嗅出了几个熟悉的气味,最后闻到的是装有汽油的瓶子。

当轮到验尸官时,10 个气味中他说错了 9 个。豪知道,汽油味在短时间内能紊乱嗅觉。因此,他先让验尸官闻了装有汽油的瓶子。就这样,这个专家的证词无效。被告被判为无罪释放。

大名鼎鼎的阿贝·赫梅尔,曾在一件赔偿案中,代表某保险公司出庭。原告声称:他的肩膀被掉下来的升降机轴打伤,现在他的右臂已抬不起了。

"请给陪审员他们看看,你的手臂现在能举多高?"赫梅尔说道。原告小心翼翼地把手臂举到丁齐耳的高度。赫梅尔紧接着问道:"那么,你在受伤前能举多么高呢?"原告一下子举过了头顶,引起了哄堂大笑。法官只得大声槌打着桌子,来阻止笑声。

律师们也常常得冒着生命危险去获得有利的判决。一位名叫加菲特的纽约律师,为一件"家庭谋杀案"辩护。其当事人被指控在丈夫的生日蛋糕中放置了砒霜。起诉人呈现了妻子购买砒霜的证据——并且给法庭带

145

来了致命蛋糕的剩余部分。加菲特丝毫不打算否认这致命的证据,他仅仅对陪审团这么说:"你们已听到了证词,说这蛋糕是有毒的。为了证明这证词是不堪一驳的胡说,我当场吃掉这块给你们看。"

他大口咀嚼着一大块使人致命的蛋糕,微笑自如地咽下了肚。吃惊的陪审团宣布退庭。15分钟后,陪审长向前窥视了一下,满心以为会看到律师在临终痛苦之中。可是,加菲特却在席上安详地锉着指甲。不一会儿后开庭了。陪审团做出了"无罪"的裁决。加菲特急忙冲到男子休息室,那里早已安排妥当,医生们用洗胃机清除了他吞下的那块有毒的蛋糕。

【哈佛教育创新感言】 其实世界只有一个,而由于我们内心世界的存在,无数个人眼里就有无数个世界,在你的世界里一些看似理所当然的事情,可能在别人眼里是想都不敢想的。而当你站在他人的角度来看这个世界时,说不定又是另一番天地。当他想改变这个世界的时候,就先改变自己吧!

红色鲑鱼推销员

在美国鲑鱼市场上,主要有红鲑鱼和粉红鲑鱼两大品种,竞争十分激烈,多年来胜负难分,但各自都在广告词中信誓旦旦地说自己的一方胜过对方一筹。

初期的赢家是销售粉红色鲑鱼的那位销售商,无论知名度、销售额和利润都比对手高。

销售红色鲑鱼的这家企业的总经理立即采取对策。他声色俱厉地对推销人员训斥道:"给你们90天时间,缩短这个距离。"

90天后,红鲑鱼真的比粉红鲑鱼卖得好。

销售红鲑鱼的公司总经理十分高兴,召见了全体推销人员。销售人员向他汇报说,全是那条标签起的作用。

原来,那条标签上写的是:"正宗挪威红鲑鱼,保证不会变成粉红!"

总经理拍案叫绝,重赏了他的下属。

说自己的东西好,人人都有一套。有的人自吹自擂,有的人现身说法,现在又有人在借力打力。

【哈佛教育创新感言】 抓住消费者的心理，就会取得成功。这是一种销售技巧，先求同后存异，突出自己，准确定位。同时再给别人留有余地，更要为自己争取尽可能大的领地。只有这样，才会于不声不响中获胜。销售不仅仅是方法问题，如果抓住消费者的心理，就会知己知彼，百战百胜。

美容店的免费广告

147

戴娜贷款在市中心公园开了一家小美容店，开始自己的创业之路。

美容小店艰难地起步了，在花花绿绿的现代社会里并不算起眼，而且尤为糟糕的是在戴娜的预算中，根本没有广告宣传费。正当戴娜为此烦恼时，她收到一封律师来函。这位律师受两家殡仪馆的委托控告她，告诉她要么关闭美容店，要么就改变店外装饰。原因是美容小店花哨的店外装饰，破坏了附近殡仪馆庄严肃穆的气氛，从而影响了业主的生意。

戴娜灵机一动，打了一个匿名电话给一家有影响力的报社，声称黑手党经营的殡仪馆正在恫吓一个手无缚鸡之力的可怜女人，这个女人只不过想开一家经营天然化妆品的美容小店维持生计而已。

这家报社十分好奇，并在显著位置报道了这个新闻，不少富有同情心的读者都来美容小店安慰戴娜。由于舆论的作用，那位律师也没有再来找麻烦。

就这样，她的美容小店广为人知，名声传开了。

然而不久，一切发生了戏剧性的变化：顾客渐少，生意日淡。

经过深刻的反思，戴娜发现，新奇感只能维持一时，不能维持一世。在她看来，美容店虽然别具风格，但给顾客的刺激还远远不够，需要进行宣传。

一个早晨，市民们去公园晨练，发现一个奇怪的现象：一个古怪的女人正沿着街道往树叶上喷洒草莓香水。她就是戴娜——美容小店的女老板。她的这些非常奇特且意外的举动，又一次上了报纸的版面。

后来，广告商热情洋溢地主动提出要为美容小店做广告。他们相信，美容小店一定会接受他们的热情，因为在美国，离开了广告，商家几乎寸步难行。戴娜却拒绝了："对不起，小店的预算费用中没有广告费用这一项。"

哈佛教育创新故事

美容小店离经叛道的做法，引起商界议论纷纷。要想在商界立足，若无大量广告支持，无异于自杀。

敏感的新闻媒介没有漏掉这一奇闻，他们在客观报道的同时，还加以评论。

大家也开始关注，觉得这家美容小店确实很怪。这实际上已起到了广告宣传的作用，戴娜并没有去刻意策划，却节省了巨额的广告费。

到后来，美容小店的发展规模及影响足以引起新闻界的瞩目时，戴娜更没有做广告的想法了。戴娜就是依靠这一系列标新立异的做法使最初的一间美容小店扩张成跨国连锁美容集团。公司上市之后，她很快步入亿万富翁的行列。

【哈佛教育创新感言】 戴娜的成功就在于她注意观察身边的现象，并在此基础上发挥自己的创造力。其实每一个人身上都有可贵的潜力，就看你能不能及时地发挥出来。

148

一万元的稻草

一天，两个朋友来到一个城市。甲对乙说："你知道吗，这座城市曾经救过我的性命。那一年我从这里路过，突然急病发作，昏倒在路旁。是这座城市里最善良的人们把我背到医院，请医生为我治好了病。我不知道谁是我的救命恩人，因为他们都没有留下姓名。后来我离开了这座城市，现在我有很多财富，我想报答我的救命恩人。"

"那么，你准备为这座城市做点什么呢？"

"把我最珍贵的三颗宝石奉送给这里最善良的人们。"他们在这座城市住了下来。第二天，甲就在自己的门口摆了一个小摊，上面摆着三颗闪闪发光的宝石。甲还在摊位上写了一张告示："我愿将这三颗珍贵的宝石无偿送给善良的人们。"可是，过往的行人只是驻足观望了一会儿，然后又各走各的路去了。整整一天过去了，三颗宝石无人问津。两天过去了，三颗宝石仍遭冷落。又是三天过去了，三颗宝石还是寂寞无主。

甲大惑不解。乙笑了笑说："让我来做个试验吧！"于是，乙找来一根稻草，将它装在一个精美的玻璃盒里，盒中铺上红丝绒布，标签上写着："稻草

一根,售价一万美元。"

此举一出,立刻产生轰动效应,人们争先恐后前来询问稻草的非凡来历。

乙说这根稻草乃某国国王所赠,系王室家中传家之物,保佑着主人的荣华富贵。

结果,这根稻草被人以一万美元买去。三颗宝石依然在熠熠发光,而在人们眼中,只是把它们当作假货,当作哄小孩子的东西而已。

【哈佛教育创新感言】　创新是人类最珍贵的精神源泉。没有创新思维,就难以适应时代的发展。唯有敢于创新,才能引领时代之潮流,开时代之先河;才能与快乐为伴,与幸福同行。在生命中的每一天,只要我们不懈追求未来和梦想,始终保持对大自然的兴趣与好奇,就能摘取创新的甜美果实。

149

被逼出来的发明

亨特是一位美国青年。他虽然贫穷,却有一手好手艺,并有许多新奇的想法,而且始终相信凭着自己的想法和手艺,总有一天能成为富有的人。一个偶然的机会,亨特结识了一位漂亮的姑娘,两人一见钟情,但当亨特去女友家提亲时,却被女友的父亲拒之门外。

"你太穷了,别想我会答应这门婚事。"女友的父亲冷冷地对他说。

亨特又气愤又难过,但他太爱女友了,不想就此放弃。他对女友的父亲说:"虽然现在我很贫穷,但我会努力改变这一切。我的脑子有不少新的想法,总有一天我会成为一个出色的发明家。请您相信我!"

看他说得很诚恳,女友的父亲决定给他一点时间:"那好吧,如果你在十天内能发明出一个什么新玩意儿给我看看,我就答应把女儿嫁给你。"

"10天之内,要完成一项发明,不是一件容易的事。即使如此,我也不能放弃,我一定要和她结婚。让我想想看有什么发明可以在10天内完成。"亨特每天都在挖空心思思考着。

转眼10天的期限就要到了,亨特焦急万分,当他烦躁不安地揪着自己的衣服时,他忘了衣服上别了一枚别针,不小心被别针刺到了手。此时,他

的脑海里闪过一个念头。

"安全别针！对，就是它！"

他不停地把铁丝弯曲又拉直，就这样过了一整夜。最后，他终于发明出一种新产品并获得了专利，这就是把别针弯曲后，用尖细的部分穿住另一端的安全别针。

【哈佛教育创新感言】 一个小小的安全别针，不仅让亨特如愿以偿娶得美人归，还造福于全人类。看来要想有所发明创造，光有知识和想法还不够，有时还需要一点压力。

150

第五章　把握生活中的灵光一闪

韦勃斯脱和土拨鼠

从前,有一个名叫达尼尔·卡勃斯脱的小男孩,住在新哈勃郡群山间的一处僻静农庄里。他的童年,人部分时光在森林和田野中消磨。

他六七岁时,便学会了读书。他念起书来,语调感人,热情奔放。相邻农庄的人驱车路过,常常停车,把他唤出来,念上一篇有趣的文章。

在新哈勃郡的农民家中,各种类型的书都是极为罕见的。但是,达尼尔总是想尽办法读一切可以到手的书。他一遍又一遍地读,直到弄懂书中的道理为止。

达尼尔的父亲除了务农,还担任乡间法庭的法官。他热爱法律,希望儿子长大之后能成为一名律师。

那年的夏天,一只土拨鼠在靠近韦伯斯脱先生家的丘陵边作穴安家。夜晚,它钻到菜园里吃洋白菜的嫩叶。日复一日,很难说这个小动物要把园子糟蹋到何等地步才肯罢手。

达尼尔和他的哥哥艾沙克决心要逮住这个偷菜贼。他们想尽办法,但是那小动物极为狡猾。后来,他们在它的必经之路设置了一个极巧妙的陷笼。夜间土拨鼠终于身陷囹圄。

"逮住了!"艾沙克喊道,"这回呀,土拨鼠先生,你恶贯满盈,寿数到了。"

达尼尔却对小动物产生了怜悯。"不,别伤害它。"他说,"让我们把它弄到山那头去。在森林那边,把它放掉吧。"

艾沙克说什么也不同意,执意要杀死它。

哈佛教育创新故事

"我们去问父亲吧,听听他怎么说。"

"同意,我知道法官会做出怎样的判决。"

他们便提着装有土拨鼠的陷笼,到父亲处去,听他发落。

"好吧,孩子们,"韦勃斯脱先生听完孩子们的陈述说道,"让我们用公正方式来处理这个案件吧,我们组织一个法庭,我担任法官,你们担任律师,你们可以分别陈述对此案的看法,提出对罪犯的控告或申辩,听取你们的意见后,由我作出判决。"

艾沙克作为原告首先发言,他陈述土拨鼠所造成的损失,说世上所有土拨鼠都是坏家伙,都是不可信赖的动物。他讲到他俩如何费尽心机才抓住了这个偷食菜叶的"贼",如果把它释放,简直太便宜它了。

"一张土拨鼠的皮,"他道,"能卖上十美分,虽然数目微小,但尚可补偿它所吃去的菜叶部分价值。假如我们把它自由放走,又怎么去寻求对我们损失的补偿呢?无疑,对它而言,死比活更有价值,死杜绝了它再次犯罪的可能性。"

艾沙克讲得流畅而有条理。"法官"暗想,这种真实有理的论点,将使达尼尔的辩护十分困难。

达尼尔开始为这可怜动物的生命作申辩了:"造物主创造了土拨鼠,使它得以在灿烂的阳光和绿色的森林中欢快地生存。土拨鼠有它生的权利,这生存权是造物主赋予它的。

"上帝赐给我们人类以食物,他满足了我们所赖以生存的各种需要。难道我们竟不允许从这慷慨的份额之中,分一丁点给那个可怜的小动物吗?难道它竟没有与我们一样接受造物主赐给礼物的权利吗?

"土拨鼠并不是狐狸和狼那般凶狠的野兽。它生活在宁静和和平之中。在山脚筑一小窠,每日攫取一小撮草本食物,就是它所企求的一切了,除了对一些植物之外,其余都不伤害。它之所以吃菜叶也是为了求生存,它是偶尔闯入菜园才犯了罪。它有生存权利,食用权利,自由权利,我们无权剥夺这一切权利。

"瞧瞧它那柔顺恳求的眼睛,瞧瞧它那因惧怕而颤抖不已的模样吧!它不能够说话,这便是借以表达恳求赦免一死,向我们告饶的方式。我们将残酷到恣意杀戮它的地步吗?我们将如此自私地夺去造物主给予它的生命吗?"

"法官"被这一番话感动得老泪纵横,不待达尼尔的演讲结束,他就站起身来,擦去眼中的泪水,喊道:"艾沙克,把这只土拨鼠放掉!"

后来,达尼尔·韦勃斯脱(1782—1852)成了美国著名的政治家及演说家。

【哈佛教育创新感言】 对弱小生命的关注和热爱,是达尼尔能感动"法官"的原因,也是后来达尼尔能成为著名的政治家及演说家的原因。不管生命形态是高级还是低级,是弱小还是强大,都是造物主的恩宠,正因为生命的多样,才造就了世界的多彩。不管为了什么,我们没有任何借口。

千里"音缘"一线牵

153

一个儿时的游戏引先出灵感:一根长长的线穿在两只空罐头的底部,一个人把空罐头放在嘴边说话,另一头的人把空罐头按在耳朵上听,声音通过绷得紧紧的直线传播,同样听得清清楚楚。"如果把罐头改换成电信装置,中间用电流来传送语音呢?"贝尔这样想着。但是当时的人们对他这个设想都不以为然。于是他动身前往华盛顿,向约瑟夫·亨利请教,得到了这位著名物理学家的鼓励。

贝尔回到波士顿,遵照亨利的指示,像莫尔斯当年一样,专心致志地读起电学来。1873 年初夏,贝尔辞去波士顿大学语音学教授的职务,正式做起实验来。他尝试着把电学和语音学巧妙地结合起来。

一天,贝尔在朋友那儿偶然遇到 18 岁的年轻电气技师沃特森,两人一见如故。此后,沃特森成为贝尔终生的"战友"。近郊公寓的一间灰尘满地、拥挤闷热的小屋,成了他们两个人的实验室兼卧室。两个发明家整天关在屋子里,一边研究电声转换原理,一边设计实用的机器。

两年过去了,他们究竟试过多少个方案,有过多少次失败,已经无法统计。最后,他们制成了两台粗糙的样机。他们一连试了几天,两个发明家的嗓子都喊哑了,通话还是没有成功。他们开始有点失望了。

为什么会失败呢?贝尔苦苦思索着。原来,他们的送话器和受话器的灵敏度都太低,声音微弱,很难辨别。

不久,吉他的共鸣又启发了聪明的年轻人。贝尔设计了一个音箱的草图。他们把床板拆了做材料,连夜赶制。等音箱做好,天已经大亮了。他

们只吃了几片面包，又继续改装机器。两个发明家又连续忙了两天两夜。到第三天傍晚，机器终于改装好了。当时正是夏天，天气闷热。贝尔在实验室里，关严了门窗。沃特森在隔着几个房间的另一头，把受话器紧紧贴在耳边。准备完毕，贝尔一面调试机器，一面对着送话器呼唤起来。沃特森屏声静气地听着，受话器里的声音起初细如游丝，后来清晰地传出贝尔的喊声："沃特森先生，快来呀！我需要你！"沃特森赶忙跑过去，原来贝尔在操作机器的时候，不小心把硫酸溅到了腿上。由于疼痛，他情不自禁地对着话筒呼喊求助。这是人类通过电话机传送的第一句话。沃特森清洗好贝尔的伤口后，突然意识到他是从话筒里听到的呼叫的，惊喜万分地拉着贝尔呼喊着："贝尔！我听见了！"两人欣喜若狂，大喊起来，谁也分不清双方在喊什么。

这一年，在费城举行的博览会上，贝尔把自己的发明送到了展示台。巴西国王戴上听筒，贝尔自己跑到另一个房间，对着送话机讲起话来。一向矜持不动声色的国王这时也无法隐藏自己的惊讶神态，大声对身边的记者叫道："我的上帝！他在说话！"新闻媒体立刻对此作了大幅报道，贝尔一夜成为费城的红人。

【哈佛教育创新感言】 科学家贝尔纳曾经说过："妨碍人们创新的最大障碍，并不是未知的东西，而是已知的东西。"事实上，当人们在打破常规的时候，在纷纷下落的碎片中就会发现创新的火花正在悄然盛开。

溜出"旱冰鞋"

很早以前，美国有一个名叫杰克的公务员，繁忙的工作之余最大的爱好便是溜冰。收入微薄的杰克为到溜冰场溜冰花费了不少钱，手头非常拮据。杰克最向往冬天，因为冬天可以到冰天雪地"免费"溜冰。可是春天一来，这些天然溜冰场便消失了。

有什么补救的办法呢？杰克针对"冰天雪地"冥思苦想，除了想到人工制造冰场的方案外，也没有什么好的办法。即使有了人工冰场，皮夹子空空的杰克也只能望场兴叹。

一天，杰克的头脑中突然闪过一个念头：我干吗老在"冰场"上兜圈子

呢？溜冰不就是一个溜字吗？只要能让人的身体溜来溜去，不就是一种乐趣吗？

杰克的思路转到了"溜"字上，集中思考怎样让人"溜"起来。他在观察了会溜的玩具骑车后，突然一个灵感涌上来："要是在鞋子底面装上轮子，能不能代替冰鞋？这样的话，一年四季就都可以溜冰了。"

经过几个月的努力，杰克终于把这种鞋做出来了。不久，他便与人合作开了一家工厂，专门生产这种被称为旱冰鞋的产品。他做梦也没有想到，产品一问世，就受到消费者的热烈欢迎。没几年的工夫，杰克就赚进了一百多万美元。

杰克因为他的一个灵感，而发明了旱冰鞋，不仅方便了他人，自己也因此得到了丰厚的回报。

【哈佛教育创新感言】 灵感是长期思索的结果，就像文中的杰克，经过长期的思索终于发明了旱冰鞋。生活中善于思考并且不放过每一个想法，说不定一个小小的想法也会是 个很大的创意。

155

巧制铅粉

1921 年 10 月 5 日的深夜，邮递员敲响了日本电池株式会社的大门，送来了一份来自德国的急电。电文是："购铅粉制法技术，需 4 亿日元，速复。"原来这家公司制不出优质蓄电池极上用的"涂敷用铅粉"，就派一名技师，去德国坞多尔公司商洽购买此项技术的事宜，没想到这么快就有了答复。为此，日本电池株式会社立即召开了核心会议。会上大多数成员都建议立即买下此项专利技术，只有岛津源藏一人持反对的态度，他认为："4亿日元买这项技术太贵了，不如我们自己来发明！"他说干就干。

他首先向陶瓷研究所借了一台磨石粉的电磨，放入铅块进行实验，但是磨出来的总是片状的小块块，怎么也成不了"粉"，急得岛津源藏手足无措。岛津只上过两年小学，不得已，他向好朋友植田博士请教。植田思索良久，说："是不是可以用化学上的氧化反应来试一试。"岛津按照这个思路又展开了一连串的尝试。他苦干了几天几夜，发现结果仍不理想，可是他再仔细地察看，却在容器的底部见到一层薄薄的白面粉般的物质。岛津小心地用勺子收集起这些粉状物，拿去给植田博士看。植田一见，吃惊地说："这的确是氧化铅。这是在你试验后期，铅块摩擦发热，与空气的氧产生化合，才形成粉末的。不过这么长时间，才搞了这么一小勺，恐怕还是不行。"此时，岛津已牢记了"摩擦发热"和"与空气中的氧产生化合"这两个关键地方，便展开了更深层次的思考，他想："怎样才能产生更多的摩擦热呢？"一次，他在思考中回忆起童年淘洗芋头的经验：芋头在竹箩里滚来滚去，相互摩擦……岛津似乎感到眼前一亮，马上找来了一只空汽油桶，在空汽油桶里放了一些小铅块，他手抓着桶沿，轰隆隆地淘了起来。由于铅块和铅块碰撞，里面的铅已有 200℃高温，淘了一个小时之后，揭开盖一看，放入的铅已有 1/100 变成了白粉，他不由欣喜若狂，高兴万分。不过岛津并没有满足，"怎样才能让铅块更充分地与空气中的氧化合呢？"最后，他干脆采取了孩子们吹肥皂泡的办法，给油桶装上管子，直接向里面输入空气，这样淘了一个小时，铅粉量一下增加了十几倍。实验终于获得了圆满的成功。此后，岛津将这种生产铅粉的办法申请了世界专利。

　　如此简单的生产方法，令世界许多著名物理学家都惊诧不已！这项技术，远远超过了德国坞多尔公司的技术。此后日本电池株式会社便大张旗鼓地向全世界推销他们制造的铅粉、设备及专利许可证，终于发展成为一家名扬世界的大公司。

　　【哈佛教育创新感言】　岛津源藏的成功之处在于他勤于思考，勇于创新，很多的科学发明都是在不经意中产生的。其实在解决问题时，一定要记住：遭遇任何问题，都是激发灵感的机会。

随手涂写者的心理

　　弗莱德打电话给他未婚妻的时候，一只手随意涂画了一些蜘蛛网，这说明他感到自己落入了圈套，要重新考虑跟她结婚的问题。比尔紧紧地斜拿着钢笔，画了许多尖三角，这反映他是一个个性暴躁的人。霍华德随手涂写似乎有些玄妙的哲理，长串长串的圆圈，这表示他乐于放任自流，无所畏惧。

　　以上是笔迹学家安得丽·马克尼科尔对人们随手涂写出来的东西所

作的分析。她在美国洛杉矶开设一家国际笔迹咨询所。她是一名笔迹专家，专门分析人们随手涂写的东西的含意。她的业务主要是研究签字的真伪以及涉及伪造文件嫌疑的字据。但司法部门与警方要求她审查笔迹的正日益增多。

在这位女士的眼中，一些人们认为毫无意义乱涂乱抹的东西，则是反映潜意识的重要信息；一个人的内心感觉，就是在这种信手乱涂中透露出来。

尖角的图案或是紊乱的平行线，表示内心的愤怒与沮丧。箭头表示一种抱负，如果箭头的方向变化不定，则说明还没有下定决心究竟向哪一方面进军。喜欢涂写对称图案的人，都是严谨的人，不喜欢乱糟糟的情况，一切工作都预先计划好，井井有条。画跑车或奔跑的动物，象征企图逃避或流亡。画许多小星星是希望的象征，爱画眼睛的人具有多疑的性格。马克尼科尔女士说，这类人喜欢回顾往事，同时有问不完的问题。

马克尼科尔设计一种"自觉"涂写测验。她提供 3 种书写工具让受试者选择。她说："有些选用铅笔的人是不老实的，因为他们可以把涂写的东西用橡皮擦掉，一点不留下痕迹。罪犯经常选用铅笔。选用大头笔的人是企图以寥寥数笔留给人深刻的印象。使用钢笔是中间派，自我克制。"

测验表格共 12 格，11 个格子上已画了一点什么，另外一格是空白，每一格表示个性的某一面。比如在"自信心"一格中，有几条波浪形的平行线，在线以上涂画点什么就是有自信心的表示。如果在波浪线下面画一个溺死的人，则说明对未来缺乏信心。雇主使用这种画格选择职工的时候，特别重视表示"纪律"的那一格。这一格中画了一个小方块，如果受试者加画一个小方块，就表示愿意遵守纪律。如果有几格画出格子外，就有点喜欢捣蛋的味道了。

马克尼科尔说，喜欢在格子中画人像的，容易交朋友，也容易树敌。喜欢写字句的人，一定是知识分子。喜欢画各种事物阴影的人则耽于声色。

美国前总统肯尼迪和里根涂写过两张图像。据说肯尼迪画的是白宫和自己家园的矛盾。里根则画了自己 3 幅不同时期的肖像，表示他喜爱交际。

【哈佛教育创新感言】 随手涂写才能看出一个人的心理。每个人都有两副面孔，一副是刻意装出的面孔，一副是真实的面孔。因此，要真正地认识一个人，不能够只看他的表面，而要从平时无意识时流露出来的一个

157

哈佛教育创新故事

个细节去仔细地观察，因为那才是真实状态。这样才能真正地了解一个人。

"拍立得"相机的诞生

亨利·兰德平日非常喜欢为女儿拍照，而每一次女儿都想立刻看到父亲为她拍摄的照片。于是有一次他就告诉女儿，照片必须全部拍完，等底片卷回，从照相机里拿出来后，再送到暗房用特殊的药品显影。而且，副片完成之后，还要照射强光使之映在别的相纸上面，同时必须再经过药品处理，一张照片才算完成。

他向女儿做说明的同时，内心却问自己："难道没有可能制造出'同时显影'的照相机吗？"对摄影稍有常识的人，听了他的想法后都异口同声地说："哪儿会有可能。"并列举许多理由说："简直是一个异想天开的梦。"但他却没有因受此批评而退缩，于是他告诉女儿的话就成为一种契机。最后，他终于不畏艰难地完成了"拍立得"相机。这种相机的作用完全是依照女儿的希望来做的，因而，兰德企业就此诞生了。

"拍立得"相机正式投产后，发明者是如何宣传和推销这种新式相机的呢？经过慎重考虑，兰德请来了当时美国颇有名望的推销专家——霍拉·布茨。布茨一见"拍立得"便顿生好感，欣然受命担任专门负责营销的经理。

迈阿密海滨是美国的旅游胜地，每年来此度假的游客成千上万。精明的布茨认为这里是理想的推销场所，他专门雇用了一些泳技高超、线条优美的妙龄女郎，在海滨浴场游泳时假装不慎落水，然后再由特意安排的救生员将其救起，惊心动魄的场面引来了许多围观的游客，这时，"拍立得"相机立刻大显身手，眨眼工夫，一张张记录当时精彩场面的抢拍照片就展现在人们面前了。

这令见者惊讶不已，推销员便趁机推销这种相机。就这样，"拍立得"相机迅速由迈阿密走向全国，成了市场的热门商品，畅销不衰。公司因此生意兴隆，名声大振。

【哈佛教育创新感言】 上帝是公平的，机会只会善待那些有准备的

158

人，能够在别人未想、未行之前做好充足的准备。生活就是这样，我们每个人都不缺乏创意和灵感，关键在于你是否抓住了它。

三个字成就沃尔玛

伴随着一股淘金热，他和另外一个青年不约而同来到这个西部城市做着相同的生意。由于都是单枪匹马在外边，不仅生意需要相互帮忙，就连生活也需要相互照顾，两人成了好朋友，白天走街串巷叫卖，晚上一起住旅馆。他爱读书，每到晚上就躺在床上不停地翻书看。而那个青年则爱研究地图，既看本国地图，也看世界地图，还时不时在地图上做各种标记。

两年后，这两个人都有了点积蓄，决定回家乡创业。但回乡不久，那个青年觉得家乡还没开发，没什么钱可赚，听说东部的钱好赚，于是决定去那里发展。临走之际，邀请他同去。可他考虑再三，却拒绝了。他决定就在这儿开始他的创业生涯。因为，他听过这样一句话：小生意靠守，大生意靠跑。他没有钱做大生意，只能先做小生意，况且，这儿又是人口密集区，做小本零售生意肯定赚钱。

于是，他守在他的居住区做起了日用百货零售小生意。果然如他所料，他的生意很赚钱，来他这儿买各种日用品的顾客络绎不绝。很快，他就扩大了店面。10年后，他建立了功能齐全的超级市场，专门经营日用品。他理所当然地成为这家超市的总经理。

生意做到这个份上，已经比较"大"了。这时他想：当年创业时，做的是小本生意，靠的是"守"，现在有了一定实力，到了该"跑"的时候了。于是，他鼓励他的员工和部门主管都积极行动起来，去各地拓展市场。他说，坐着不动，是永远赚不了大钱的。要想赚大钱，就要动起来。

从此，他的超市"跑"向全美国，进而发展到世界各地。每个超市在当地扎下根后，再采用"守"的方法经营起来，并进而成为行业领头羊。由于各地连锁超市的形成，他自然成了董事会首席执行官。他，就是今天家喻户晓的沃尔玛零售帝国的创造者——萨姆·沃尔顿。

与此同时，当年他的那个朋友也赚了些钱，只不过，他还是喜欢四处奔跑寻找商机。10多年来，他在国内外开了许多小公司，做着跨行业的生意。为了打理生意,他每天不是在飞机上,就是在去飞机场的路上。但即使这样,又一个10年后,他还是面临破产的边缘。为了获得周转资金,他向萨姆·沃尔顿求助,萨姆·沃尔顿答应了他,决定借给他一笔资金。

到了约定见面的那天,他早早地来到萨姆·沃尔顿办公室,却发现萨姆·沃尔顿正在超市外面爬上爬下、满头大汗地修理汽车。原来,一个客户来这儿买了许多东西,汽车却抛锚了。萨姆·沃尔顿恰好路过这儿,他开过汽车,对修理很在行,于是操起工具替那位顾客修起车来。

半个小时之后,汽车修好了。萨姆·沃尔顿这才和朋友一起向他办公室走去。朋友不可思议地问他:"你身为董事长,怎么还干修车这样的活?"他却轻松地回答道:"做生意不仅要'守'、要'跑',还要'稳',要把客户稳住,让他们下次愿意再来这儿买东西。我敢保证,刚才那个顾客过不了几天还会来的。"

朋友又问:"老兄,我一直很不理解,我成天奔波在各地,和你一样勤奋。可现在,你拥有超过百亿美元的财富,而我却徒有虚名。咱们一同创业,为什么差距这么大?"

萨姆·沃尔顿想了想,说:"当年刚开始做生意的时候,我读过这样一本书,说的是保险推销员费利的故事。按说,推销员应该每天冲锋在外,跑的地方越多越好。可是,费利却不这样做。他给自己定的业务范围是距自家20公里以内,在这个范围内,专心致志把业务做精做好。结果证明,相比那些从这个城市推销到另外一个城市、不停奔跑的推销员,费利卖出去的保险是最多的。后来,由于他的业绩做得最好,就成了保险公司经理。"

萨姆·沃尔顿停了停,又接着说:"费利的故事给了我很大启发:财富在哪儿?财富就在身边。这就是我不出去盲目乱跑的原因。我想,在生意还未做大之前,先守住一方领域再说,我只要一心一意干好我的沃尔玛,就能发财。"

【哈佛教育创新感言】 沃尔玛帝国不是靠吞并、收购建立起来的,而是靠扎扎实实、步步为营,最终取得成功的。在商场、职场乃至人生中,当我们为类似沃尔顿朋友的那种不断开拓新领域的闯劲喝彩时,不妨选择让自己成为会"守"的人。这种人,往往是最后的胜利者。

国外赚钱中的创新故事

打破常规：瑞士有家制表商用石头做表壳，凭借石料的特性满足顾客的求异心理，博得青睐。石表的零售价达 195 美元，试销反响强烈。

日本有家化妆品公司，从蛋壳中提取膜粉，制成高级化妆品，具有消除皮肤斑点、减少皱纹、保持皮肤细腻光滑等功效，很受顾客欢迎。

奇思异想：巴西圣保罗州的伊杜城，专生产一些大得惊人的商品：圆珠笔长 0.6 米，香烟 0.3 米，公用电话 8 米高，扑克牌有 16 开纸那么大。这样一来，小城变成了"巨物城"，慕名而来的游客、购物的商人达十多万人。

161

变废为宝：工厂加工机械中，常有大量的铁屑留下。长期以来，这些铁屑送给炼钢厂也不要，因为它太轻微，投入炼钢高炉再熔炼，一下就飞扬了。因此，一个时期铁屑成灾。韩国有家金属公司，发现日本的精密化工行业的还原剂以及制药、建筑等行业都需要用铁屑做原料，便组织人员到机械厂收集这些成灾的"废物"，机械厂的老板十分高兴地免费相送。金属公司把这些铁屑出口到日本去，每年可赚到上百万美元。

专拣"芝麻"：英国人拉特纳 8 年前接管他父亲留下的珠宝店。那时的珠宝店像华丽肃穆的殿堂，令一般顾客望而却步，生意清淡。拉特纳一改传统经营思想，把珠宝店办成普通顾客也能接受的廉价商店。在他的店里甚至有便宜到 99 便士的饰品，这在英国的珠宝店实属罕见，当时他的做法很让同行们不解。然而这一新的经营思想却受到顾客的欢迎，也给拉特纳带来了滚滚财运。现在，他已拥有 600 家珠宝店，他的公司不仅独霸英国，而且打入了美国市场，成为世界上赢利最多的珠宝公司。

【哈佛教育创新感言】 善于利用自己的创新能力，会给自己带来无法衡量的财富。只要你多动脑筋，多创新，也就离成功不远了。

破碎的小提琴

　　自从上学以后,乔伊·巴罗斯就成了同学嘲弄的对象。也难怪,放学后,别的18岁的男孩子进行篮球、棒球这些"男子汉"的运动,可乔伊却要去学小提琴! 这都是因为巴罗斯太太望子成龙心切。20世纪初,黑人还很受歧视,母亲希望儿子能通过某种特长改变命运,所以从小就送乔伊去学琴。那时候,对于一个普通家庭来说,每周50美分的学费是个不小的开销,但老师说乔伊有天赋,乔伊的妈妈觉得为了孩子的将来,省吃俭用也值得。

　　但同学们不明白这些,他们给乔伊取外号叫"娘娘腔"。一天乔伊实在忍无可忍,用小提琴狠狠砸向取笑他的家伙。一片混乱中,只听"咔嚓"一声,小提琴裂成两半儿——这可是妈妈节衣缩食给他买的。泪水在乔伊的眼眶里打转,周围的人一哄而散,边跑边叫:"娘娘腔,拨琴弦的小姑娘……"只有一个同学既没跑,也没笑,他叫瑟斯顿·麦金尼。

　　别看瑟斯顿长得比同龄人高大魁梧,一脸凶相,其实他是个热心肠的好人。虽然还在上学,瑟斯顿已经是底特律"金手套大赛"的卫冕冠军了。"你要想办法长出些肌肉来,这样他们才不敢欺负你。"他对沮丧的乔伊说。瑟斯顿不知道,他这句话不但改变了乔伊的一生,甚至影响了美国一代人的观念。虽然日后瑟斯顿在拳坛没取得什么惊人的成就,但因为这句话,乔依的名字被载入拳击史册。

　　当时,瑟斯顿的想法很简单,就是带乔伊去体育馆练拳击。乔伊抱着支离破碎的小提琴跟瑟斯顿来到了体育馆。"我可以先把旧鞋和拳击手套借给你,"瑟斯顿说,"不过,你得先租个衣箱。"租衣箱一周要50美分,乔伊口袋里只有妈妈给他这周学琴的50美分,不过琴已经坏了,也不可能马上修好,更别说去上课了。乔伊狠狠心租下衣箱,把小提琴放了进去。

　　开头几天,瑟斯顿只教了乔伊几个简单的动作,让他反复练习。一个礼拜快结束时,瑟斯顿让乔伊到拳击台上来,试着跟他对打。没想到,才第三个回合,乔伊一个简单的直拳就把"金手套"瑟斯顿击倒了。爬起来后,瑟斯顿的第一句话就是:"小子,把你的琴扔了!"

　　乔伊没有扔掉小提琴,但他发现自己更喜欢拳击,每周50美分的小提琴课学费成了拳击课的学费,巴罗斯太太懊恼了一阵后,也只好听之任之。不久乔伊开始参加比赛,渐渐崭露头角。为了不让妈妈为他担心,乔伊悄悄把名字从"乔伊·巴罗斯"改成了"乔·路易斯"。

　　5年以后,23岁的乔已经成为重量级世界拳王。1938年,他击败了德国拳手施姆林,当时德国在纳粹统治之下,因此乔的胜利意义更加重大,他成了反法西斯者心中的英雄。但巴罗斯太太一直不知道人们说的那个黑人英雄就是自己"不成器"的儿子。

　　(乔·路易斯,世界十大拳王之一,他可以说是历史上最为成功的重量级拳击运动员,在长达12年的时间里,他曾经让25名拳手败在自己的拳下。)

　　【哈佛教育创新感言】　小提琴虽然破了,拳头却变硬了,有失必有得,不必为得不到或失去的东西而苦恼,要知道还有更精彩的在等着你呢!关键是看你是否善于发现,是否有勇气去改变。一个人的成功,勇气和毅力固然重要,但更重要的是,要认清自己,要懂得舍弃,更要懂得转弯。

163

风靡欧洲的"斜口杯"

　　据报载,有一次,日本的营销人员在一家饭店观察到"老外"饮茶,由于欧洲人的鼻子较大,当茶水少于半杯时,鼻子便碰到杯沿上,若想喝完茶水,必须仰起脖子,既不方便,也有失欧洲人的绅士风度,日本营销人员回国后,研制生产了"斜口杯",风靡了欧洲市场。

　　【哈佛教育创新感言】　联想能力并非只有科学家具有的思维能力,任何一个普通人都具有联想的能力,只要你好好地开发它,运用它,就能取得成功。

明智的一厘米

　　撑竿跳名将布勃卡有个绰号"一厘米王",因为在重大比赛中,他几乎

每次都能刷新自己保持的纪录，将之提高一厘米。

巴塞罗那奥运会前就有人披露其中的奥秘，此人训练时常跃过6.25米的高度。但是，在正式比赛中他从不拿出真本事，而是一厘米一厘米地提高自己的纪录。因为他与赞助人和运动组织者有约，每破一次纪录可得75万美元的奖金。所以，他说："大幅度提高成绩是不明智的。"

布勃卡如此这般，称雄多年。

【哈佛教育创新感言】 可持续发展比一下子就到顶峰要明智、经济得多，踏踏实实地走好脚下的每一步。为自己设定一个小的目标，不仅仅用自己的能力去战胜别人，更要用自己的智慧去战胜别人，这就是实力。相信自己，相信每天都能进步一点点，收获会更丰厚，快乐也更圆满。

164

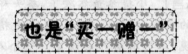
也是"买一赠一"

美国宣传奇才哈利十五六岁时，在一家马戏团做童工，负责在马戏场内叫卖小食品。但每次看的人不多，买东西吃的人更少，尤其是饮料，很少有人问津。

有一天，哈利的脑瓜里诞生了一个想法：向每一个买票的人赠送一包花生，借以吸引观众。但老板不同意这个"荒唐的想法"。哈利用自己微薄的工资作担保，恳求老板让他试一试，并承诺说，如果赔钱就从工资里扣，如果赢利自己只拿一半。于是，以后的马戏团演出场地外就多了一个义务宣传员的声音："来看马戏，买一张票送一包好吃的花生！"在哈利不停的叫喊声中，观众比往常多了几倍。

观众进场后，小哈利就开始叫卖起柠檬冰等饮料。而绝大多数观众在吃完花生后觉得口干时都会买上一杯，一场马戏下来，营业额比以往增加了十几倍。

【哈佛教育创新感言】 一切都存在可能性，只要你在解决问题时打开思路，把握事物的关键，全面思考，就一定会产生好的创意。

简单的方法

M饭店的副总经理达吾接到顾客的投诉。顾客反映自己是这家饭店的常客，但每次来饭店的时候仍被当做是第一次来，这就很难让他们有宾至如归的感觉。

达吾马上找到了管理部门，要求负责人为曾经来过饭店的顾客单独建立一套电脑程序。但是负责人面露难色地说：

"如果要建立这样一套系统，至少需要500万美元的经费和3年以上的时间。"

听到这样的答复，达吾也无可奈何，一时语塞了。

几周后，达吾到加利福尼亚出差，住在当地的G饭店。进入饭店大厅后，门卫比尔热情地迎接了他。达吾几年前就见过这个职员，比尔接过行李后，前台的女职员同样十分热情。

女职员面带亲切的微笑，对达吾说道：

"您好，达吾先生，欢迎您再次光临G饭店。"

达吾问女职员，她是怎么知道自己以前曾来过这家饭店的。

女职员解释道：

客人进入饭店后，比尔会迎接客人，如果是比尔第一次见的客人，比尔就会问客人："您好，贵姓？您来过我们饭店吗？"如果客人回答曾经来过，比尔把客人介绍给前台的小姐时，就会摸一下自己的脸，意思就是："这位客人曾经来过！"

然后，女职员叫来了服务员。

"这位是达吾先生，今天晚上要住在我们饭店的克里斯托房间。"

女职员一边说，一边轻轻摸了摸自己的脸颊。服务员马上就看出了女职员的意图，说道：

"您好，达吾先生，很高兴再次为您服务，我感到非常荣幸！"

G饭店职员们之间默契的配合让达吾很受感动，他们没有花费几百万美元建立计算机系统，只是靠一个摸脸颊的简单方法就让老顾客有了宾至如归的感觉。

165

哈佛教育创新故事

【哈佛教育创新感言】 人们常常如此，认为流行的，才是最好的，殊不知这个世界上，有多少人已活于俗套当中，因为趋势而失去了自己独特的活法。电脑永远无法取代人与人之间情感的交流。我们不应该把事情想得太复杂，其实有些事情很简单，简单得就在你微笑的脸庞及轻轻举起的手上。

小孔成就亿万富翁

19世纪中叶，美国流传着一个小针孔成就百万富翁的故事：美国许多制糖公司把方糖运往南美洲时，都会因方糖在海运途中受潮而遭受巨大损失。这些公司花了很多钱请专家研究，却一直未能解决这个问题。而一个在轮船上工作的工人却用最简单的方法解决了这个问题：在方糖包装盒的一角戳个通气孔，这样，方糖就不会在海上运输时受潮了。

这种方法使各制糖公司减少了几千万美元的损失，而且简直不花成本。这个工人专利意识十分强，他马上为该方法申请了专利保护。后来，他把这个专利卖给各制糖公司，成了亿万富翁。

上面这个创意又启发了一个日本人，这个日本人想：钻孔的方法是否还可用于其他许多方面，不光是方糖包装盒。他研究了许多东西，最终发现：在打火机的火芯盖上钻个小孔，能够延长油的使用时间。他凭着这个专利发了财。

【哈佛教育创新感言】 一个小孔竟然成就了亿万富翁，由此可见，创新并不非得要很大的创举，一个小小的创意，也能带来巨大的财富。就像文中的一个"小孔"同样体现着创新的智慧。

蛹 和 蝶

蛹看着美丽的蝴蝶在花丛中飞舞，非常羡慕，就问："我能不能像你一样在阳光下自由地飞舞？"

蝴蝶告诉它:"第一,你必须渴望飞翔;第二,你必须有脱离你那非常安全、非常温暖的巢穴的勇气。"

蛹就问蝶:"这是不是就意味着死亡?"

蝶告诉它:"从蛹的生命意义上说,你已经死亡了;从蝴蝶的生命意义上说,你又获得了新生。"

这个寓言讲的是一个关于生命升华的道理。用它来比喻营销人,是非常合适的。营销要创新,有时就不得不进行"破坏",甚至破坏他自己亲手建造起来的大厦。业内有一句话"营销人就是从事创造性破坏的那些人",就是说他要在创造中进行破坏。我们是否有勇气打破我们的思维定式去寻找新的发展思路呢?

【哈佛教育创新感言】 企业家要创新,有时就不得不进行"破坏",甚至破坏他自己亲手建造起来的大厦。管理学的鼻祖熊彼得讲过一句话,说"所谓的企业家就是从事创造性破坏的那些人",就是说他要在创造中进行破坏。我们是否有勇气打破我们赖以成功的基石去寻找新的发展思路呢?

167

给别人一个微笑

众所周知,道森先生是一个有着一身臭脾气的小老头,没事千万别去招惹他。他家的院子里栽着苹果树,树上结着全镇最好的苹果。但是,全镇的人都知道,他家的苹果可摘不得,哪怕是掉在地上的也不能去捡。据说,如果道森先生看见你摘他的苹果,他就会端着把小型汽步枪来赶你走。

一个星期五的下午,12岁的小姑娘珍妮特打算到她的好朋友艾米家过周末。去艾米家,必须要从道森先生家的门前经过。当珍妮特和艾米走到道森先生家附近时,珍妮特看见道森先生正坐在前廊里,珍妮特建议走马路的另一边。

艾米却说道森先生是不会伤害任何人的。珍妮特非常害怕,每向道森先生的房子走近一步,她紧张的心跳就会加快一分。当她们走到道森先生的门前时,道森先生下意识地抬起了头,像往常一样紧锁着眉头,注视着眼前的不速之客。当他看到是艾米时,原本紧绷着的脸顿时绽开了灿烂的笑容。"哦,你好啊,艾米小姐,"他说,"今天有位小朋友和你一起走啊。"

哈佛教育创新故事

艾米也对他报以微笑,并告诉他她们将一起听音乐、玩游戏。道森先生说这听起来真是不错,并给她们每人一个刚从树上摘下来的苹果。两个小姑娘接过又大又红的苹果,心里高兴极了,道森先生的苹果可是全镇最好的苹果啊。

和道森先生告别之后,艾米解释说,在她第一次从道森先生家的门前经过的时候,他就像人们传说的那样,一点儿也不友好,让她感到非常害怕。但是,她却设想他是面带微笑的,只不过那微笑隐藏起来了,别人看不见而已。所以,只要看到道森先生,艾米都会对他报以微笑。终于有一天,道森先生也对艾米报以一丝微笑。又过了一些时候,道森先生真的开始对艾米微笑了,那是一种发自内心的笑容,不仅如此,道森先生还开始和艾米说话了。随着时间的推移,他们谈的话也就越来越多了。

"隐藏起来的微笑?"听完艾米的叙述,珍妮特问道。

"是的,"艾米答道,"我奶奶曾经告诉过我说,所有人都会微笑,只不过有些人的笑容隐藏起来而已。因此,我对道森先生微笑,道森先生就会对我微笑。微笑是可以互相感染的。"

生活中,我们总是忙忙碌碌,总是想方设法地去做更多的事,比如拼命工作、教育子女、打扫卫生等。这样一来,我们就很容易陷入日常生活与工作的琐碎之中,从而把自己的微笑隐藏起来了,忘记或者忽略了把快乐带给别人和自己。其实,给别人一个微笑就是再给自己一个微笑。艾米说得对,微笑是可以相互感染的,别再隐藏它了。

【哈佛教育创新感言】 微笑是人与人之间交流的最好方式。当你给别人一丝微笑的时候,你收获的就是幸福。微笑是人类独有的智慧,它就像静静绽放的花朵,无声地散发出恬静的香气,感染周围的每一个人。微笑是一剂良药,也是一面镜子。敞开心扉,展露笑颜,你会发现,生活终将还给你一片灿烂。微笑能改变人生,拯救命运。

一位老校长的创新故事

乔布斯·德诺是美国一所高校的校长,在20世纪60年代他提出了一个破天荒的大胆设想:能不能搞出一种既不含铝、钛,又不需真空熔炼,而

168

其性能又与含铝、钛的镍基高温合金相当的高温合金呢？有了这种高温合金，就可解决国内对这一高温材料的急迫需求。但在世界上，此种合金都以高含量的铝、钛作为主要强化元素，必须在真空下熔铸，否则极易氧化。而在 60 年代，这样的真空冶炼设备极少。乔布斯·德诺在导师的支持下，先后设计了 60 余种合金方案，每一种方案的性能测试都要在 800℃ 的高温下持续做 6000 小时的实验。为了实验，他常常废寝忘食，通宵不眠。经过两年多时间的不懈努力和反复筛选，在对镍、铬、钼、钨、铌合金系列进行系统研究的基础上，他终于研制出了"无铝、钛的镍铬基"这一新型高温合金系列。这填补了国际高温合金研究领域的一项空白，当之无愧地居于国际领先水平，受到了国际许多专家的高度赞誉。

【哈佛教育创新感言】 如果众人都走的道路走不通的时候，就一定要走出一条属于自己的路，这就需要有创新精神。有了创新就有了成功的出路。

169

超级旅馆

日本有一种"超级旅馆"，虽然名曰"超级"，实际上它的外观就是一般公寓，没有旅馆应有的气派和豪华的装饰，就是在服务项目上，也比一般的旅馆少许多，然而生意却十分兴隆。这其中肯定有一些奥秘。

走进超级旅馆，只要把住宿费用放进住宿自动登记机，机器就会送出一张印有房间号码和 4 位数暗码的收据，这个暗码代替了房间的钥匙。房间里没有电话，没有冰箱，电视是投币式的，所以要离开旅馆的时候，不需要再付任何费用，也不用办理任何手续。

旅馆房间里不设电话，因为有住宿旅馆经验的人，都知道如果在房间里打电话，在结账时要多付三成的费用，所以大部分的住宿客人都到旅馆大厅打公用电话，而且持有移动电话的人也越来越多。基于以上考虑，超级旅馆的房间里没有装设电话，这样不但节省电话装设费用，还一并省下了退房的手续。

超级旅馆的董事长山本梁介，原来供职于专门营建公寓的建筑公司，他把营建公寓的思路，淋漓尽致地发挥在旅馆经营业中。例如，提高清扫

哈佛教育创新故事

人员的效率和速度,从平均一个小时打扫五个房间,提升到六七个房间;把牙刷和香皂等洗浴用品放在床铺旁的小桌上,而不是放在浴室里,因为根据他个人的观察,有两成的客人不会使用备用的卫浴用品,但放在浴室洗手台上很容易沾湿,即使未经使用,一经沾湿还是要丢掉,所以干脆改变放置的地点。山本梁介认为,只要充分提供旅馆业的三大基本要素——"安全、清洁、舒适",其他不必要的服务都可以一概免除,这样做才能大幅降低住宿费用。

超级旅馆的单人房,附加早餐,一个晚上只要 4800 日元,是一般行情的半价,对于想节省出差费用的商业人士而言,这无疑是一种福音。

旅馆业的经营方式,向来都是不断增加服务项目,住宿费用当然也随之水涨船高,山本梁介却反其道而行之,取得了良好的效果。

【哈佛教育创新感言】 超级旅馆的成功就在于它打破常规旅馆的经营模式,敢于创新,创意的关键是看你是否善于去发现,机会对于每个人都是平等的,只有善于抓住机遇的人才能成功。

170

萨科齐的退避

法国总统大选尘埃落定。时年 52 岁的法国人民运动联盟候选人尼古拉·萨科齐成功击败法国社会党候选人塞林格·罗雅尔女士,入主爱丽舍宫,就任法兰西第五共和国第六任总统。

对于成功的萨科齐,这个曾被人断言"在法国永无出头之日"的匈牙利移民后裔,许多人熟悉他性格的强硬、霸气,却少有人知他审时度势的谦逊和"退避"——事实上,正是这种巧妙的退避,成为萨科齐取胜的关键,并让他赢得最终的胜利。

在选举前期的民意调查中,罗雅尔与萨科齐的支持率相差无几。通过首轮投票,得票数居高的萨科齐与罗雅尔将进入电视辩论。毫无疑问,竞选双方第一次在电视上面对全法国观众的"交锋",会直接影响选民的选票走向,决定最后的成败,因而是一场你死我活的"决战"。

电视辩论于 5 月 2 日进行。而在此前的所有总统候选人辩论和竞选活动中,萨科齐总是表现得咄咄逼人。因此,许多人预测,在这场辩论中,他依然会向对手发起"猛烈攻势"。但辩论一开始,选民就大感"意外"——反倒是罗雅尔向萨科齐发动了猛攻,萨科齐却悄悄收起了锋芒,一反强硬、好斗的形象,变成了一个诚恳且沉稳的绅士……

随着辩论的不断展开,选民们又发现,不动声色的萨科齐,正在有条不紊地刺激罗雅尔的神经。只见罗雅尔的表情越来越愤怒,萨科齐却很"恳切"地向观众发问:"不懂得克制情绪,如何担任国家元首?"闻听此言,罗雅尔更加生气,立即回击说:"面对不公正的事情,我有权生气!"罗雅尔指责萨科齐的政见是"政治道德败坏",萨科齐仍不愠不恼:"我可没有质疑你的诚信,所以你也不必质疑我的道德。你太容易发脾气了。"

整场电视辩论持续了两个多小时。刚开始,观察家们都很好奇:口才上佳的萨科齐为什么要让罗雅尔占据上风?但后来大家恍然大悟:原来,萨科齐要让法国人看到优雅的罗雅尔的另一面——易怒,情绪容易失控。在辩论的最后,萨科齐"告诫"罗雅尔:"女士,当个总统是要承担非常严肃的责任的。"其实,他这句话也是说给选民听的,是要告诉那些还没有做出最后选择的选民:他能控制自己的情绪,堪当重任,而对方不能。

两千万法国人观看了当天的电视辩论。法国电视台的统计显示,在那场辩论中,萨科齐与罗雅尔共就20个问题进行了"激战"。其中,表面上一直处于攻势的罗雅尔,在16个问题上败下阵来。萨科齐靠冷静的"退避"、巧妙的激将法转换形象,对5月6日的选民投票产生了直接影响,直至最终赢得大选的胜利。

萨科齐以"退避"显示了自己的稳重与"大气",在人们看来,这正是一个总统的素质。

【哈佛教育创新感言】 萨科奇像是一个潇洒的智者,他成功地以退为进,既向法国民众展示了自己稳重与大气的一面,又巧妙地使对手易怒、暴躁的一面暴露无遗。这一战,赢得漂亮!击败对手,不一定非要与他争锋相对,可以像萨科奇那样,选择暂时忍让,让对手在急躁中自己打败自己。心魔比对手更加可怕。

新思路成就大市场

把拉链翻一面,你会看见什么?大多数人觉得这个问题很普通,但这

171

恰恰是隐形拉链的基本原理。法国欧兰服装股份公司总裁特勒说,创新其实不神秘,在某种意义上还挺简单。

用在女孩身上的隐形拉链非常受欢迎,很有市场空间。这种拉链将金属链条隐藏在衣服背面,而衣服正面却看不见链条。把拉链放大和隐形拉链同样独到。一款用在背包上的大拉链,比普通拉链大上几倍。许多人看到这个大拉链的包,觉得很特别。收获的不仅是销量,在价格上普通拉链的背包,卖几十元,但是大拉链的背包可以卖到 100 多元。特勒说,这个新产品创造了很高的效益,其实并不神秘。

【哈佛教育创新感言】 一说到创新,我们都会想到发明一种新技术,拿下一个专利。其实只要换个角度,创意随时会在身边出现。

172

烟灰的巨大作用

早在 16 世纪中叶,意大利的沃尔塔就发明了传统的化学反应电池。方法是把银片和铜片浸入水中,向水中加金属盐,连接两个金属片的电线就会产生电流。

但这种方法也有缺点,它产生的电流不够稳定。

到了 20 世纪 30 年代末,美国发明家伯特·亚当斯决心对这种电池革新改进。他产生了一个大胆的设想:只用水做介质,以消除这些弊病。他用镁做阳极,用氯化铜做阴极,用水做介质就可以产生电流,但电流太微弱了。小小的电流表上的指针总是做不出较大的摆动,这令亚当斯心灰意冷。

但是亚当斯是一个坚忍不拔的人,他仍然顽强地将实验继续下去。他是一个烟瘾很大的人,总是烟卷不离手,烟灰不断落在地上,即使是在搞实验时,也是如此。

他坐在家中的旧椅子上,焦急地注视着火炉上的坩埚,熔化的金属冒着火焰,照亮了阴暗的房间。坩埚中的混合物发出一股呛人的怪味,又一埚氯化铜要炼好了,可是正在这时,亚当斯手中烟卷长长的烟灰落到坩埚里了。"糟了,脏了!"亚当斯心想。他无可奈何地怀着侥幸心理做好了电极,并把它装到捡来的婴儿罐头盒中。当他把自己的土电池加上水,接上电流表之后,电流表的指针却猛然跳了起来,盼望已久的大电流终于出现了。"得到了!得到了!"亚当斯用力摇醒妻子,以至于妻子艾玛以为他被烫着了。

事后亚当斯分析,一定是烟灰中含的碳产生了作用。他于是在合金中加入各种含碳物质进行试验,包括木炭、硬煤,甚至食用糖。每天夜里艾玛都周期性地被七八个在黑暗里闪烁的灯泡和慌忙起身的亚当斯吵醒。最后,这种水介质电池终于研究成功了,它不但仅需加水就能长期使用,而且输出的电流稳定,具有广阔的使用前景。1940 年左右,亚当斯申请并取得了美国专利。

【哈佛教育创新感言】 奇迹往往就隐藏在平常生活的细节中,许多伟大的发明创造常常是由一些小小的细节造就的,只要善于观察、探索,成功就会离你很近。

173

施有"法术"的曲子

在一个寒冷的冬夜,大风呼啸,漫天飘舞着鹅毛般的雪花。意大利小提琴家尼哥罗·帕格尼尼正乘着四轮马车赶往剧院举行独奏音乐会。剧院里早已坐满了观众,人们都想亲耳聆听一下这位被称为"魔鬼的儿子"的帕格尼尼的举世无双、神奇美妙的演奏。

到了剧院,帕格尼尼准备就绪,只见他左手挟着小提琴,右手拿着琴谱,走上了舞台。刚走出几步,不料皮鞋里的一颗小钉子从鞋底下顶了出来,戳痛了他的脚板。因此,帕格尼尼只能跛着脚,一拐一拐地走至舞台正中。这一滑稽动作引起了全场哄堂大笑。帕格尼尼却不管这些,他那不露声色的、瘦削的面庞上流露出一丝艺术家所特有的严峻。他把琴谱放在谱架上之后即开始演奏。

谁知刚演奏了几个乐句,谱架旁边用来照明的蜡烛倒了,将谱子烧起来,一瞬间,只见火苗跳跃,青烟袅袅,全场又一阵欷歔声。但是帕格尼尼凭借他那非凡的天才继续演奏着,音乐没有中断。美妙的音乐之流从那双瘦长的、充满魔力的手下奔泻而出,顺着激情的河床,向前驰去,好似在我们面前展现了一幅画:春天的原野上,一片明媚,和煦的阳光慈祥地抚摩大

地,春风轻拂着千姿百态……听众们全都沉浸在这美妙的音乐湍流之中,心旷神怡。

帕格尼尼正拉至高潮上,突然,小提琴的第二弦(A弦)断了。没有了第二弦,音乐怎么再继续演奏下去呢? 天才的帕格尼尼没有中断演奏,小提琴在继续歌唱着。他运用了高超的技巧,使一场行将失败的音乐会获得了巨大成功。观众都听得目瞪口呆,惊叹不已。一曲终了,余音绕梁,全场轰动,迸发出狂热的掌声和喝彩声。

在听众的一再要求下,帕格尼尼脱身不得,只好重新登台,再演奏一遍刚才施有"法术"的曲子。只见帕格尼尼一时性起,从口袋里掏出一把小刀,将小提琴上的第三弦与第一弦都割断,这样在小提琴上就只剩下了第四弦。第四弦(G弦)的音色本来就是很美的,深厚而富于歌唱性的。帕格尼尼运用了当时尚不为人知的技巧,这就是我们现在学习小提琴时都知道的"人工泛音"在第四弦上奏出了三根弦上的音。这一遍比第一遍还要动听,使人们如醉如痴。狂热的听众都为帕格尼尼神奇美妙的演奏而欢声雷动,祝贺他的巨大成功。

【哈佛教育创新感言】 帕格尼尼用他那举世无双的音乐才华折服了世人,被人们称为"天才"。然而,"天才"诞生的艰辛只有他自己知道。他依靠异乎常人的禀赋和艰辛的努力,开拓了近代小提琴演奏的技法,创造了小提琴史上不朽的神话。人们爱着"天才"帕格尼尼,更爱着他走向辉煌、竭力创造的执著。

人类的"千里眼"

那天,意大利的科学家斯帕拉捷给他心爱的女儿讲故事。故事中有个麻雀与蝙蝠比赛捉虫子的情节。

"麻雀和蝙蝠都喜欢吃虫子。这天,它们都说自己捉的虫子多,谁也不让谁。最后,它们决定第二天比试比试。第二天一大早,麻雀就四处去寻找食物,而蝙蝠却在洞里睡大觉。"

"蝙蝠怎么不去寻找食物呢? 它忘了比赛吗?"女儿忍不住问。

"蝙蝠当然不会忘了比赛。天黑了,麻雀得意地带着一大堆虫子回来

了。等麻雀睡着了,蝙蝠这才飞出山洞,在漆黑的夜里忙碌着。"

"爸爸,天那么黑,蝙蝠怎么看得到呢?"

"呃……"这个问题把斯帕拉捷给难住了。不过,他是一个对问题不弄清楚誓不罢休的人。他开始对蝙蝠进行研究。

他捉来几只蝙蝠,把它们的眼睛蒙起来,然后把它们放飞。可是被蒙住眼睛的蝙蝠还是可以自由自在地飞翔,一点儿也不受影响。他又捉来几只蝙蝠,这次他把蝙蝠的鼻子用布捂住,再放飞。奇怪,蝙蝠还是安全自由地飞走了,不受任何阻碍。

女儿看到爸爸把蝙蝠捉了又放,放了又捉,好奇地跑过来问:"爸爸,您在干什么?"

"回答你的问题啊。这蝙蝠为什么能在夜间行动自如呢?"

"一定是翅膀! 它是飞行的!"女儿兴致勃勃地说道。

斯帕拉捷觉得有理,再捉来几只蝙蝠,在它们翅膀上涂了一层油漆,然后放飞。

可是蝙蝠还是轻松自在地飞走了,没有撞到任何障碍物。

女儿和斯帕拉捷都傻眼了。

现在只剩下耳朵了。它不会是用耳朵来辨别方向吧? 斯帕拉捷不抱太大希望地把蝙蝠的耳朵堵住。

可是奇迹出现了。这次蝙蝠不是撞到墙上就是撞到窗子上,东倒西歪全都掉了下来。它们竟然真的是用耳朵来辨方向,捕捉目标!

斯帕拉捷兴奋不已。但对于蝙蝠的耳朵是怎么接收信息的这一问题,在他有生之年却始终没有找到答案。

在斯帕拉捷研究发现的基础上,人们进一步观测发现:蝙蝠的喉头会发出一种高频率声波沿着直线传播,一旦碰到障碍物就会迅速反射回来。

经过一番努力,人们终于研制出一种靠发射和接收无线电波来完成搜索和探测任务的设备,它的英文名字叫 RADAR,译成中文就是雷达。

【哈佛教育创新感言】 在面对事情时,敢想、敢做,善于发现事情的解决方法,即便是最尖端的科学发明也是如此。

175

手机放在咖啡店里卖

2004 年 10 月，全球排名第五、在欧洲拥有超过 1200 家连锁店的德国咖啡业巨头沏宝，宣布与英国移动电话运营商合作，进军移动电话市场。

在咖啡店里卖手机，这行得通吗？

"这哪是什么咖啡店？整个一杂货铺嘛。"一走进沏宝咖啡店，人们不禁会发出这样的感叹。的确，不仅是手机，这里从咖啡、手表到炖锅、内衣，一应俱全。

把这些毫不相干的商品摆在一起卖，难道就是传说中的"沏宝模式"？

不错，这正是"沏宝模式"的标准做法，也就是客户共享，使品牌的可接触范围最大化。

沏宝咖啡店遍布德国的大街小巷，在这些咖啡店里，客户除了能够享用美味的咖啡外，还可以获得基本的技术支持，购买手机、预付费卡、SIM 卡，以及办理签约手续等。

这种联合销售的方式充分发挥了产品的整合效应，于是，一些顾客本打算来店里喝杯咖啡，结果却购买了一部手机；而另一些人在办理移动电话服务的同时，也难以抵御美味咖啡的诱惑，乖乖地掏了腰包。短短 16 个月内，沏宝就已经吸引了超过 50 万名预付费用户，以及数量巨大的签约用户，现在已一跃成为德国最大的预付费服务供应商之一。

同时，根据消费潮流和人们对现代科技的预期，沏宝以"每周一次新体验"为主题，每周限量推出 15 件特选商品。对于消费者来说，如果看中了一件商品而没有购买，一周之后它就被撤下货架，再也买不到了。这一独特的营销手段使原本普普通通的产品销售变成了非常独特的个性化体验，激起了顾客内心深处的购买欲望。

众所周知，品牌的合作就好比是相亲，不但要"合眼缘"，还要讲究"门当户对"。比如可口可乐和麦当劳，一个是饮料巨头，一个是快餐大佬，在品牌的分量上，都是同一级别的。同样道理，沏宝也不可能卖二三流的产品，它正是利用了消费者的这种心理，巧妙地搭了一回顺风车。

2006 年 6 月，几个沙特球迷漫步在德国慕尼黑的街头，四下寻找避暑

消闲的地方。他们看到了沏宝咖啡店,于是急忙推门而入。轻呷两口香醇的咖啡,疲惫困乏一扫而光,大伙儿这才仔细打量起这家店来。很快,他们的目光就落在了橱窗里摆放的一部部漂亮的手机上,这些新上市的手机让人爱不释手,他们很爽快地掏了腰包——类似的情景每天都在遍布德国的各个沏宝咖啡店里上演着。

【哈佛教育创新感言】 "沏宝咖啡"曾被某时尚杂志誉为"比星巴克还时尚",作为一家不断成长的综合性零售商,却能始终保持其核心业务——咖啡的市场地位与知名度,这不能不说是个奇迹。在"沏宝",顾客随时能喝到最新鲜的咖啡,享受到最优质的服务,这就是"沏宝"人气长盛不衰的一个重要原因。以"沏宝"为代表的全新混合型消费模式,正打破人们陈旧的消费理念,快速进入人们的生活。

177

音乐神童莫扎特

如果说贝多芬通过不懈的奋斗而努力接近上帝的话,那么莫扎特就是天使在人间。

莫扎特出身于萨尔茨堡宫廷乐师家庭,很小就显露出极高的音乐天赋,即兴演奏和作曲都十分出色,6岁即创作了一首小步舞曲,并在欧洲旅行演出获得成功,被誉为"神童"。1773年任萨尔茨堡大主教宫廷乐师,1781年不满主教对他的严厉管束而愤然辞职来到维也纳,走上了艰难的自由音乐家道路。

莫扎特学起音乐来就如同别的婴儿学说话一样发自天然。他有一个姐姐叫玛丽安娜。当莫扎特刚会走路时,在父亲给小玛丽安娜上音乐课的时候,他就听着。然后他蹒跚着走到拨弦古钢琴那里把教材从头到尾弹得一点不差。到他4岁时,他不仅能弹拨弦古钢琴,而且开始写作小巧的小步舞曲,甚至为乐队写一部协奏曲。在任何人都不知道的情况下,他得到了一把小型的小提琴并且学着拉它。有一天,当他的父亲和三个朋友正在花园的凉亭里弹奏一部弦乐四重奏时,小莫扎特把那第二小提琴分部一点不错地拉了出来!他们都大为惊讶,他又同样把那第一小提琴分部拉完。他是出色的钢琴家,可视谱演奏协奏曲,能即兴演奏。从6岁开始作曲,8

岁时写下第一首交响曲,11 岁写下第一首清唱剧,12 岁写下第一部歌剧,14 岁指挥了该歌剧的 12 场演出。他在 1773 年听了海顿的弦乐四重奏后,同年首次写出自己的 6 首四重奏,时年 17 岁。

起初,莫扎特的父亲把两个孩子带到德国的音乐城市慕尼黑。在那里,他们使所有的人都高兴得发狂。他们在德国和奥地利的每一个市镇停下来,在贵族们的宫殿里开音乐会。在一个寺院里,孩子们在管风琴上以娴熟的技能使那些善良的修道士们大惊失色,因为他们过去从来也没有试过这样演奏这个乐器。不久他们就常被邀请到公爵和王子们的家里演奏。后来,他们渴望已久的时刻来到了:他们接到邀请,到皇帝的宫殿里去演出。孩子们在皇帝和皇后以及他们的整个宫廷面前演奏。小莫扎特被要求做各种不同的测验:他视谱演奏了宫廷作曲家一首难弹的协奏曲,那作曲家为他翻着乐谱,看着他在主题上出色的即兴演奏;他用一个手指弹琴,又在蒙着一块布的键盘上弹奏。最后,皇帝称他是一个小魔术家。皇后送给每个孩子一个钻石指环,给玛丽安娜一件白色丝绸服装,给莫扎特一件镶着宽金边的淡紫色的丝绸服装。

莫扎特全家乘坐公共马车在德国、法国、英国和荷兰旅行了 3 年。每到有公爵或王子掌管宫廷的地方,他们都停下来开音乐会。那些贵族夫人们对这个小男孩宠爱得这样厉害,以至于父亲给一位朋友写信说:他真希望她们给这孩子的金币像她们给他的亲吻一样多。一位英国评论家写道:"这个孩子出于本能懂得的音乐比许多大教堂教师钻研了一辈子所学的还多。"当莫扎特全家回到萨尔茨堡的时候,他们带的许多有装饰图案的精细纺织品、披巾、绸缎、鼻烟盒、戒指和其他礼物足够开一个铺子,但却没有多少钱,他们在音乐会上挣来的钱都在旅途中花光了。他的父亲意识到:假如让这孩子在萨尔茨堡待得太长,他很快会被世人忘记。于是他又计划了一次旅行演出,这次是去意大利,一个当时在音乐上非常重要的国家。那时,意大利每个城市都有歌剧院,它的歌剧作曲家和歌唱家到全世界都很吃香,往往挤占了当地音乐家们的工作。父亲认为假如莫扎特能够在意大利赢得名誉的话,他在世上的道路就容易走了。父子二人开始了在意大利各城市的旅行演出,自始至终都是胜利凯旋。富有的夫人们把各种礼物倾泻到他身上,人们委托他为米兰的大歌剧院写歌剧。在拿波里,他的演奏使单纯的老百姓吃惊得以为他的钻石戒指一定有魔术,要求把它脱下来看看。在罗马,他们在复活节的前一周到西斯廷大教堂去听一个圣乐作品。

合唱班对乐谱戒备森严，从来都不准许别人把它抄下来。莫扎特回到自己房间里，仅凭记忆就把它写出来了。

【哈佛教育创新感言】　莫扎特是音乐的天使，也是音乐的精灵。有时我们真的要感叹造物主是如此垂青一些人，他们的乐感，他们的思维，他们的种种好像是与生俱来的神奇。他们注定要为人类留下不朽的篇章。只是，千万要小心，千万不要重蹈伤仲永的覆辙，让更多的莫扎特可以留下更多的经典，为人类的精神世界留下那抹重重的亮彩。

小欧拉智改羊圈

欧拉是数学史上著名的数学家，他在数论、几何学、天文数学、微积分等好几个数学的分支领域中都取得了出色的成就。不过，这个大数学家在孩提时代却一点也不讨老师的喜欢，他是一个被学校除了名的小学生。

事情是因为星星而引起的。当时，小欧拉在一个教会学校里读书。有一次，他向老师提问，天上有多少颗星星。老师是个神学的信徒，他不知道天上究竟有多少颗星星，圣经上也没有回答过。其实，天上的星星数不清，是无限的。我们的肉眼可见的星星也有几千颗。这个老师不懂装懂，回答欧拉说："天上有多少颗星星，这无关紧要，只要知道天上的星星是上帝镶嵌上去的就够了。"

欧拉感到很奇怪："天那么大，那么高，地上没有扶梯，上帝是怎么把星星一颗一颗镶嵌到天幕上的呢？上帝亲自把它们一颗一颗地放在天幕上，他为什么忘记了星星的数目呢？上帝会不会太粗心了呢？"

他向老师提出了心中的疑问，老师又一次被问住了，涨红了脸，不知如何回答才好。老师的心中顿时升起一股怒气，这不仅是因为一个才上学的孩子向老师问出了这样的问题，使老师下不了台，更主要的是，老师把上帝看得高于一切。小欧拉居然责怪上帝为什么没有记住星星的数目，言外之意是对万能的上帝提出了怀疑。在老师的心目中，这可是个严重的问题。

在欧拉的年代，对上帝是绝对不能怀疑的，人们只能做思想的奴隶，绝对不允许自由思考。小欧拉没有与教会、上帝"保持一致"，老师就让他离开学校回家。但是，在小欧拉心中，上帝神圣的光环消失了。他想，上帝是

个窝囊废,他怎么连天上的星星也记不住?他又想,上帝是个独裁者,连提出问题都成了罪。他又想,上帝也许是个别人编造出来的家伙,根本就不存在。

回家后无事,他就帮助爸爸放羊,成了一个牧童。他一面放羊,一面读书。他读的书中,有不少数学书。

爸爸的羊群渐渐增多了,达到了100只。原来的羊圈有点小了,爸爸决定建造一个新的羊圈。他用尺量出了一块长方形的土地,长40米,宽15米,他一算,面积正好是600平方米,平均每一头羊占地6平方米。正打算动工的时候,他发现他的材料只够围100米的篱笆,不够用。若要围成长40米,宽15米的羊圈,其周长将是110米(15+15+40+40=110)。父亲感到很为难,若要按原计划建造,就要再添10米长的材料;要是缩小面积,每头羊的面积就会小于6平方米。

小欧拉却向父亲说,不用缩小羊圈,也不用担心每头羊的领地会小于原来的计划,他有办法。父亲不相信小欧拉会有办法,听了没有理他。小欧拉急了,大声说,只有稍稍移动一下羊圈的桩子就行了。

父亲听了直摇头,心想:"世界上哪有这样便宜的事情?"但是,小欧拉却坚持说,他一定能两全其美。父亲终于同意让儿子试试看。

小欧拉见父亲同意了,站起身来,跑到准备动工的羊圈旁。他以一个木桩为中心,将原来的40米边长截短,缩短到25米。父亲着急了,说:"那怎么成呢?那怎么成呢?这个羊圈太小了,太小了。"小欧拉也不回答,跑到另一条边上,将原来15米的边长延长,又增加了10米,变成了25米。经这样一改,原来计划中的羊圈变成了一个25米边长的正方形。然后,小欧拉很自信地对爸爸说:"现在,篱笆也够了,面积也够了。"

父亲照着小欧拉设计的羊圈扎上了篱笆,100米长的篱笆真的够了,不多不少,全部用光。面积也足够了,而且还稍稍大了一些。父亲心里感到非常高兴。孩子比自己聪明,真会动脑筋,将来一定大有出息。

父亲感到,让这么聪明的孩子放羊实在是太可惜了。后来,他想办法让小欧拉认识了一个大数学家伯努利。通过这位数学家的推荐,1720年,小欧拉成了巴塞尔大学的学生。这一年,小欧拉13岁,是这所大学最年轻的大学生。

【哈佛教育创新感言】 欧拉是不幸的,因为他不能接受学校的教育,而要去放羊;欧拉是幸运的,因为他去放羊,才有改选羊圈之举,改了羊圈

180

才能令父亲另眼相看,才有后来的"这所大学最年轻的大学生"。也许事情的本身没有幸与不幸的区别,幸与不幸在我们每个人的心中。

一切都从一只老鼠开始

迪斯尼从小就是个热爱自然的孩子。5岁的时候,他随全家搬到马瑟琳镇仙鹤农场,在那里,他最好的伙伴便是一些小动物,其中一只最大的猪是他最好的朋友,他给它取名为"波克"。"它特爱恶作剧,在它想闹的时候,它可以跟一只小狗一样调皮,跟芭蕾舞演员一样灵活。它喜欢悄悄从我背后顶我一下,然后高兴地哼哼着大摇大摆地走开了,如果我被顶倒了,它就更得意了。你记得《三只小猪》里的那只蠢猪吗?'波克'就是它的原型。我拍它的时候实际上是在流着泪怀旧的。"迪斯尼后来回忆这段童年生活时这样说。

迪斯尼最大的愿望就是成为一位著名的艺术家。他家庭贫困,因此常常只能坐在他家的车库里作画。有一天,一只老鼠钻进车库里,在地板上跑来跑去玩耍。迪斯尼停止画画,注视着老鼠。老鼠朝他走来,他就给它一片面包。于是老鼠走得更近,还索性坐在他的画桌上。老鼠天天来,迪斯尼给它更多的面包。这样过了好几天,艺术家和他的老鼠便成了好朋友。

1928年的一天,沃尔特·迪斯尼被迫放弃原来的工作而另起炉灶。他考虑再创造一个新的卡通明星来重新开创他的事业。这时,他突然想起了自己地下室的那只老鼠,于是他决定以小老鼠为主角。当他把这个打算告诉他同行的妻子后,妻子建议给这个卡通老鼠取名为米奇,这就是后来轰动全世界的米老鼠。

【哈佛教育创新感言】 印象中,老鼠讨厌又可恶。但是,一个灵感、一个创意却让一只小老鼠集万千宠爱于一身,它的形象随处可见,它的名字叫米奇。

181

以火灭火

有一天，美洲草原上燃起了大火，烈火借着风势越烧越旺，所过之处都成了焦土。

这时，恰好有一群游客在草原上游玩，熊熊烈火正向他们扑过去，面对这突如其来的险情，游客们惊慌失措。

幸好有一位老猎人与他们同行，他果断地喊道："为了我们大家都有救，现在都得听我的指挥！"

182

老猎人让大家赶紧动手拔除面前的干草，清出一块空地来。大家一起动手，很快就清理出了一块空地。这时，大火越来越逼近了，人们已经感受到了烈焰的灼热。再看看面前的这一小块空地，每个人的心中都充满了恐惧——大火很可能会借着风势越过这一小块空地，将人们埋葬在火海里。

老猎人叫大家站在远离火的一边，自己则站在靠近大火的一边，并且在自己的脚边放起火来，眨眼之间，老猎人的身旁就升起了一道火墙。游客们简直惊呆了，这不是引火烧身、自寻死路吗？然而，奇迹发生了——老猎人点燃的那道火墙竟迎着原先的大火烧了过去，当两边的大火烧成一片时，火势反而骤然减弱，并且渐渐地熄灭了。

脱险后，人们纷纷向老猎人请教："这样做究竟是什么道理？"老猎人笑着说："看起来风是向着我们这边刮的，但在靠近大火的地方，气流还是会向着火焰那边流动。我看准了时机放了把火，火借这股气流向那边扑去，把附近的草木都烧光了，那边的大火也就烧不过来了。"

【哈佛教育创新感言】 在危难来临时一个看似平常的老人却想出了惊人的办法，以火灭火挽救了大家的生命。如果人们在危难面前，能突破常规思维来思考问题，就一定能化险为夷。

第六章 让前人的梦想成真

老铁匠与紫砂壶

老街上有一铁匠铺,铺里住着一位老铁匠。由于没人再需要打制的铁器,现在他改卖铁锅、斧头和拴小狗的链子。

他的经营方式非常古老和传统。人坐在门内,货物摆在门外,不吆喝,不还价,晚上也不收摊。你无论什么时候从这儿经过,都会看到他在竹椅上躺着,手里是一个半导体,身旁是一把紫砂壶。

他的生意也没有好坏之说。每天的收入正够他喝茶和吃饭。他老了,已不再需要多余的东西,因此他非常满足。

一天,一个文物商人从老街上经过,偶然看到老铁匠身旁的那把紫砂壶,因为那把壶古朴雅致,紫黑如墨,有清代制壶名家戴振公的风格。他走过去,顺手端起那把壶。

壶嘴内有一记印章,果然是戴振公的。商人惊喜不已。因为戴振公在世界上有捏泥成金的美名,据说他的作品现在仅存3件,一件在美国纽约州立博物馆里;一件在台北故宫博物院;还有一件在泰国某位华侨手里,是1993年在伦敦拍卖市场上,以16万美元的拍卖价买下的。

商人端着那把壶,想以10万元的价格买下它。当他说出这个数字时,老铁匠先是一惊,后又拒绝了,因为这把壶是他爷爷留下的,他们祖孙三代打铁时都喝这把壶里的水,他们的汗也都来自这把壶。

壶虽没卖,但商人走后,老铁匠有生以来第一次失眠了。这把壶他用了近60年,并且一直以为是把普普通通的壶,现在竟有人要以10万元的价钱买下它,他转不过神来。

过去他躺在椅子上喝水,都是闭着眼睛把壶放在小桌上,现在他总要坐起来再看一眼,这让他非常不舒服。特别让他不能容忍的是,当人们知道他有一把价值连城的茶壶后,总是拥破门,有的问还有没有其他的宝贝,有的甚至开始向他借钱。更有甚者,晚上推他的门。他的生活被彻底打乱了,他不知该怎样处置这把壶。

当那位商人带着 20 万元现金,第二次登门的时候,老铁匠再也坐不住了。他招来左右店铺的人和前后邻居,拿起一把斧头,当众把那把紫砂壶砸了个粉碎。

现在,老铁匠还在卖铁锅、斧头和拴小狗的链子,据说他今年已经 102 岁了。

【哈佛教育创新感言】 在人生的路上,诱惑无处不在。你要做的,不是挑战诱惑,而是挑战自己,远离诱惑。当我们面对诱惑而不被迷了眼睛时,是需要很大的定力和勇气的,这实际上是一种自我挑战。一个人完全可以生活得很好,人的一生面临着各种各样的诱惑,每当你抵御住一种诱惑的时候,心态就会多一份平和,平和的心态是一种至高的人生境界。

184

一个创出千亿市场的创意

一种被赋予全新定义及创造性理念并且具有 28 个亿数量级规模的扑克牌产品,被以广告资源创新媒介平台的"身份"挖掘出来。而广告植入扑克牌成为创新媒介的这个"身份"也是"名正言顺"的。其"身份"的形成通过和借助人们最为熟悉又最容易被忽视的大众化、普及性的休闲娱乐工具作为广告宣传特殊媒介载体。扑克牌的这个新"身"一亮相,便聚焦了业内的视线并引起了广告市场的高度关注。

据运作该项目的冲击力公司总经理王兆珉先生介绍说:"目前我们已经掌握了全国 28 亿多副扑克牌产品资源,而这些资源在被我们以这种模式进行市场运作之前,其使用功能只是非常单一地停留和局限于纯粹的休闲娱乐,除此之外别无他用。其实,扑克牌本身就具备广泛的群众基础和强大的传播能力,如果运用得当,它所具有的众多版面资源,完全可以承载和表达大量的信息和内容。"

如果单纯从广告传播理论准则来讲,广告的有效性完全是通过传播的

到达率实现的。因为扑克牌产品大多都是人们自愿选择和主动使用的,而其选择的最终目的就是为了使用,并且一般情况下都是在多人之间进行的,所以其宣传信息不但有效到达,且大多在受众之间重复进行,因此更加成功地实现了超过100%的绝对有效到达率和超过100%的绝对到达重复率。

广告除被植入如此之高有效到达率的宣传载体外,扑克牌的娱乐功能还可以让使用者在轻松、愉悦的情境中,深度结合扑克广告载体自身所具备抗干扰、低噪音的天然优势及规避排斥风险能力,达到潜移默化的无障碍实现广告信息的自然传播与接收效果。除此之外,对于商家及需要宣传的企业来说,还可以通过已发行的扑克进行各种各样的有效促销活动,那么,商家与消费者之间就有了一个有效而良好的互动,宣传效果达到了,消费者与销售终端也加强了稳定的忠诚关系。

目前,依托科学的运作模式及管理方法,并充分借助和发挥自有专利完善的条件基础上,我们已经完全实现并形成了独家占有行业垄断性资源的战略市场格局,在今后的20年专利保护期内,通过精心运作,我们拥有的这一广告媒介优质资源,将会产生具有上千亿元的市场价值。

那么,我国现在每年30多亿副的扑克牌产品都是通过什么渠道进行"消化"的呢?有资料数据显示,我国仅四川省成都地区的5000家茶楼酒肆,每年就会消费1.5亿副左右扑克牌。另据业内人士介绍,目前市场所涉及的茶楼、会所、列车、休闲、娱乐、高校、洗浴、酒吧、餐饮、酒店、工地等场所,已经成为扑克牌产品消费和使用的主渠道,并且还呈现逐步扩大的蔓延之势。而这些扑克牌产品的主要消费和使用场所,其涵盖的消费人群,也是任何企业都应该重视并努力争取的优越群体。

经营扑克产品是可以运作的一个模式,用扑克牌为企业做广告宣传也是可以操作的一种途径,但是为什么却要让消费者手中的扑克成为不断打折、让利、代金、享受各种超值服务,甚至直接获取贵重物品、领取现金奖项的凭证呢?就因为只要扑克牌成了一种"既有价值又有用途"的"物件",就可以达到让平时喜欢玩扑克牌的和平时不喜欢玩扑克牌的人都喜欢它的目的。当然,被植入的广告信息也将会因此而产生更好的宣传效果。

在这个以扑克牌作为机体的多赢链条中,"广告主、扑克商、消费者"这些看似分开的个体被有机地整合成为一个利益共同体。其中,消费者得到了超值回报获得了满足;广告主得到良好宣传的同时获得了市场和利润;

185

哈佛教育创新故事

扑克商得到了合理的额外收益,这就充分体现了"整合激活"经营的力量。

在"整合激活"经营模式下,产品或服务的消费者可以不是费用的支付者(甚至是免费),因而扑克牌产品的回报可以不再直接从消费者身上取得。这实际上是通过"激活原理",用广告主企业支出的宣传费用把各自分离的客户与市场进行相应的置换与资源共享,从而实现多赢。

最后,让我们以美国著名广告人安迪·柏林的实战经典理论给冲击力传媒的"高招"作个象征性的总结,安迪·柏林认为:"成功的广告必须成为'一种交易,一种注意力和奖赏之间的交换'。除非广告很好,吸引人们愿意欣赏,否则根本没人看。"

【哈佛教育创新感言】 一个企业如果没有创新,就意味着被淘汰,一味模仿他人的做法就等于自掘坟墓。要想保持竞争力,就要注意时时创新。

186

磁疗表带的问世

日本东京都中野区,住着一个穷困潦倒的知识分子——田中正一,他没有职业,一文不名,却整天关着门在家里研制一种"铁酸盐磁铁",被邻居看成是"怪人"。当时他患上了"神经痛"的毛病,怎么治也治不好。那时候,每逢星期四他都要带着许多制好的磁石,到大井都工业试验所去测试。时间一长,一个偶然的现象出现了:每逢星期四他的神经痛就得到缓解。田中正一是一个探究心很强的人,他感到十分好奇,于是就找来一条橡皮膏,在上面均匀地粘上五粒小磁石贴在自己手腕上做试验。很快,他发现这玩意儿对治神经痛很灵,就立即申请了专利。田中正一认为:"将磁石的南极、北极相互交错排列,让磁力线作用于人体,由于人体内有纵横交错的血管,血液流过磁场时,便能感生出微电流,这种电流能达到治病强身的效果。"取得专利权后,田中正一模仿表带的式样,制造四周镶有六粒小磁石的磁疗带,向市场推出。产品上市后,果然不同凡响,在全日本出现了人人争购的现象。工厂三班制生产也供不应求。在销售最好的时期,仅一周销售额达两亿日元。就这样,转眼之间,一个穷汉变成了大富翁!

【哈佛教育创新感言】　穷困并不可怕,可怕的是循规蹈矩,只要在生活中注意观察、注意创新,这些创意和点子转眼就会变成巨大的财富。

哈佛的幸福课

出人意料,哈佛最受欢迎的选修课是"幸福课",听课人数超过了王牌课《经济学导论》。教这门课的是一位名不见经传的年轻讲师,名叫泰勒·本·沙哈尔。他坚定地认为:幸福感是衡量人生的唯一标准,是所有目标的最终目标,幸福应该是快乐与意义的结合。他甚至从汉堡里总结出4种人生模式。

当年,为了准备重要赛事,除了苦练外,本·沙哈尔须严格节制饮食。开赛前一个月,只能吃最瘦的肉类,全麦的碳水化合物,以及新鲜蔬菜和水果。比赛一结束,他干的第一件事,就是奔到自己喜爱的汉堡店,一口气买下4只汉堡。望着眼前的汉堡,他突然发现,它们每一种都有自己独特的风味,可以说,代表着4种不同的人生模式。

第一种汉堡,就是他最先抓起的那只,口味诱人,但却是标准的"垃圾食品"。吃它等于是享受眼前的快乐,但同时也埋下未来的痛苦。用它比喻人生,就是及时享乐,出卖未来幸福的人生,即"享乐主义型"。第二种汉堡,口味很差,里边全是蔬菜和有机食物,吃了可以使人日后更健康,但会吃得很痛苦。牺牲眼前的幸福,为的是追求未来的目标,即"忙碌奔波型"。第三种汉堡,是最糟糕的,既不美味,吃了还会影响日后的健康。与此相似的人,对生活丧失了希望和追求,既不享受眼前的事物,也不对未来抱有期望,即"虚无主义型"。会不会还有一种汉堡,又好吃,又健康呢?那就是第四种"幸福型"汉堡。一个幸福的人,是既能享受当下所做的事,又可以获得更美满的未来。

本·沙哈尔经常讲"蒂姆的故事"。蒂姆小时候,是个无忧无虑的孩子。但自打上小学那天起,他忙碌奔波的人生就开始了。父母和老师总告诫他:上学的目的,就是取得好成绩,这样长大后,才能找到好工作。没人告诉他,学校,可以是个获得快乐的地方;学习,可以是件令人开心的事。因为害怕考试考不好,担心作文写错字,蒂姆背负着焦虑和压力。他天天

187

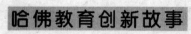

盼望的,就是下课和放学。

渐渐地,蒂姆接受了大人的价值观,虽然不喜欢学校,但还是努力学习。成绩好时,父母和老师都夸他,同学们也羡慕他。到高中时,蒂姆对此深信不疑:牺牲现在是为了换取未来的幸福。他安慰自己:上了大学,一切就会变好。

收到大学录取通知书时,蒂姆长长舒了一口气:现在,可以开心地生活了。但没过几天,那熟悉的焦虑又卷土重来。

大学4年,蒂姆依旧奔忙着。他成立学生社团,做义工,参加多种运动项目,小心翼翼地选修课程,但这一切完全不是出于兴趣,而是这些科目,可以保证他获得好成绩。

大四那年,蒂姆被一家著名的公司录用了,他又一次兴奋地告诉自己,这回终于可以享受生活了。可他很快就感觉到,这份每周需要工作84小时的高薪工作,充满压力。他又说服自己:没关系,这样干,今后的职位才会更稳固,才能更快地升职。

经过多年的打拼,蒂姆成了公司合伙人,拥有了豪宅、名牌跑车。他被身边的人认定为成功的典型。可是蒂姆呢,却无法在盲目的追求中找到幸福,他干脆用酗酒、吸毒来麻醉自己,尽可能延长假期,在阳光下的海滩一待就是几个钟头。起初,他快活极了,但很快又感到了厌倦。

为什么当今社会有这么多"忙碌奔波型"的人呢?本·沙哈尔这样解释:因为人们常常被"幸福的假象"所蒙蔽。

十多年前,本·沙哈尔遇到过一个年轻人。他是律师,在纽约一家知名公司上班,并即将成为合伙人。坐在他的高级公寓里,中央公园的美景一览无余。年轻人非常努力地工作,一周至少干60个小时。早上,他挣扎着起床,把自己拖到办公室,与客户和同事的会议、法律报告与合约事项,占据了他的每一天。当本·沙哈尔问他,在一个理想世界里还想做什么时,这名律师说,最想去一家画廊工作。但如果在画廊工作,收入会少许多,生活水平也会下降。他虽对律师楼很反感,但觉得没有其他选择,因为被一个不喜欢的工作所捆绑,每天并不开心。

本·沙哈尔认为,这些人之所以不开心,并不是因为他们别无选择,而是他们的决定,让他们不开心。因为他们把物质与财富,放在了快乐和意义之上。

可以想象,一个因为家长的压力而学法律的人,是无法在其中找到长久快乐的;相反,如果是基于对法律的热爱而成为律师的话,那他在维护正义的同时,也会觉得很幸福。

不同的人,会在不同的事里找到它的意义,如创业、当义工、抚养子女、行医甚至是打家具。重要的是,选择目标时,必须确定它符合自己的价值观、爱好,符合自己内心的愿望,而不是为了满足社会标准,或是迎合他人的期待。"真我的呼唤",就是使命感。

本·沙哈尔希望他的学生,学会接受自己,不要忽略自己所拥有的独特性;要摆脱"完美主义",要"学会失败"。本·沙哈尔还为学生简化出 10 条小贴士:

1. 遵从你内心的热情。选择对你有意义并能让你快乐的课。

2. 多和朋友们在一起。不要被日常工作缠身,亲密的人际关系,是你幸福感的信号。

3. 学会失败。不要让对失败的恐惧绊住你尝试新事物的脚步。

4. 接受自己。允许自己偶尔的失落和伤感,然后问自己,能做些什么来让自己感觉好一点儿。

5. 简化生活,求精而不在求多。

6. 有规律地锻炼。每周只要 3 次,每次只要 30 分钟,就能大大改善你的身心健康。

7. 睡眠。虽然有时"熬通宵"是不可避免的,但每天 7~9 小时的睡眠会使你更有效率、更有创造力,也更开心。

8. 慷慨。你的钱包里可能没有太多钱,也没有太多时间,但并不意味着你无法帮助人。"给予"和"接受"是事情的两个方面。当我们帮助别人时,我们也在帮助自己;当我们帮助自己时,也是在间接地帮助他人。

9. 勇敢。

10. 记录他人的点滴恩惠,始终保持感恩之心。

【哈佛教育创新感言】　没有人能告诉你,获得了什么以后就一定会有幸福感。每个人的幸福感是不同的。幸福本来就是你现在所拥有的,它是冬日里的一缕阳光,它是夏日里的一丝冷风,它是春日里的一滴朝露,它是秋日里的一抹夕阳。幸福不是一个概念,而是一种感觉。

189

哈佛教育创新故事

钓鱼钓出食品冷冻法

　　1940年，美国皮革商巴察在出售了自己的食品冷冻法专利后得到300万美元。这笔财富的获得完全得益于他的钓鱼爱好。

　　巴察经常去纽芬兰海岸，在结了冰的海上凿洞钓鱼。从海水中钓起的鱼放在冰上立即被冻得硬邦邦的。当几天后食用这些冻鱼时，巴察发现只要鱼身上的冰不融化，鱼味就不变。根据这一发现，巴察着手试验将肉和蔬菜冰冻起来。他高兴地发现，只要把肉和蔬菜冻得像那些鱼一样，就能保持新鲜。经过反复试验，他进一步发现：冰冻的速度和方法不同，会影响食品冰冻后的味道和保鲜程度。经过几个月废寝忘食的摸索，巴察为他发明的食物冰冻法申请了专利。由于这是一种具有极大潜力和应用范围的新技术，所以找上门来的人很多。最终，通用食品公司以300万美元的巨款把这项专利拿到了手。

　　【哈佛教育创新感言】 　钓鱼本来是一件很多人都做过的事情，但是巴察却在这件看似极小的事情中发现了致富的秘密。处处留心自己身边的机会，锲而不舍地加以探究，便会开发出新的财富。

最高哲学

　　Nici玩具公司位于德国巴伐利亚州，拥有500多名员工，年平均收入达到1.55亿欧元，在世界玩具行业享有盛名。它每年生产的玩具除了满足全德国消费者的需求，产品还源源不断地销往世界各地。在2006年足球世界杯开赛前夕，公司决策层经过和众多对手进行激烈竞争后，终于如愿以偿地拿到了足球世界杯吉祥物的制作权。全公司上下为此欢欣鼓舞，员工们也铆足劲儿准备大干一场，决心以此为契机，使公司的财源滚滚而来。令他们万万没想到的是，公司却正是因为得到了吉祥物的制作权，而陷入了万劫不复的绝境，从而不得不宣告破产。

足球世界杯的吉祥物是狮子格列奥，它身穿德国队 6 号白色球衣，拥有一头浓密的长毛，与它相伴的还有一只会说话的足球佩雷。虽然每个吉祥物格列奥售价只有 19.95 欧元，但一上市还是受到了消费者空前的冷落，这是公司决策层不曾预料到的。

有媒体对一定数量具代表性的民众做了问卷调查，得到的一致答案是：在德国，民众认可的传统标志是飞鹰。足球世界杯吉祥物格列奥售价虽然很便宜，但它与德国没多大联系，当然也跟广大德国民众没多大关系，大家从内心不喜欢这个吉祥物。

公司在投入巨额的财力、人力后，收益与支出却大相径庭，最终宣告破产。最重要的原因是他们忽视了经商者的哲学："消费者最需要的，也是生产商最需要的。"这不但是经商者的最高哲学，也是人生的最高哲学。

【哈佛教育创新感言】 文化，作为一种习惯，规定着人们，尤其是深受某种文化浸润的人的取舍、好恶。"消费者最需要的，也是生产商最需要的"，经销商违背民族的图腾崇拜而另辟蹊径，看似有创意，却弄巧成拙。与此同理，社会最需要的，也是人生最需要的，这就是人生的最高哲学。为此，我们应本着自身的特点，从国家和民族的需要出发，打造自己，服务社会。

191

植物到底吃什么

人类需要吃饭才能活着，那么，植物要不要吃饭呢？

为了探讨这个问题，17 世纪的时候，比利时有一位叫海尔蒙的医生做了一个非常有趣的实验：他将 90 千克烘干的泥土装在一个大桶里，然后在桶里种了一棵 2.3 千克重的小柳树。他按时给树浇水，并且把树的每一片落叶都收集起来。

5 年之后，小柳树长成大柳树了。他把树挖出来并和几年来收集的树叶一起称量，发现重量有 77 千克。他又把剩在桶里的泥土称了一下，发现泥土只比原来减少了 57 千克，和柳树重量相差 20 多千克。

这个实验证明了柳树增加的重量并不仅是由土壤提供的。那么它还从哪里获得了养料呢？

哈佛教育创新故事

后来,英国著名化学家普里斯特利又进行了一个实验。他在一个密封的玻璃罩里,放上一支点燃的蜡烛和一只活蹦乱跳的小白鼠。结果发现,不久之后,蜡烛就熄灭了,小白鼠也慢慢地死了。

普里斯特利又做了另外一个实验。这次他在玻璃罩里放入一根青翠的薄荷树枝,过了较长时间,他发现蜡烛还在燃烧,小白鼠也活得好好的。这一发现使得普里斯特利惊喜不已。但是到了晚上,他却发现小白鼠又死了。这使普里斯特利非常郁闷。他重新做了这个实验,结果都是一样:在白天,特别是阳光灿烂的时候,一切都是好好的,但是到了晚上,小白鼠就死了,蜡烛也点不着了。最后,普里斯特利猜测是树枝净化了"肮脏"的空气,使得空气适合小白鼠生活下去。至于它为什么晚上又死了,普里斯特利就解释不清楚了。

不久之后,荷兰的印根豪茨在通过对植物的长期观察之后,作出了初步的解释:在白天的时候,绿色植物吸入污浊的空气,放出新鲜的空气,而这种情况只能在有阳光照射的情况下发生;到了晚上,没有了阳光,植物就要消耗新鲜的空气,放出污浊的空气。这种说法很好地解释了为什么小白鼠白天还活得好好的,到了晚上就死亡的原因。其实,印根豪茨说的污浊的气体主要是指二氧化碳,而新鲜的空气主要是指氧气。

后来,科学家们经过了多次的实验和计算,发现植物可以吸收空气中的二氧化碳和土壤中的水在阳光的作用下发生化学反应,生成碳水化合物和氧气。碳水化合物作为养料贮存在植物体内,而氧气则被释放出来。这就是著名的光合作用。

【哈佛教育创新感言】 牛顿曾经说过,他是站在巨人的肩膀上才看得更远。善于借用他人的力量,取人之长补己之短,自己不断创新,这才是真正的创新之道。

海带与味精

海带既是一道好菜,又是一味良药,对甲状腺肿(即大脖子病)有较好的疗效。而味精则是人们在煮菜时所用的一种调味品。一个来自海边,一个出自工厂,两者看来有点风马牛不相及,何以扯在一起?说来也怪,它们

192

之间还有一段不可分割的亲缘史呢！

　　一天，日本帝国大学一名叫池田菊苗的化学教授，在回家吃菜喝汤时不觉一怔，连忙问妻子："今天这碗汤怎么这样鲜美？"接着用勺在碗里搅动了几下，只发现汤里除了几片黄瓜以外，还有一点海带。他以科学家特有的机敏和兴趣，对海带进行了详细的化学分析。经过半年时间的研究，他发现海带中含有一种物质——谷氨酸钠，并给它取了一个雅致的名字——味精。后来他又进一步发明了用小麦、脱脂大豆为原料提取谷氨酸钠的办法，为味精的工厂化生产开拓了广阔的前景。

　　【哈佛教育创新感言】　有人认为创新需要有很多的外部条件来帮助，其实生活中处处有创新的机会，只要你细心地去观察，去发掘，有勇气去试一试，就可以解决问题。

193

仅次于上帝的人

　　美国《史密森》杂志举行了一次规模宏大的民意测验。该杂志社要求广大读者来一次投票选举，推选三位"亘古以来世界上用文字最简洁的人"。选举结果是——上帝获得了第一名，因为"他"在圣经中只用了300多字就阐明了《十戒》；获得第二名的是美国第十六届总统林肯，因为他的感人至深的葛底斯堡演说词只不过用了270个词，并且其中差不多有200个是单音节词；获得第三名的是英国前首相丘吉尔爵士。在第二次世界大战期间，每当丘吉尔向他的属下有所查询时，开头第一句话总是："请把你们的汇报在今晚交给我，以一页篇幅为限。"有时属下汇报的内容非常丰富——譬如要讲到某战场的作战计划，或者是一种新式的坦克生产方案；但这些也必须纳入他规定的"一页篇幅"之内。

　　选举揭晓后，该杂志社向林肯和丘吉尔子孙中的代表赠送了纪念品，并且还到美国伊利诺斯州春田市林肯墓和英国牛津郡布莱登市丘吉尔墓前去献了花篮，花篮的缎带上写了这样几个字："谨献给仅次于上帝的人"。

　　【哈佛教育创新感言】　用"简约而不简单"来形容仅次于上帝的人是最好不过的了，用有限的文字就可以表达清楚自己的观点，所以不简单。其实生活也要这样，少一些懒散，少一些拖沓，少一些繁文缛节，要的就是

效率,就可获得这种简单中的不简单! 放下心里的包袱,可能我们都将会成为仅次于上帝的人。

都市里的悬崖

日本最大帐篷商、太阳工业公司董事长能村先生想在东京建一座新的销售大厦。善于动脑筋的他想,在寸土寸金的东京只建一座大厦,不仅一时难以收回成本,而且大厦的每日消耗也是一笔不小的开支。怎样能做到既建了大厦,又可以借此开拓新的市场呢?

万事就怕有心人,有了这样想法的能村先生便特别关注生活里的一些热点问题。当时,攀岩热正在日本兴起,且大有蓬勃发展之势,这令能村先生茅塞顿开:何不建一座都市悬崖,满足那些都市年轻人的爱好?经过调查研究,能村先生邀请了几位建筑师反复研讨,决定把十层高的销售大厦的外墙加一点花样,建成一座悬崖绝壁,作为攀登悬崖的练习场。

半年后,一座植有许多花木青草的悬崖,便昂然矗立在东京市区内,仿佛一个多彩而意趣盎然的世外桃源。练习场开业那天,几千名喜爱攀岩的血气方刚的年轻人,兴高采烈地聚集此处,纷纷借此过一把攀岩瘾。

在东京市区内出现了从前在深山峻岭才能看到的风景,这一下子吸引了人们的目光,每日来此观光的市民不计其数。而一些外地的攀岩爱好者闻讯后,也不辞辛苦到东京一显身手。

接着,能村先生又恰到好处地把握了这种轰动效应,在公司的隔壁开了一家专营登山用品的商店。很快,该店便因货品齐全,占据了登山用品销售市场的榜首地位。

"越能利用有利用价值的东西就越能赚钱。"这是能村先生的经营之道,而他也正是在这一理念的引导下,把大楼的外墙建成都市里的悬崖,从而赚了大钱。

【哈佛教育创新感言】 在日新月异的社会里,什么事都有可能发生,就连那些你平常不敢想象的事情,只要你大胆地去做,充分发挥你的想象力、创造力,财富就会滚滚而来。

走出别人的脚印

18世纪末,欧洲政坛上出现了一位最没有规矩的人物——拿破仑。

他从政没有规矩:一个没有贵族血统、没有门第背景的人,却靠娶了一个有钱的寡妇,挤进了法国政坛。

他打仗没有规矩:别人都是列着队敲着鼓走到跟前了再放枪;可他打仗是先用大炮轰,然后再让骑兵冲上去一顿乱砍。

他用人没有规矩:除了法国,当时没有任何一个欧洲国家的元帅是鞋匠、木工、小摊贩,可他的26位元帅中,有24位出身于此类平民。

他甚至连加冕都没有规矩:别的皇帝都是跪下让教皇把王冠给他戴上,他竟然是站起来抓过王冠,自己给自己戴上的。

总之,如同当时欧洲的贵族们怒斥的那样:拿破仑这个土匪是世界上最没有规矩的人!但是他们又不得不臣服于拿破仑,并且按照拿破仑给他们制定的规矩生活,因为按照他们自己的规矩,他们打不过拿破仑。拿破仑的铁蹄踏遍了整个欧洲,欧洲历史上所有的军事强国全都一一败在他的手上……

唯有敢于打破陋习,勇于质疑陈规的人,才能在历史中脱颖而出,成为时代进步的先锋。走出别人的脚印,另辟一条蹊径,你的人生也会因此不同。

【哈佛教育创新感言】 人生活在世上,有许多事是不可以做的,有许多规矩是必须遵守的——为着自己也为着他人。但我们都忘了,有时,规矩是应该打破的!这种思想的核心是质疑。专家和权威并非生来就存在,他们本身就是在不断的质疑中前进成为专家和权威。成为打破规矩的人,你的人生会因此而精彩。

195

火柴的发明

有一天,瓦克尔在用棒子搅拌着掺杂化学药品的东西时,看到棒子上

附着一团小东西,他想把它弄掉,于是就在砖头地板上摩擦棒子。突然,棒子"嗤"的一声就着火了。

"咦,这么容易就着火呀?大家不是希望有个能轻易点火的东西吗?如果制造这个东西来卖的话,应该会变成富翁吧!"

瓦克尔的猜测果然不错,大家都非常喜欢这种火柴。不过火柴有一个缺点,就是如果空气干燥、湿度很高的话,这种火柴常常因为达到燃点而自己会燃烧起来,即使放在口袋里,也很容易着火,所以火柴有点危险。

之后,瑞典和法国的研究员对此种火柴进行试验,而制造出更安全的火柴。人们长久以来梦想着可以把火柴随身携带的愿望,终于可以实现了。

【哈佛教育创新感言】 想象是任何创新不可缺少的基本要求,想象力是思维的升华,只有平常关注生活,热爱生活,才会有更多的想象和创新。

196

两个伟人

曾任美国通用汽车公司总经理的斯隆被西方管理学界誉为"现代化组织的天才"。杜拉克则是美国著名的管理学者。

1944 年,斯隆聘请杜拉克担任通用的管理政策顾问。二人见面时,斯隆说了这样一番话:"我不知道我要你研究些什么,要你写什么,也不知道该得出什么样的结果。这些都该是你的任务。我唯一的要求,只是希望你把你认为正确的东西写下来。你不必顾虑我们的反应,也不必怕我们不同意。尤其重要的是,你不必为了使你的建议易为我们接受而想到调和折中。在我的公司里,人人都会调和折中,不必劳你的驾。你当然也可以搞调和折中,但你必须先告诉我们,'正确'的是什么,我们才能做出正确的调和折中。"

管理学家们认为,通用何以能成为通用,斯隆何以被称为"组织天才",这段话就传达出了重要信息。

【哈佛教育创新感言】 受"中庸"思想影响了几十年的中国人,经常会被繁杂的事务或是各种各样的表面现象、周围人的干扰或迷惑,而失去了自己对"正确"的理解,对任何事物想的都是"调和"或是"折中","折中"或

是"调和"的好处是皆大欢喜,付出的代价是失去了本真。殊不知,"正确"是唯一的,任何的"折中"或是"调和"带来的永远也达不到"正确"。

请您等着47号

某企业集团在招聘主管策划的副总。应聘者特别多。

一位应届大学毕业生赶到现场时,招聘人员发给他是47号。没招了,只好等吧。但是,他忽然想,这样等着不一定是好结果。"被动就要挨打",还是主动出击的好。于是,他掏出一张纸条,认认真真地写上一行字,叠起来,让人传给招聘负责人。应聘者以为是有人在走后门,都用鄙视的目光盯着。

主考官接过条子一看,不由笑了。他向应聘者们说:"我刚接到一张条子,它是这样写的:尊敬的主考老师,没见到47号之前,请不要选用别人。我想,我们集团正是要招聘这样的创新人才!"

应聘者们知趣地退散了,47号如愿了。

【哈佛教育创新感言】 如果一味地等下去,47号可能就丧失了这次机会。47号与众不同的是,他不是因循守旧,而是用了一个小小的点子,为自己赢得了机会。

零增长政策下的一枚苦果

正所谓成功的企业其成功经验大同小异,而失败的企业却各有各不同的失败原因。当国人还在欷歔于羊城仟村和日本八佰伴成为过度扩张政策下的牺牲品时,大洋彼岸的美国百年老店蒙哥马利·沃德公司却尝尽了过分保守的零增长政策带来的苦果。

1872年,推销员艾伦·蒙哥马利·沃德在芝加哥开设了他的第一家邮购商店,他把出售的商品列了一个清单,并告诉远离市区不便购物的农场主们怎样用一张订货单订货,并且许诺:如果消费者对所购商品不满意,

哈佛教育创新故事

可以不花运费把商品返送回公司退换。为了扩大影响，沃德开始了一系列促销活动。他带着几个人开着巡回推销货车，在各地展示公司的商品，同时还为消费者提供娱乐活动，邀请顾客参观公司在芝加哥的工厂。这些措施在现在的营销人员看来都颇具新意。

毫无疑问，沃德的促销措施大获成功，一共有 28.5 万人参观了工厂，这些人成了沃德的首批顾客，带动着公司业务蒸蒸日上。最初，他的订货单只有一页纸，到了 1874 年，他的商品目录表成了有 72 页纸的小册子。1884 年已达 240 页，将近 1 万种商品列入其中。而他的主要竞争对手、后来的零售巨子西尔斯公司直到 1886 年才成立，当时它的邮售商品只有一种——手表。其后的几十年，直到第二次世界大战前，西尔斯的生意从来没有超过蒙哥马利公司。

20 世纪 20 年代，由于美国交通道路的改善和汽车的普及，农场主购物越来越方便，邮购业务开始急剧下滑，蒙哥马利和西尔斯不约而同地选择了开设百货商店。到 1929 年年底，沃德已开设了 500 家商店，此时的西尔斯还只有 300 多家。在 30 年代早期的萧条岁月里，两家公司都对已开的商店加以巩固，淘汰了一些亏损商店，对新开商店进行周密的计划和调研，结果两家公司都顺利地度过了这场世界性危机。

"二战"之后，西尔斯开始了一场更大规模的扩张运动，它深信战后经济能复兴，因此下了 3 亿美元的赌注，扩大零售商店。战后头两年，它的销售额就从 10 亿美元猛增至 20 亿美元。而蒙哥马利公司走的是一条截然相反的道路，新任总裁艾弗里认为战后必有萧条出现，他预测说："战后经济状况的恶化将会使我们对以前熟知的一切感到陌生，我们必须谨慎从事，不能再扩大规模。"

在这种零增长政策下，艾弗里把数百万美元存入银行，这些钱赶得上当时美国最好的、名列前茅的银行的资金储备。结果，从 1938 年到 1954 年间，蒙哥马利公司不但没有发展，反而在后退，店铺数从 600 家减到 508 家，而此时狡猾的西尔斯却在不断扩张，从原先的 496 家增至 718 家，远远地将对手抛在了后面。蒙哥马利就是在这种谨慎中将自己的阵地拱手让给了别人，失去了竞争份额。直到今天，它也没有再建立起这种竞争基础。

此后的岁月里，蒙哥马利公司几经转手，几经兼并，几经扩展，尽管保住了它在美国零售业前十的位子，但令人遗憾的是，它的市场定位越来越模糊。过去，它一直以出售大众化商品而深受美国居民的欢迎，而后来，它

却一改初衷,走中高档路线,其百货商场变成集家用电器、家居装饰、家庭用品、服装、汽车修理、金银首饰为一体的综合商场,完全丢失了原有的廉价经营特色。

与此同时,沃尔玛、西尔斯、凯马特、彭尼等大型零售公司却死守住中低收入消费者为主体目标的市场,加上全国各地大量涌现的专卖店也来积极抢占市场份额,蒙哥马利的日子越来越难熬。1995 年,公司略有亏损;1996 年,公司亏损达 2.49 亿美元;1997 年上半年,公司亏损高达 2.5 亿美元。由于公司身负 14 亿美元的巨额债务,供货商不愿继续提供商品,银行也不愿提供新贷款,在两面夹击下,蒙哥马利不得不申请破产保护。

美国一位资深的零售顾问这样评论:蒙哥马利早在几十年前就死了,现在,他们只是补办一个体面的告别式而已。

【哈佛教育创新感言】 零增长意味着停止前进的脚步,之所以停止前进是因为担心前面有数不尽的荆棘。历史早已告诉我们:"物竞天择,适者生存。"谁能把握机遇,努力创新,加快发展,谁就能在竞争中立于不败之地。

199

中国古画引发的灵感

斯特切·卡尔森是美国的一位工程师。他是个做事喜欢动脑筋的人,业余时间常常搞一些小发明。

一天,他到公司的秘书处办事,看到秘书在那儿忙得不可开交,一会儿要抄写几份同样内容的文件,一会儿要画几张同样的图表,忙得满头大汗。他觉得秘书工作非常辛苦,头脑里忽然冒出一个想法:要是有一台机器,能够照原样把这些文件和图表都翻印出来,那该多好啊!从那以后,他脑子里便常想象那种机器的样子。

开始构思后,卡尔森遇到的第一个难题是:如何将这张纸上的字、线条和图案如实地翻印到另一张纸上?一个多月过去了,卡尔森还是没想出好办法,他感到十分苦恼。

一天中午下班后,他走进附近一家中餐馆,准备好好吃一顿。在餐馆时,他无意中看到一幅题为"霸王别姬"的中国画,卡尔森对画很好奇,便向

哈佛教育创新故事

餐馆老板请教画中的内容。

热情的老板告诉他，这个故事发生在 2000 多年前的中国。百战百胜的楚霸王项羽一次遭到刘邦军队的伏击。他拼死突围，带领剩下的几十个残兵败将，逃到乌江边。项羽怎么也咽不下这口气，发誓要重整旗鼓，卷土重来。忽然，他发现江边上立着一座石碑。定睛一看，只见石碑上赫然显现出"霸王自刎乌江"6 个大字。项羽不禁大吃一惊，他是个非常迷信的人，以为这是上天的旨意，于是长叹一声，拔剑自刎了。其实，乌江边的石碑是汉高祖刘邦设的计谋。他派人用蜂蜜在石碑上涂了这 6 个字，蚂蚁嗅到蜂蜜味，爬满了涂蜜的地方，就呈现出了醒目的字样。这幅图画的就是楚霸王被刘邦围困、准备突围前与爱姬生死离别的情景。

老板讲故事讲得眉飞色舞，周围吃饭的人也听得津津有味，可满脑子想着发明复印机的卡尔森却从中大受启发。他想：要是将一张纸上的笔画像涂蜂蜜一样涂到另一张纸上，然后让墨粉像蚂蚁一样附在上面，问题不就解决了吗？卡尔森按照这个思路研究下去，很快就设计出了制造方案。

经过一段时间的努力，卡尔森终于在 1938 年 10 月 23 日制造出世界上第一台静电复印机。当卡尔森激动地把一张写满字的纸张放入复印机并复印出完全一样的纸时，世界上第一份复印件也就此诞生了。

【哈佛教育创新感言】 一幅"霸王别姬"的古画，漂洋过海，把那个充满东方神秘感的故事带到海外。其实司空见惯的事物中往往蕴涵着各式各样的惊喜，关键看你是否利用思考的"犁"，在平淡无奇的世界里"翻"出奇迹。

200

和尚分粥

一个寺庙住着 7 位和尚，他们要分粥吃。

起初，他们商议决定，选出一位德高望重的老和尚，让他主持分粥。一开始老和尚分得比较公平，大家基本都能吃饱。但是，很快大家就发现有人在贿赂老和尚，老和尚的勺子开始偏了，多数人吃不饱饭了。于是大家又开会决定，一人一天，轮流分粥。一开始也比较公平，但是不久大家又发现，只有轮到自己分粥那天，自己才能吃饱，其余 6 天都得饿肚子。他们又一次开会，并且请来一位寺外的和尚介绍了经验，最后决定：不论是谁，只要愿意为大家分粥，为大家服务，都会受到大家的欢迎，都会得到大家的敬意，只是有一个条件——粥分好后，得让大家先挑选钵子，剩下的最后一钵粥留给分粥者自己。就是说，分粥者一旦分不公平，粥少的钵子必然得由分粥者端起，他就得饿肚子。从此以后，大家每天都能吃饱了。

第一个分粥制度是东方的经验，第二个分粥制度是西方的经验，第三个分粥制度是全人类共同的智慧。

【哈佛教育创新感言】 这个故事告诉我们新的制度、机制必须要真实有效，不是一种凭空的想象，机制必须要在一个不断博弈的过程中持续创新，与时俱进增强制度竞争能力。

没有靠背的椅子

麦当劳快餐店创始人雷·克罗克，是美国社会最有影响的十大企业家之一。他不喜欢整天坐在办公室里，大部分工作时间都用在"走动管理上"，即到所有各公司、部门走走、看看、听听、问问。麦当劳公司曾有一段时间面临严重亏损的危机，克罗克发现其中一个重要原因是公司各职能部门的经理有严重的官僚主义，习惯躺在舒适的椅背上指手画脚，把许多宝贵时间耗费在抽烟和闲聊上。于是克罗克想出一个"奇招"，将所有的经理的椅子靠背锯掉，并立即照办。开始很多人骂克罗克是个疯子，但后来不久大家就体会到了他的一番"苦心"。他们纷纷走出办公室，深入基层，开展"走动管理"，及时了解情况，现场解决问题，终于使公司扭亏转盈。

人都是有惰性的，尤其是在安逸舒适的环境下，肯定会更沉迷其中。比如说，如果在炎炎烈日与融融空调下，肯定大多数人会选择后者。整天待在办公室，不到外界走动，世界发生了天翻地覆的变化都不知道，如何把企业经营好？

贪图舒适的工作环境，肯定不会有好的工作效率。与其躺在那里耗费时光，不如多出去走动走动，深入基层，了解更多的知识与信息。

作为领导者，可不要滋长员工的惰性哟。

如果人们把安全和维持现状看得比机会、首创精神和士气更为重要，

那就很容易产生萎缩和腐朽。

【哈佛教育创新感言】 "生于忧患,死于安乐"说的也是这个道理。让我们记住文章的最后一句话:"如果人们把安全和维持现状看得比机会、首创精神和士气更为重要,那就很容易产生萎缩和腐朽。"活动着的人能够看到一个个不可多得的"机会",对于一个躺在有靠背的椅子上的人来说,他想的只是如何去维持这种舒适的生活,最后他就失去了这种舒适的生活。

笑话公司

202

巴西有个企业家叫卢伊兹·卡洛斯·布拉沃,有一次他到剧院观看演出,当看到一个讲笑话的节目时,他被演员逗得捧腹大笑。很多观众笑后就抛在脑后,但卢伊兹与众不同,他反复思考此事,忽然想到一个主意,认为可以将"笑话"变成赚钱的"商品"。

经过认真的研究分析,卢伊兹决定创立一个独特的电话服务公司,叫做"笑话公司"。他千方百计汇集了世界各国出版的500多册笑话选集,从中精心挑选了成千上万则精彩的笑话,请一些大学教授译成英语,并使其富有英语的幽默感。然后再聘请滑稽演员把这些笑话制成录音,在电话上增设一个特制系统,备有专用电话号码。用户只要一拨这个专用号码,就能听到令人捧腹大笑的笑话。

当然,用户每听一次,就要交付一定的费用。这种别开生面的业务一开张,就受到广大听众的欢迎,卢伊兹由此获得了丰厚的利润。

为了保护自己的专利,卢伊兹在巴西全国工业产权局进行了注册登记。后来,随着生意的兴旺,又在英国等十几个国家进行了专利注册,他在巴西先后与300个城市的电话局签订合同,都安上了这种设备,开展笑话业务。在国内业务的基础上,他又开始向英国、日本、德国、法国、希腊、阿根廷、智利、西班牙、葡萄牙等市场出口,年业务额达3000多万美元。

【哈佛教育创新感言】 把"笑话"变为"商品"的确是一种很好的创意,其实生活中处处都有"金矿",都有发财的机会,就看你有没有与众不同的思路和创举。

填井救驴

一头驴子掉进枯井之中。主人请来一群朋友帮忙,想要救出驴子。但是,井太深,加之井壁狭窄,大家想尽办法都无济于事。

主人想到驴子跟随自己十多年,没少吃苦,现在就要这样活活饿死在井中,很不忍心。最后他决定填井。既然救不了驴,就让它死得快一点,少受一点痛苦。

当人们铲起一锹锹沙土丢进井中后,奇迹却发生了。人们发现丢进去的沙土成了驴子的垫脚石,驴子随着沙土的增多,正慢慢向井口上升。

【哈佛教育创新感言】 这个故事告诉我们,生活中经常会出现我们意想不到的事情,只要你善于发现,很多本以为不可能的事,也会变成可能的。

敲门的一刻

在国外的杂志上常看到这样的广告:"本人有志前往亚马孙河森林,考察当地土著习俗生活并摄制纪录片,因缺乏资金,征求赞助。"还留下网址,详情即可约洽。

因为有了 Discovery 这样的电视频道,需要大量节目内容。英语世界人才遍地都是,从南太平洋圣诞岛的皇帝蟹生态,到墨西哥玛雅金字塔的史前图案,无论大学专家,还是业余学者,资料和热诚都不缺,有时只欠一笔赞助的资金。

年轻人想闯出一点名堂,只要有一份真诚的意志,资金是可以一家家地敲门的。首先,在欧美社会,这样做不叫做"占便宜",许多基金会,有很公正的财务总裁,他们愿意花一小时听取一个年轻人在办公室里讲述他的探险大计,二三十万英镑的资助,只要在他签支票的职权范围,他会很乐意地挥笔 OK。

203

哈佛教育创新故事

在欧美,这一类交易没有那么多步步为营的设防,也没有影影绰绰的阴谋论。计划书很详尽,来人口才出色,马上找到知音,钱批出去。这位年轻人,因为是伦敦大学动物系毕业,他的品格和诚信都有起码的保障,他不会把钱拿去赌场通通输掉,然后潜逃无踪。

于是,当我们打开 Discovery 频道时,春花秋月,鸟唱虫鸣,考古寻秘,探月问星,有许多令人眼花缭乱的好节目,许多都是一个穷大学生,刚毕业,走进华尔街一家企业的大亨办公室门外,鼓起勇气敲他的门开始的。活在 21 世纪,懂得英语,看通许多世情,感觉会很幸福。

【哈佛教育创新感言】 敲门的那一刻看似很短暂的瞬间,却不仅展示了一个人渴望成功的勇气,更向世人展示了一种正直的品格和一颗真诚的心。是不是你也想敲开一扇通向成功的门呢? 成功就是从敲门的那一刻开始的。

204

衬衣纸板带来的财富

美国商人斯太菲克是一个退役军人,在医院疗养期间,他读了《思考和致富》一书,深受启发,很想实践一下书中所讲的理念,通过自己的思考变成一个有钱人。

躺在医院的床上,他冥思苦想,共想了很多主意:创办一个信息中心、开办一所疗养院、与别人合伙搞一个广告公司、建立一个电视台……他为自己的种种想法兴奋不已。可是,他很快就高兴不起来了,因为他发现要做的事情虽然都是能引起轰动效应的大事,但尽快实现的可能性极小,自己连起码的资金都不具备。辗转反侧,他决定自己还是应该先从小事着手,等到把资金筹够了再做大生意也不迟。

一天,护士给他送来了洗好的衣服。衣服是送到洗衣店里去洗的,洗衣店洗好熨烫好以后由护士帮助领回来。看到叠得整整齐齐的衣服,斯太菲克的眼睛一亮。原来,洗衣店总是把烫好的衣服折叠在一块硬纸板上,以保持衬衣的硬度,避免打皱。正是这块纸板使斯太菲克点燃了智慧的火花。他有了一个新奇的想法。

他去那家洗衣店作了一次拜访,得悉这种衬衣纸板每千张的价格需要

4美元。他想以每千张一美元的价格出售纸板,但要在每张纸板上刊登广告。登广告的人所付的费用归他所有。这件事在许多人看来都是一件小得不能再小的事情了,谁会在意每千张纸板才一美元的生意呢?斯太菲克的朋友甚至讽刺他说:"如果你不是做生意的材料就认输吧,站在马路上说不定一天也不止捡到一美元!"可斯太菲克却不以为然,他知道自己还有更大的目标,但是无论什么样的目标都必须从小事做起。

从疗养院出来后,他就把全部精力投入到行动中,把想象的事情变成了现实。

一段时间之后,斯太菲克的客户越来越多,他自己也积累了一些经验,这时,他决定把生意做得再大一些。他发现衬衣上的纸板一旦被撤除后,就不会为洗衣的顾客所保留。怎样才能使顾客保留登有广告的纸板呢?他又想出了一个新办法:在衬衣纸板的一面仍然印广告,另一面印上有趣的儿童游戏或主妇菜谱、字谜、谚语、小常识等。这种做法果然很奏效。许多家庭主妇不等衣服穿脏就又送到洗衣店去洗。洗衣店也很高兴,愿意订购斯太菲克的纸板。

为了扩大业务,斯太菲克又想出了一个高招:把出售衬衣纸板的收入全部捐给美国洗染学会,洗染学会给他的回报是,建议每个成员店及同行业的工会只购买斯太菲克的衬衣纸板。这样,斯太菲克几乎垄断了整个国内市场,他的曾经被别人瞧不起的小生意在人们惊讶的目光中变成了大生意,他也一跃成为美国有名的富商。精心安排的一段思考时间给乔治·斯太菲克带来了可观的效益。

【哈佛教育创新感言】 聪明的人之所以聪明是因为他善于抓住身边每一个探索的机会,并为之锲而不舍地追求下去,勇于打破常规,成功就永远属于这种人。

机 会

A满腔抱负,在某合资公司做白领,却没有得到上级的赏识。他经常想:"如果有一天能见到老总,展示一下才干就好了!"

A的同事B也有同样的想法。他打听老总上下班的时间,算好老总大概会在何时进电梯,自己就也在这个时候坐电梯,盼望能遇到老总,有机会打个招呼。

同事C更进一步。他详细了解老总的奋斗历程,弄清了老总毕业的学校,人际风格,关心的问题,精心设计了几句简单却有分量的开场白,算好时间去乘电梯。在跟老总打过几次招呼后,终于得到一个长谈的机会,不久就争取到一个更好的职位。

【哈佛教育创新感言】 机会对于每一个人都是平等的,愚者错失机会,智者善抓机会,成功者创造机会。

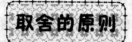

取舍的原则

206

多年前,诺埃尔一直担任着我的办公室助手一职。不过,我知道,她的理想并不在此。诺埃尔经常流露出想到国外的一所教师培训院校接受高级培训的想法,但她并不确切知道,对她而言,从事教师职业是不是正确的选择。如果选择去进修的话,她不仅要放弃待遇丰厚的助手职位,还要远离家人和朋友,将来能否获得教师任职资格,也还是一个未知数。对于诺埃尔来说,这真是一个艰难的抉择。

一天早上,诺埃尔来到办公室,郑重对我说道:"我已经决定辞去助手工作。"从她的表情我能看出她真的下了决心,我知道,挽留毫无意义,但有一个问题困扰着我,我问道:"究竟是什么让你下了这么大的决心?"

"去还是留?我一直都在反复思考着这个问题。直到昨天晚上,我反复问自己:'你可以不这样做吗?'这一反问,使我清晰地认识到,我不能不去!你也知道,这个愿望已经伴随我很多年,而且时不时地它都会突然在我脑子中蹦出来。随着时间的流逝,它不仅没有丝毫削弱,反而变得越来越强烈。我记得一位哲人曾经说过:在你生命的最后,你才会发现,令你后悔的,不是你做了什么,而是你没做什么。所以,我今天来向你提出辞呈。"

诺埃尔最终获得了教师资格证书。在那里,她还邂逅了一位男士,并与之相爱,结为伴侣,组成了一个幸福的家庭。她在给我的信中说,她非常庆幸当初的决定,这个决定不仅圆了她的教师梦,而且给她带来了许多预料之外的收获。

在此后不久,我撰写的人生中第一本励志类书籍《龙不再住这里》问世了。我不知道该如何向外界推销这本书,就在那时,我收到了一个朋友寄来的信,他向我推荐一个图书发行公司,并附有一份他们发行的图书目录单。但是我对自我促销形式并不适应,况且此时的我还只是一个没有任何名望的咨询师,性格也较为内敛,因而在我浏览了几遍目录单之后,准备将它扔到废纸篓里。

这时,我突然想起了诺埃尔的话:"你可以不这样做吗?"为了写这本书,我花费了大量的精力和时间,难道就是为了让它永久地束之高阁吗?我硬着头皮来到了那家发行公司,将我的书放在了公司主管的手中。他热情地接待了我,几天后,我的书已经赫然出现在这家发行公司的发行目录上。之后的事情很多人都已经知道了:这么多年来,《龙不再住这里》一直处在畅销书排行榜中,并被称为"近年来最具有影响力的十本书之一"。

今天,当我一次次接受邀请,到处发表演说,会见一个个杰出人物,出版了一本又一本畅销新书,职业生涯不断迈上新的台阶时,我不能不承认,我生活中的巨大变化,和那一句反问"你可以不这样做吗?"以及反问后做出的决定有着重要的关系。

人的一生中总会面对许多机会和挑战,取舍和选择的主动权在你手中,我给你的取舍原则只有一条:反复问你自己:"你可以不这样做吗?"

【哈佛教育创新感言】 一位哲人曾经说过:"在你生命的最后,你才会发现,令你后悔的,不是你做了什么,而是你没做什么。"当我们心里反复确认自己应该做某一件事情时,那你必须尽快地去做,因为一个人的时间有限,你只有这样做了,才不至于抱憾终生。

马

马,本来自由自在地在山间撒野,渴了饮用山泉,累了躺在地上晒太阳,无忧无虑。但是有了伯乐之后,马的命运就改变了,人们给它戴上笼辔,搭上鞍具,拴住它,使其死者十之二三。再鞭策它,让它运输东西,使它日行千里,在它的脚上钉铁掌,使其死者过半。马本来就是毫无羁绊的动物,让它汲取日月之精华,天地之灵气,无用无为,享尽天年,该是多么美

好。如果硬要教化它,羁绊它,让它"为人类多做贡献",反而有害于它的生命。

人又何尝不是如此,不断在规矩的约束中丧失着自己。

【哈佛教育创新感言】 因循守旧只会导致失败,只要有创新就能化腐朽为神奇,将平庸创造为奇迹,没有勇气去改变现状的人,就永远不会取得成功。

208

受伤的苹果

一场大冰雹把农场主的苹果打得伤痕累累。苹果卖不出去,农场就要濒临破产,即使这样的苹果卖出去了也很有可能被退货。在农场主为此郁闷时,他随手拿起了一个苹果猛啃起来。谁料,一口下去,他脸上却乐开了花:原来他发现那些苹果是那样的脆甜可口,比以往的苹果好吃得多。

于是,农场主和往年一样,先把苹果包装好,并在里面加了一张精美的小卡片:"尊敬的顾客朋友,由于天灾,使得这些苹果表面上有些伤痕,但请您不要介意,因为这些苹果在经受住了高原冰雹的考验后,变得更加香脆可口,同时也富含了更多独特的高原风味。"

结果,他的这批苹果比好苹果卖得还要多。

【哈佛教育创新感言】 面对困难不要抱怨、放弃。只要你转变一下思维,换一下角度就会使困难变为一种巨大的财富。如果只是一味地抱怨,只能眼看着成功的机会从自己的身边慢慢地溜走。

让前人的梦想成真

达·芬奇去世30年后,一位技艺精湛的钟表匠根据他的图纸成功试制了世界上第一辆不用牛马拉的车子。不过这辆车行驶速度很慢,使用也很不方便,没有引起人们的重视。

但法国人古诺却对此产生了兴趣。古诺是一名出色的年轻技师,在一

个专门生产炮的兵工厂工作。笨重的火炮要运送出去真不容易,得用好几匹壮马才能拖动。蒸汽机传到法国后,古诺突发奇想:用蒸汽机做动力,能不能制造出自动行走的车子呢?用这种车拉炮不是方便很多吗?不久,他真的研制出了一辆有三个轮子、能牵着大炮到处跑的蒸汽机车。车发动后,浓浓的白烟直往上冒。它慢悠悠地"走"在路上,发出"哐啷、哐啷"的巨响,每 15 分钟后还得停下来加水,真像是一个有气喘病的老头,走走停停,特别滑稽可笑。而且这车体积庞大,车子长 7 米多,高 2 米多,很难控制。一次,古诺开着"怪物"车上街。来到繁华的闹市时,前面突然驶来一辆马车。这马车似乎看着这"怪物"很不服气,直朝着蒸汽车冲过来。古诺赶紧让道。谁知这车转向不灵活,一头就撞到了墙上。因此,蒸汽车因为其实用价值不大而没能传播开来。

后来,随着内燃机的出现,人们把内燃机安装在车辆上,汽车才真正得到推广。1886 年,德国人戴姆勒把自己发明的汽油发动机安装到四轮马车上,居然可以每小时行驶 18 千米,而且中间还没有出现半途熄火的现象。

同时,德国人卡尔·本茨也在尝试制造一种以汽油内燃机为动力装置的新型车辆。为了不干扰别人,本茨经常到海边的堤坝上试验他的新车。人们偶尔听到远处传来一声尖锐的声响,就知道是本茨又在调试他的新汽车了。

1889 年,本茨制造的汽车出现在巴黎世界博览会上,引起了巨大的轰动。人们争相观摩本茨的汽车。在冯·费歇尔和朱里安·甘斯的资助下,本茨成立了自己的汽车公司,就是现在世界上最大的汽车生产厂家之一——奔驰汽车公司。

早期的汽车完全依靠手工制造,生产成本很高,一般人根本买不起。直到美国人亨利·福特采用流水线生产以后,汽车才真正进入大众的家庭。1908 年,福特"T"型车问世。这种车经济实用,价格也非常低廉,受到了大家的热烈欢迎。现在,汽车已成为人类最重要的交通工具,改变了整个人类社会的发展状况。

【哈佛教育创新感言】 对于一些问题,有时我们可以利用各种方法,突破和超越常规思路,只有勇敢地突破固定的思维界限,才能取得意想不到的创新。

209

瑞士的"银行保密法"

210

20世纪30年代初,在瑞士发生了这样一件事:由于德国法西斯的武力逼迫,德国公民在瑞士银行的存款几乎全部被迫转入德国国家银行。为了预防再次发生此类事件,瑞士政府于1934年制定了西方第一部银行法——"银行保密法"。

"银行保密法"规定,瑞士银行一律实行密码制,为储户绝对保密。银行办理秘密存款业务的只限于二至三名高级职员,禁止其他工作人员插手过问。对于泄露存款机密的人给予严厉处罚:监禁6个月和罚款2万瑞士法郎或更重的处罚。该法还规定,任何外国人和外国政府,甚至包括瑞士的国家元首和政府首脑以及法院等都无权干涉、调查和处理任何个人在瑞士银行的存款,除非有证据证明该存款人有犯罪行为。

自从实行"银行保密法"以后,大量的外国资金源源流入瑞士。尤其是一些国家的独裁者、政客和流亡外逃者,更是将瑞士银行视为万无一失的保险库,将大量的金钱存在瑞士。第二次世界大战期间,德国法西斯分子屠杀了大批的犹太人,死者中不少人是富翁。战后,他们的子女或亲属得知先辈在瑞士银行存有巨款,但由于不知道账号,只好望洋兴叹。至今,瑞士银行究竟有多少"死账",谁也不清楚。据行家估计,目前世界各地储户在瑞士银行的存款,可能有数千亿美元。这给瑞士的经济带来了巨大的好处。

瑞士银行虽然兴旺发达,但最近十多年来,却有好几个国家与瑞士银行发生了索取存款和保护存款的纠纷。1974年,埃塞俄比亚向瑞士索取其被废黜的海尔·塞拉西一世国王存在瑞士银行的100多亿美元。3年后,该国驻联合国代表承认,由于严格的"银行保密法",要收回任何钱财都是非常困难的。尼加拉瓜和海地政府曾要求瑞士银行归还索摩查(尼加拉瓜前总统)和杜瓦利埃(海地前总统)在瑞士银行的数百万美元的存款,也没有结果。菲律宾的马科斯总统下台出走,科拉松·阿基诺政府也提出要收回马科斯在国外的几十亿至上百亿美元的财产和存款。由于马科斯的大部分钱财都存在瑞士银行,此事也悬而未决。

【哈佛教育创新感言】　对于一些富人们来说，"死账"反而会坚定他们把钱存在瑞士银行的想法。因为"死账"意味着对"银行保密法"不折不扣的执行，意味着铁的纪律。存在这里的钱，本来就是某些人不便公开的或为今后保险的钱。把钱放在保密系数这样高的地方，还有谁不放心呢？

致富的奥秘

阿伊尔生活富裕，朋友们很想知道他致富的奥秘。一天，阿伊尔要到集市上办事，他的一位朋友正好同路，于是两人结伴而行。

天气十分闷热，行至一半，两人又累又渴，于是他们停下脚步，在路边的一棵大树下坐了下来。阿伊尔从随身携带的背囊里取出两只碗，摆放在两人的面前，然后解下水囊，将碗里倒满了水。

他们端起碗，刚要一饮而尽，突然刮来一阵风，吹得人睁不开眼。风停后，朋友发现碗里落了不少沙子，水面上还多了几片树叶，朋友皱了皱眉，没多想，就把碗里的水倒了。顺手拿起阿伊尔的水囊，给自己重新倒了一碗，仰起脖，一口气喝干了。等他放下手中的碗时，发现阿伊尔的碗里也是一片浑浊，但阿伊尔只是小心地将碗里的落叶拾起扔掉，再把碗放到地上。

过了一会儿，水渐渐澄清了，阿伊尔这才端起碗，慢慢地喝了起来。

朋友笑话阿伊尔吝啬，连一碗水都当成宝贝似的。阿伊尔听完，微微一笑说："每碗水都是我从井里打上来的，而井又是我辛辛苦苦亲手挖的。我怎么能不把它当成宝贝呢？"

一碗水落进了沙子和树叶。在阿伊尔的眼中，看到的还是水，而在朋友的眼里，看到的却只是沙子和树叶，这或许就是阿伊尔致富的奥秘。

【哈佛教育创新感言】　在现实生活中，我们总会遇到很多困难与挫折。面对困难与挫折，怎样权衡利与弊、优与劣，怎样才能找到平衡的支撑点，收得更大的经济效益和获取最高的精神愉悦呢？有的人迎"难"而上，从而使自己的时间、金钱、精力受到无谓的损失。如果能换个角度，多做一些逆向思考，也许就会走出困境，迎来"柳暗花明又一村"！

211

习惯与自然

在马戏团里,为什么一根细细的木桩、一截细细的绳索就可以拴得住一头千斤有余的大象呢?

原来当大象还是小象的时候,驯象人就用一条铁链将它绑在水泥柱子或钢铁柱子上,小象不论怎么挣扎,到头来都是徒劳无益的。渐渐地,小象习惯了不再挣扎,即使长大后可以轻而易举地挣脱链子时,它也不再挣扎。

马戏团里的老虎之所以不吃人,是因为驯虎人让老虎从小吃素,直到它们长大以后尚且不知肉味,自然就想不到要吃人,甚至一只扑打着翅膀的公鸡也会让其不知所措。

但是,有一只老虎却把驯兽师给吃了,原因是这位驯兽师摔伤之后,懒得去擦拭流在地上的血迹,而是让老虎把它舔净了。这一舔不得了,老虎知道了驯兽师原来才是天下最美的"佳肴",于是就张开了血盆大口。

小象是被链子绑住了,大象是被习惯绑住了。老虎也曾经被习惯绑住过,而那位驯虎人也是死于自己的习惯——习惯使他错误地认为他的老虎根本就不会吃人。

【哈佛教育创新感言】 不要局限于现在的工作方法和模式,应该主动尝试其他工作方法,打破现在的习惯,这样工作才能有创新。很多人之所以成功,就是因为他们突破了一种人们已经习惯了的思维,将一些在很多人看来不可能的事变成了可能。

真理诞生于100个问号之后

有一句著名的格言:"真理诞生于100个问号之后。"这句格言本身,就是一条真理。

人们都很尊敬发现真理的人。其实,真理常常就在你的身边,看你有没有一双敏锐的眼睛,有没有一个善于思索的头脑,有没有敢于坚持真理的勇气。

就拿洗澡来说，可谓一件非常普通的事情。洗完澡，把浴缸的塞子一拔，水哗哗地流走，谁也不会去注意它。然而，美国麻省理工学院机械工程系的系主任谢皮罗教授，却敏锐地注意到：每次放洗澡水时，水的旋涡总是向左旋的，也就是逆时针的！

谢皮罗紧紧抓住这个问号不放。他设计了一个碟形容器，里面灌满水，每当拔掉碟底的塞子，碟里的水也总是形成逆时针旋转的旋涡。这证明放洗澡水时涡朝左，并非偶然，而是一种有规律的现象。

1962年，谢皮罗发表论文，认为这旋涡与地球自转有关。如果地球停止自转的话，拔掉澡盆的塞子，水不会产生旋涡。由于地球是自西向东不停地旋转，而美国又处于北半球，所以洗澡水总是朝逆时针方向旋转。

谢皮罗由此推导出，北半球的台风，同样是朝逆时针方向旋转的，其道理与洗澡水的旋涡是一样的。他断言，如果在南半球，则恰好相反，洗澡水将按顺时针形成旋涡；在赤道，则不会形成旋涡。

谢皮罗的论文发表之后，引起各国科学家的莫大兴趣，纷纷在各地进行实验，结果证明谢皮罗的论断完全正确。

在60多年前，一位名叫密卡尔逊的生物学家，调查蚯蚓在地球上的分布情况，发现美国东海岸有一种正蚯蚓，欧洲西海岸同纬度地区也有正蚯蚓，但在美国西海岸却没有这种蚯蚓，他无法回答，这究竟是为什么？

密卡尔逊提出的这个问题，引起了德国地质学家魏格纳的注意。当时，魏格纳正在研究大陆和海洋的起源问题。他认为，那小小的蚯蚓，活动能量很有限，无法横跨大洋，它的这种分布情况揭示了这样一个秘密：欧洲大陆与美洲大陆本来是连在一起的，后来才裂开分为两个洲。他把蚯蚓的地理分布作为例证之一，写进了他的名著《大陆和海洋的起源》一书。

魏格纳从蚯蚓的分布，推论地球上大陆和海洋的形成，也正说明他的成功在于从问号中寻求真理。

最为有趣的是，一位奥地利医生看到儿子睡觉时，忽然眼珠子转动起来。他感到奇怪，连忙叫醒了儿子，儿子说他刚才做了一个梦。于是这位医生想，眼珠子转动会不会与做梦有关呢？

为了解开这个谜，他把儿子当成了"试验品"：每当儿子睡觉时，便守在旁边，一旦发现儿子眼珠子转动，就叫醒他。儿子总是说做了一个梦。

后来，医生又细细观察了他的妻子和邻居，都发现同样的情况。于是，

他写出了论文,指出当人们入睡时,如果眼珠子转动,一定是在做梦。

他的论文引起了各国科学家的注意。如今,人们研究梦的生理学,使用眼珠子转动的次数、时间,来测量人做梦的次数和梦的长短。

在科学史上,这样的事例岂止 3 个? 它说明科学并不神秘,只要你见微知著,那么,当你解答了 100 个问号之后,必能发现真理。

【哈佛教育创新感言】 对比东方和西方的教育模式,西方比东方更注重学生对"提问"的引导,而东方教育则更注重解答。幸好,我们的教育已经在调整——鼓励提问,并且收到一定的成效。但是,在我们的心里,希望去解决问题的成分却要重一些,超过提出问题的渴望。能提出问题的人往往成长为领导者,如果你也有这样的理想,那么,学会提问吧。

浪漫的情侣包装

一个着实寒冷的冬天。某电影院门口,一对老夫妇守着几筐苹果叫卖。或许因为怕冷,大家多是匆匆而过,生意十分冷清。一位教授模样的中年人看见这一情形,上前和老夫妇商量了几句,然后走到附近商店买来一些红彩带,并与老夫妇一起,将一大一小每两个苹果扎在一起,高声叫卖道:"情侣苹果,两元一对!"年轻的情侣们甚觉新鲜,买者猛增,不大一会儿,苹果就卖完了。

以"情侣"为促销主题是不少商家赚钱的诀窍。爱情是人类社会的永恒主题。在商家眼里,爱情题材的商机是一条赚钱的"金光大道"。"情侣表"、"情侣装"、"情侣套餐"、心形包装的"太太口服液"以及各类刻有"心心相印"图案的玉器珠宝等,无不体现商家在博取情侣欢心方面的良苦用心。还有"爱情酒吧"、"情人咖啡厅"、"情侣座",也让擅做爱情文章的餐饮业老板赚足了钞票。电影院、歌舞厅也大都开设情侣包厢,虽说票价比普通的高出许多,但热恋中的男女并不会因此望而却步。就连 MP3 也推出双语音插口,号称"情侣装"。将这一题材发挥到极致的,是快速消费品行业。最新的一个案例是:饮料分男女,就是"他"和"她"。该广告攻势凶猛,效果也十分明显,其背后的科学依据是否成立已经无关紧要了。

【哈佛教育创新感言】 换一种角度换一种思维,也能使本身毫无趣味

的东西变得更富有浪漫色彩。这种创新不仅极具特色，而且能带来极大的经济效益。

西方防盗新术

如何防止展览会上展出的珍贵物品和珠宝店橱窗里的首饰被盗已成为西方商人伤透脑筋的问题。巧妙精致的门锁、防弹玻璃和"电子警卫"都不能阻止偷儿们的光顾和失窃的发生。为此，不少西方商人最近纷纷开始采用最新的防盗妙法——野兽防盗。

在纽约的批发集市上，商人们把光灿灿的首饰放在盛满水的玻璃箱内，而自己在旁招揽顾客，看来他们儿不怎么担心小偷下手。而确实也没有哪位窃贼胆敢把手伸入水箱，因为谁都不愿意让自己的手指头成为在首饰四周游来游去的凶狠的比拉鱼的食物。在奥地利达尔维市的一家银行地下室里，有一头鳄鱼警惕地守在银箱边。英国斯卡尔伯罗市的足球俱乐部老板对接二连三的奖杯失窃大为恼火，最后不得不在俱乐部里养了几头狮子。但是，在采用防盗新法方面，比谁都做得过分的要算英国歇比岛上的一座教堂的神甫。这座教堂的尖顶，两次被人剥走了铅，用了很大代价方才修复原状。当盗贼第三次上门时，他终于遭到了 3 万只怒气冲冲的蜂群的攻击。

【哈佛教育创新感言】 古人曾经有"路不拾遗、夜不闭户"的大同理想，然而，不知从什么时候开始，偷窃似乎成了一种职业——偷窃者不会在意失窃者流下的泪。为了防范，防盗门、防盗窗、各种报警器也就成为当今社会流行的防盗工具。但是，失窃还是会发生。有时，看似野蛮的野兽，却得到我们更多的信任——防盗，防的其实是人们的心。

招兵有道

目前，美国仍是志愿兵制，在国家机器的宣传工作上，都强调爱国，报

哈佛教育创新故事

国,保护、捍卫自由民主等,以此来证明入伍当兵是件光荣、神圣的事情。又因失业率较高,所以,美国三军宣传广告上不但指出从军的人马上有工作,有收入,而且表示在今天现代化部队里,可在报国的同时学到一门专长,为你退伍后谋生做个准备。

其实,美国军队早在第一次世界大战时就请心理学家想好了一番安慰的话,这倒比讲大道理有用。

"如果是打传统的常规战争的话,不用担心你当了兵就会死。当了兵有两个可能:一个是留在后方,一个是送到前线。留在后方没有什么可担心的,送到前线又有两种可能:一个是受伤,一个是没有受伤。没有受伤不用担心,受伤的话也有两个可能:一个是轻伤,一个是重伤。轻伤不必担心,重伤的话也有两个可能:一个是能治好,一个是治不好的。能治好的不必担心,治不好的也有两个可能:一个是不死,一个是死。不死的话不用担心,死的话嘛……也好,因为你已经死了,还有什么好担心的呢?"

所以,如打的是传统常规战争,照上面说法,生还的机会好像还蛮大的。但如果发生的是核子战争式的世界大战,那么连不当兵的也没有什么好担心的了,你想,全人类都面临毁灭,你还好意思只担心自己是活是死吗?

【哈佛教育创新感言】 "人生不如意之事十有八九。"如何在这样的人生之中更好地生活,更好地面对这"十之八九"的烦恼是每一个向往快乐的人应该好好思考的问题。凡事往好的方面去想,就会看到希望,就会增添生活的勇气和力量,即使是在逆境之中。快乐由心,与其用更多的时间去咀嚼烦恼,不如用更多的时间去创造快乐!

揭开天体的层层面纱

长期以来,古希腊天文学家托勒密的"地心体系"的理论统治着人们的头脑,托勒密认为地球居于中央不动,日、月、行星和恒星都环绕地球运行。后来,哥白尼推翻了托勒密的理论。哥白尼在《天体运行论》中阐明了日心说,告诉我们:太阳是宇宙的中心,地球围绕太阳旋转。而后,布鲁诺接受并发展了哥白尼的日心说,认为宇宙是无限的,太阳系只是无限宇宙中的

216

一个天体系统。伽利略通过望远镜观察天体,发现:月球表面凹凸不平,木星有四个卫星,太阳有黑子,银河由无数恒星组成,金星、水星都有盈亏现象等。不久,开普勒分析第谷·布拉赫的观察资料,发现行星沿椭圆轨道运行,并提出行星三大运动定律,为牛顿发现万有引力定律打下了基础……因此可以这样说:科学是不断发现的过程,真理是不断创新的过程。

【哈佛教育创新感言】 善于借用他人的力量,取人之长,补己之短,通过创新,为自己的成功打下坚实的基础。

用比自己更优秀的人

约翰·亚当斯是美国历史上的第二位总统,为美国的独立立下过汗马功劳。

亚当斯在接替华盛顿就任总统时,美国正面临着与法国关系破裂的危险。到了 1797 年年底,两国处于剑拔弩张、一触即发的交战前夕。

常识告诉亚当斯,要打胜仗,必须要有得力的统帅指挥。有很多人劝他亲自统帅军队,但他认为自己并不具有军事上的特别才能。思来想去,他认为华盛顿才是唯一能够唤起美国军魂、团结全美人民的统帅。最后,他下定决心请华盛顿出山。

亚当斯的亲信们得知后,一致表示反对。他们认为,如果华盛顿复出,会再次唤起人民对他的崇敬和留恋,这样势必对亚当斯的威望和地位造成威胁。

千军容易得,一帅最难求。亚当斯毫不动摇,认为国家的利益和命运高于一切。他授权汉尼尔顿立即给华盛顿写了一封信,请求华盛顿再次担当大陆军总司令,指挥美军打败入侵者。

与此同时,又亲自给华盛顿写了封信。信中诚恳地写道:"当我想到万不得已而要组织一支军队时,我就把握不准到底是该起用老一辈将领,还是起用一批新人,为此我不得不随时要向你求教。如果你允许,我们必须借用你的大名去动员民众,因为你的名字要胜过一支军队。"

华盛顿接到信后很受感动,表示愿意立刻肩负重任。幸运的是,就在华盛顿准备率军出征的前夕,亚当斯终于通过外交斡旋的途径同法国达成

了和解。

这件事被美国人民传为佳话,亚当斯的正直与豁达也被广为传诵。后来,有位著名的记者采访他,问道:"您为什么不怕华盛顿复出会再次唤起人民对他的崇敬和留恋,进而威胁您的威望和地位?为什么敢于起用比自己更优秀的人?"

亚当斯开始没有直接回答,而是先给这位著名记者讲了自己少年时的一件往事。

"年幼的时候,父亲要我学拉丁文。那玩意儿真无聊,我恨得牙痒痒。因此,我对父亲说,我不喜欢拉丁文,能不能换个事情做?"

"好啊!约翰,"父亲说,"你去挖水沟好啦,牧场需要一条灌溉渠道。"

于是,亚当斯真的到牧场去挖水沟。可是,拿惯笔的人,拿不惯锹。那天晚上,他就后悔了,整个身子疲惫不堪。只是他的傲气不减,不愿意认错。于是,他咬紧牙关又挖了一天。傍晚时,他只好承认:"疲惫压倒了我的傲气。"他终于回到了学拉丁文的课堂上。

在以后的岁月里,亚当斯一直记着从挖水沟这件事中得到的教训:必须承认人有所长,也有所短;人有所能,也有所不能。认为自己样样都行,实际上恰恰是自己的不自量力。

亚当斯深有体会地说:"真正出色的领导者,绝非事必躬亲,而是知人善任,特别是敢于起用比自己更优秀的人才。如果高层领导者事无巨细,一律包揽,那只能成为费力不讨好的勤杂工式的领导者。"

正是因为亚当斯知人善任,才能凭借众多的优秀人才,特别是凭借那些比自己更优秀的人才,一步一步地攀登上了成功的巅峰。

【哈佛教育创新感言】 每一个人都不可能是样样都行,全才是不存在的。当我们认识到这一点,已经是一个很大的进步,但还是远远不够的。作为领导者来讲,知人善用,用人不疑,是基本的素质。要想不成为勤杂工式的领导者,还得有一双善于审视别人优点的眼睛、一颗敢用比自己更优秀的人的心。前者出于个人的心境,后者则是源自对国家的忠诚。

氧的发现

物体为什么会燃烧?18世纪时权威理论的回答是"燃素说",认为能燃烧的物体内含有一种名叫"烧素"的特殊物质。

1774年,英国有位叫普列斯的科学家,他在给氧化汞加热时,发现从中分解出的纯粹气体可以促使物体燃烧。这是一种什么东西呢?普列斯习惯地从"燃素说"的常识出发,就将它命名"失燃素的空气"。

同年10月,普列斯带着他的实验到法国游历,受到化学家拉瓦锡的接待。当拉瓦锡得知普列斯的实验后,他立即重做一遍得到了那种新的气体,并第一个命名为氧,再通过思考研究建立了燃烧的氧化理论。这是化学史上的一次革命。为此,我们除了对拉瓦锡敢于从"常识"头上迈过一步的勇敢精神表示钦佩外,对普列斯被"常识"像梦魇一样拉着,不能不为之叹息。

【哈佛教育创新感言】 善于动脑,善于思考,是所有科学家成功的先决条件。如果我们也能想别人不敢想的,做别人不敢做的,我们也能激发内心的潜能,取得意想不到的收获。

一家日本餐馆的秘密

19世纪中叶,英国资本主义工业发展很快,棉纺织业就是其中之一。当时布拉泽公司的生产蒸蒸日上,纺织品涌向全世界各地,这引起了日本同行的注意。

布拉泽公司位于英国某地一条热闹的大街旁。每到中午,公司的职员和工人们都到对面的一家馆子吃午饭。因为这是那条街上唯一的一家餐馆,所以尽管价格高昂,但每天还是顾客盈门,热闹非凡。

不久,在这家餐馆的附近又新开了一家餐馆,那里上至经理、下至堂倌都是清一色的日本人。这家餐馆一经开业,就十分惹人注意。它不仅价格比英国馆子便宜,而且味道鲜美,服务态度极佳。时间一长,那些惯于守旧的英国人谁也经不起这些特色的引诱,于是情不自禁,渐渐把就餐重心移向这家日本人开的餐馆。最后,甚至连一些高级工程师也慕名前来。有时,某些职员或工人没带钱,在那里可以先赊账,并同样受到热情的招待。久而久之,搞得人缘极好,生意兴隆。

几年后的一天,这家餐馆突然倒闭,理由是由于出售饭菜价格低廉,成

本高而引起亏损。它使英国这家公司的职员和工人们都为之深感惋惜。与此同时，这家餐馆的经理和堂倌扬言"无钱回国"，并且通过各种渠道，尤其是常来光顾的吃客——一些工程师及高级职员，请他们说情，协助谋求职业，以便筹集路费，返回家园。

由于这些高级职员平时受到日本堂倌的"特殊照顾"，对于他们也格外同情，因此都极力向公司推荐。起初，公司也相当谨慎，但到底经不住高级职员们屡次的担保，最后，不得不松口了。但是，公司里规定，所有进厂工作的日本人不许进车间，只许在车间外面做粗装工，如推筒管、运袋皮、装纱等，只要一到车间门口，就由英国人接替。

经过一个时期的紧张观察，公司管理人员发现这些日本人忠实可靠，干活卖力，并无任何可疑之处，再加上往日的"交情"，警戒慢慢就消除了。过了一段时间，这些日本人不仅能自由地进入各车间，而且有些日本人还被安排在技术部门工作。

可是，公司里的上上下下做梦也没有想到，这家日本餐馆的全班人马都是日本第一流的纺织专家。他们一边默默地工作，一边把英国纺织机的先进设备部件、结构及作用等，都牢牢记在心里。

若干年后，日本人声称已积蓄了一笔款子并准备回家。他们顺利地办好了出国护照，启程返回日本。回国后，他们经过几年的艰苦奋斗，设计出一套在当时说来是相当先进的纺织机械。从此，日本的纺织工业有了一个飞跃。

【哈佛教育创新感言】 生活中，我们常常被表面现象模糊了双眼，当透过现象看本质，揭开神秘的面纱时，才发现里面隐藏着巨大的阴谋。不过，应始终信奉：和谐的社会需要大家捧出一颗真心，彼此真诚相待！

在权威圣圈面前

1900 年，著名教授普朗克和儿子在自己的花园里散步，他神情沮丧，很遗憾地对儿子说："孩子，十分遗憾，今天有个发现。它和牛顿的发现同样重要。"他提出了量子力学假设及普朗克公式。他沮丧这一发现破坏了他一直崇拜并虔诚地信奉为权威的牛顿的完美理论。他终于宣布取消自已的假设。人类本应因权威而受益,却不料竟因权威而受害,由此使物理学理论停滞了几十年。

25岁的爱因斯坦敢于冲破权威圣圈,大胆突进,赞赏普朗克假设并向纵深引申,提出了光量子理论,奠定了量子力学的基础。随后又锐意破坏了牛顿的绝对时间和空间的理论,创立了震惊世界的相对论,一举成名,成了一个更伟大的权威。

【哈佛教育创新感言】 敢于创新,就要有敢于打破常规的决心和勇气,细心观察身边的生活,不放过每一次思考的机会,勇于同权威作斗争,也许你的发现会成为一个更大的权威。

小高斯巧解算术题

221

高斯是德国伟大的数学家。小时候他就是一个爱动脑筋的聪明孩子。

还在上小学时,一次一位老师想治一治班上的淘气学生,他出了一道数学题,让学生从 $1+2+3+\cdots\cdots$ 一直加到100为止。他想这道题足够这帮学生算半天的,他也可能得到半天悠闲。谁知,出乎他的意料,刚刚过了一会儿,小高斯就举起手来,说他算完了。老师一看答案,5050,完全正确。老师惊诧不已,问小高斯是怎么算出来的。

高斯说,他不是从开始加到末尾,而是先把1和100相加,得到101,再把2和99相加,也得101,最后50和51相加,也得101,这样一共有50个101,结果当然就是5050了。聪明的高斯受到了老师的表扬。

【哈佛教育创新感言】 高斯之所以成为一名大数学家,与他从小善于动脑是分不开的。我们青少年从小就要锻炼自己的思维能力,养成善于动脑的好习惯。

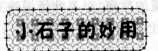

小石子的妙用

日本有一家高科技公司,公司上层发现员工一个个委靡不振。经咨询

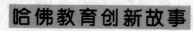

多方专家后,他们采用了一种简单而别致的治疗方法:在公司后院用圆润光滑的小石子铺成一条石子小道,每天上午和下午分别抽出 15 分钟时间,让员工脱掉鞋,在石子小道上随意行走散步。起初,员工们觉得很好笑,觉得在众人面前赤足很难为情,但时间一久,人们便发现了它的好处,原来这些小石子起到了一种按摩的作用。

后来,很多人都知道了这件事,然而只有一个年轻人由此受到启发开始自己做生意。他选取了一种略带弹性的塑胶垫,将其截成长方形,然后将小石子一分为二,粘满胶垫,经过反复修改,他开始了批量生产。随后的半个月里,他每天都派人去做推销。产品的代销稳定后,他又开拓了几项上门服务:为大型公司在后院铺设石子小道;为幼儿园、小学在操场边铺设石子乐园;为家庭铺设室内石子过道、石子浴室地板、石子健身阳台等。紧接着,他将单一的石子变换为多种多样的材料,如七彩的塑料、珍贵的玉石,以满足不同人士的需要。小石子铺就了这位年轻人的成功之路,成为改变其人生的契机。

【哈佛教育创新感言】 每人每天都在走路,但很少有人会注意到自己脚下一块块不起眼的小石子,然而文中的年轻人却利用小石子铺开了一条通往成功的大道,这正是创意带来的收获。

为盲人带来光明

对于一个人来说,看不见东西是多么大的痛苦与不幸呀!

布莱叶就偏偏遭遇了这种痛苦与不幸。

那是在布莱叶很小的时候,有一天,他到父亲的马具店玩耍时,不慎被马具戳伤了一只眼睛。小布莱叶本能地揉眼睛,可就这样一个微小的动作却带来意想不到的后果,他的另一只眼睛也被感染了。几个星期后,拆除了包扎的纱布,伴着眼睛的微痛,布莱叶慢慢睁开眼睛,可是眼前一片黑暗。他不敢相信,忙闭上眼睛再睁开,可是除了黑还是黑,他的双目全盲了。

幸运的是,库普雷村的乡村牧师雅克·帕路非常关心布莱叶。他不但教布莱叶学习,而且说服了小学校长收他为学生。最后雅克·帕路把他送进了巴黎的皇家盲人学院。

有一年，巴比尔船长带领一些士兵来到盲人学院，给盲童讲解战地夜战通信的演习。他说："在伸手不见五指的夜晚，要秘密地把信息传出去是很难的。我们先在厚厚的纸上戳出各种各样的点来表示密码让大家熟悉。通信时就在纸上戳出一些点来，再把纸片送出去。接到纸片的士兵，用手一摸，再对照密码就能了解信息的内容，就像用眼睛看电报一样。"巴比尔船长的话给了布莱叶很大的启发。他觉得这种方法对盲人们的帮助会非常大。

这以后，布莱叶开始努力地研究各种类型的点。不久，他终于探索出新的读写方式——他把原来的打 12 个孔表示一个字母改成打 6 个孔表示一个字母。他用排列组合的方式创造出 63 种不同的符号，并用这些符号编写出不同的字。

223

【哈佛教育创新感言】 布莱叶不是第一个失明者，但只有他有幸遇上了巴比尔船长的演讲，也只有他灵光一闪发明了用触觉来认识世界的方法，为自己也为后世的盲人带来光明。

金盾版教辅图书，科学实用，
物美价廉，欢迎选购

小灵通心算——直接写得数	20.00 元
小学数学争优	18.00 元
小学语文争优	16.00 元
小学生作文精彩语句	28.00 元
小学生作文精彩段落	26.00 元
中小学课本唐诗赏析	28.00 元
中小学课本唐诗详解	18.00 元
亲子共读唐诗 300 首（彩色版）	69.00 元
初中数学精要系列速成读本	32.00 元
初中物理精要系列速成读本	30.00 元
初中化学精要系列速成读本	28.00 元
初中语文精要系列速成读本	42.00 元
初中现代文阅读速成读本	24.00 元
初中现代文阅读得高分秘诀	9.00 元
中学语文学习指导	20.50 元
初中数学两用手册	22.00 元
初中物理两用手册	24.50 元
初中化学两用手册	23.00 元
环境描写经典例句词典	29.00 元
人物描写经典例句词典	33.00 元
世态描写经典例句词典	24.00 元
写作词库	42.00 元
智慧的阶梯·初中数学解题思维窍门	15.50 元
智慧的阶梯·初中数学策略开放题集锦	15.50 元
智慧的阶梯·初中数学解题易错点剖析	15.00 元

智慧的阶梯·初中数学学习方法宝典   17.00 元

智慧的阶梯·小学数学解题思维窍门   13.00 元

智慧的阶梯·小学数学学习方法宝典   17.00 元

智慧的阶梯·小学生喜爱的自然数趣闻   18.00 元

智慧的阶梯·小学数学妙题巧解 200 例   19.00 元

智慧的阶梯·小学生喜爱的名言赠语   15.00 元

智慧的阶梯·小学数学图形中的奥秘   20.00 元

智慧的阶梯·教你从小爱数学   18.00 元

智慧的阶梯·数学三十六计   41.00 元

智慧的阶梯·中国少儿智慧宝典   32.00 元

智慧的阶梯·让孩子长智慧的小故事   17.00 元

高考数学(文科)应试诀窍   28.50 元

高考数学(理科)应试诀窍   25.00 元

早进考场·高一数学高考题解题诀窍   24.00 元

早进考场·高二数学高考题解题诀窍   32.00 元

早进考场·高三数学高考题解题诀窍   21.00 元

高考防错夺高分丛书·高考数学易错点   35.00 元

高考防错夺高分丛书·高考物理易错点   29.00 元

高考防错夺高分丛书·高考化学易错点   30.00 元

高考防错夺高分丛书·高考语文易错点   18.50 元

高考防错夺高分丛书·高考历史易错点   19.00 元

高考防错夺高分丛书·高考地理易错点   14.00 元

黄冈高考文科综合阶段复习新题解   22.00 元

黄冈高考理科综合阶段复习新题解   24.00 元

高考语文识记宝典   19.00 元

高考语言运用宝典   16.00 元

高考作文应试技法   26.00 元

中国百首经典歌曲及其背后的故事   20.00 元

你不知道的宠物故事   29.00 元

女人怕什么   34.00 元

简明文言文知识手册   16.00 元

新编汉语实用修辞手册   12.00 元

全国十年高考状元作文精析	15.50 元
中学作文常用素材手册	25.00 元
最新高考满分作文	24.00 元
最新中考满分作文	26.00 元
最新小考满分作文	18.00 元
学生汉字图示速记手册	19.00 元
四书五经详解·周易	17.00 元
四书五经详解·大学　中庸	7.00 元
四书五经详解·尚书	15.00 元
四书五经详解·论语	16.00 元
四书五经详解·诗经	41.00 元
四书五经详解·孟子	17.00 元
四书五经详解·春秋左传	88.00 元
现代汉语语法概说	17.00 元
紧急避险 100 问	30.00 元
高考智取三关·数学	19.00 元
高考智取三关·物理	19.50 元
高考智取三关·化学	20.00 元
高考智取三关·生物	22.00 元
高考智取三关·理科综合	21.00 元
高考智取三关·语文	21.00 元
高考智取三关·英语	29.00 元
高考智取三关·政治	18.00 元
高考智取三关·历史	16.00 元
高考智取三关·地理	17.00 元
高考智取三关·文科综合	17.50 元

以上图书由全国各地新华书店经销。凡向本社邮购图书或音像制品，可通过邮局汇款，在汇单"附言"栏填写所购书目，邮购图书均可享受 9 折优惠。购书 30 元(按打折后实款计算)以上的免收邮挂费，购书不足 30 元的按邮局资费标准收取 3 元挂号费，邮寄费由我社承担。邮购地址：北京市丰台区晓月中路 29 号，邮政编码：100072，联系人：金友，电话：(010)83210681、83210682、83219215、83219217(传真)。